Bettina Haskamp
Azorenhoch

Bettina Haskamp

Azorenhoch

Roman

Marion von Schröder

MIX
Papier aus verantwortungsvollen Quellen
FSC® C083411
www.fsc.org

Marion von Schröder ist ein Verlag
der Ullstein Buchverlage GmbH

ISBN: 978-3-547-71197-4

Gesetzt aus der Goudy Old Style
Satz: Pinkuin Satz und Datentechnik, Berlin
Druck und Bindearbeiten: CPI books GmbH, Leck
Printed in Germany

Noch im Fallen dachte sie:
Na so was, ich hab sie tatsächlich unterschätzt.

1

DIESE AUGEN. Fast hätte ich einen Schritt zurück gemacht und wäre in das offene Grab hinter mir gefallen.

Stiefmütterchenblau mit langen schwarzen Wimpern. Der Blick schien sich direkt in meine Seele zu bohren. Wie kamen Julians Augen in dieses Gesicht? Zum Teufel.

Mein Gegenüber streckte mir die Hand entgegen. »Vielen Dank, Frau Janssen.« Erstaunlich, dass meine Hand nicht zitterte. Wenn er bloß aufhören würde, mich so anzusehen. Das gehörte sich doch nicht. Schließlich waren wir nicht beim Speeddating, sondern auf dem Friedhof und hatten soeben seinen Vater beerdigt. »Ich würde Sie in den nächsten Tagen gern anrufen.« Die Stimme warm, weich, einladend. Gar nicht so, wie ich sie in Erinnerung hatte. Ich nickte, ohne zu wissen, warum. Noch immer hielt er meine Hand. Eine kleine Ewigkeit lang standen wir da, als hätte uns jemand zusammengeklebt.

Er hieß Marco, das wusste ich von seiner Mutter.

Zum ersten Mal hatte ich ihn vor ein paar Tagen gesehen. Da stand er in der Tür zu ihrem Wohnzimmer und sagte: »Mein Vater war ein Arschloch.« Sonst nichts. Dann war er verschwunden.

Bis eben war Marco Müller für mich eine zornige, dunkle Gestalt gewesen, die mit halbgeschlossenen Lidern meine Trauerrede anhörte. Bis eben hatte ich ihm nicht in die Augen gesehen.

Seine Mutter brach den Bann. »Frau Janssen, Sie haben sehr schön gesprochen.«

Fünf Minuten danach verabschiedete ich mich von den beiden und lief, so schnell es mir auf einem Friedhof eben noch schicklich schien, zum Ausgang.

Mein brauner Fiat mit der Aufschrift Helena Janssen – Lebens- und Trauerfeiern stand auf dem Parkplatz gleich neben dem Tor. Leise vor mich hin schimpfend, stieg ich ein, schlug die Autotür zu und merkte zu spät, dass ein Zipfel meines Mantels noch draußen hing. Verdammter Mist. Reiß dich zusammen, Lena. Noch mal aussteigen und den Mantel ausziehen, der war ohnehin viel zu warm. Ich konnte mich nicht erinnern, je einen so sonnigen Aprilbeginn erlebt zu haben. Wieder einsteigen. Ich ließ den Wagen an und würgte den Motor ab. Falscher Gang. Also bitte! Ich konnte doch nicht durchdrehen, nur weil jemand mich an Julian erinnerte. Nur weil jemand mich mit traumhaft schönen Augen auf eine Weise ansah, die … ja, was eigentlich? Mein Blut zum Kochen brachte? So wie bei Julian? Als Nächstes würde ich noch anfangen, anstelle von Trauerreden Kitschromane zu schreiben.

Ich startete den Motor zum zweiten Mal. Julian war Vergangenheit. Seit mehr als drei Jahren. Schluss. Aus. Punkt. Ich kam bestens allein zurecht. Allmählich beruhigte sich mein Puls. Ich fädelte mich in den Verkehr ein und fuhr Richtung Maschsee. Jetzt auf der Terrasse vom Pier 51 einen Milchkaffee trinken, auf den See gucken, vielleicht Zeitung lesen. Auf keinen Fall mehr an alte Zeiten denken. Nicht an Julians dunkelblaue Augen. Und auch nicht an die von Marco Müller.

»Hey, neue Strähnchen, oder liegt es an der Frühlingssonne? Dein Haar leuchtet wie bei einem Rauschgoldengel.« Ich lachte, drehte mich auf meinem Stuhl um und erblickte meine Freundin Andrea.

»Beides. Was machst du hier um diese Zeit?«

Normalerweise war Andrea an einem späten Dienstagvormittag nicht am Maschsee, sondern am anderen Ende von Hannover im Klinikum Nordstadt, wo sie Patienten in den Tiefschlaf versetzte.

»Stell dir vor, auch Ärztinnen haben gelegentlich einen freien Tag. Ich hab gerade meinen neuen Führerschein abgeholt und eine volle Stunde im Warteraum gehockt. Jetzt brauche ich dringend den Seeblick und Kaffee.«

Sie sah mich fragend an. Andrea ist eigentlich kein zögerlicher Typ, aber ich trug noch meine Arbeitskleidung, einen schwarzen Rock mit beigefarbener Bluse. Die schwarze Jacke hing über einem freien Stuhl. Andrea wusste, dass ich gern allein war, wenn ich von einer Beisetzung kam. »Ist schon okay, setz dich.«

Eine Weile sagten wir nichts, genossen schweigend die Wärme.

»Mir ist gerade was Merkwürdiges passiert.«

»Ich dachte, du kommst vom Friedhof.«

»Hm, ja. Ich glaube, ich habe eben zum ersten Mal in meiner Laufbahn an einem Grab geflirtet.«

Jetzt, wo ich es aussprach, kam mir die Szene noch bizarrer vor.

Andrea lachte. »Schräg! Mit einem trauernden Witwer?«

»Mit einem nichttrauernden Sohn. Denke ich jedenfalls. Also, dass der nicht trauert.« Ich erzählte Andrea von Marcos wenig schmeichelhafter Bemerkung über den Vater. Die Mutter hatte dagegen beteuert, dass Hans-Georg Müller ein wunderbarer Mann gewesen sei. Merkwürdig. Genauso merkwürdig wie die Tatsache, dass nur wir drei am Grab gestanden hatten – Marco, seine Mutter und ich.

»Andererseits ist Wut die Schwester der Trauer«, dachte ich laut, »vielleicht will er mich nur anrufen, weil er eine Trauerbegleitung braucht, um den Tod seines Vaters zu verarbeiten.«

»Und deshalb hat er mit dir geflirtet, ja, sicher.« Andrea verkniff sich sichtlich ein Grinsen. »Sieht er gut aus?«

»Jedenfalls nicht gerade hässlich. Blaue Augen und schwarze Haare. Ein bisschen klein.« Wenn man, wie ich, einen Meter zweiundachtzig misst, sind viele Männer ein bisschen klein. Ich sagte nichts über die Ähnlichkeit seiner Augen mit Julians. Nichts von seiner Ausstrahlung, dieser seltsamen Mischung aus Zurückhaltung und offenem Blick, die mich so neugierig gemacht hatte wie ein schön verpacktes Paket mit unbekanntem Inhalt. »Ist ja auch egal, wie er aussieht. Es war nur so seltsam. Wahrscheinlich hab ich mir das eingebildet.«

»Wenn du dir bei einer Beerdigung einen Flirt einbildest, schicke ich dich zum Psychiater. Oder vielleicht besser zu einer Partnervermittlung für besonders Bedürftige.« Sie sah auf ihr Handy. »Tut mir leid, ich muss los, ich bin mit Peter zum Essen verabredet.« Andrea stand auf, streckte ihren kurzen, üppigen Körper und nahm ihre Tasche vom Stuhl.

»Bis Donnerstag?«

»Bis Donnerstag.«

Auf der Azoreninsel São Miguel brauchte Mariana lange für die einhundertundfünfzig Stufen, die zur Kapelle Nossa Senhora da Paz führten. Sie hatte keinen Blick für die kunstvoll mit Bibelszenen bemalten Kacheln, die jeden einzelnen Treppenabsatz schmückten, registrierte kaum das Klicken der Touristenkameras, die die Kapelle und die Aussicht über

Vila Franca auf das Meer einfingen. Schweiß stand ihr auf der Stirn.

Es gab bequemere Wege zum Beten, aber Menschen mit bösen Gedanken verdienten keinen bequemen Weg. Endlich stand sie in der winzigen Kirche vor dem Altar und sah auf die Muttergottes und ihr Kind. Sie war allein. »Mach bitte, dass diese Hure die Finger von meinem Paulo lässt, sonst kann ich für nichts garantieren«, flüsterte sie. Eine vom Alter gebeugte Frau in Schwarz betrat die Kapelle, den Arm voll frischer Blumen für den Altar. Mariana bekreuzigte sich, nickte der Alten zu und ging.

Mit dem Auto brauchte sie eine gute halbe Stunde bis zum Haus der Kanaille. Sie musste sie sehen, musste wissen, wie die Frau aussah, die ihr den Mann wegnahm. Sie parkte den Wagen ein Stück die Straße hinunter, den Eingang des Hauses im Blick. Eine halbe Stunde verging, eine Dreiviertelstunde. Dann öffnete sich die Tür. Und Mariana wünschte sich, sie wäre nicht hergekommen.

Sie war höchstens dreißig. Ihr Körper gertenschlank, mit vollen Brüsten und knackigem Po, der in einer knapp sitzenden grünen Jeans steckte. Das wellige blonde Haar trug sie locker zu einem Pferdeschwanz gebunden. An ihren Ohren blinkten goldene Kreolen in der Sonne. Mariana schloss die Augen. Sie hatte genug gesehen, mehr als genug.

Eine weitere halbe Stunde später saß sie im Garten ihrer Freundin Inés. Inés sah in den blauen Himmel und schnupperte. »Es gibt bald Regen.« Mariana interessierte das Wetter nicht im mindesten. »Hättest du mir doch nur nichts von ihr und Paulo erzählt!«

»Dann, meine Liebe, könntest du nichts unternehmen.«

»Aber du hast doch gesagt, ich soll einfach abwarten. Und nichts sagen.«

»Mariana, sei bitte nicht so ein Schaf. Ich rede nicht von Streit und Zank. Du musst Paulo daran erinnern, was er an dir hat. Sei besonders lieb, sei attraktiv für ihn.«

Sei attraktiv? Genauso gut hätte Inés sagen können: Sei ein Schmetterling. Wieder stand ihr das Bild der Blonden vor Augen. Außerdem: Wie sollte sie besonders lieb zu ihrem Mann sein, wenn sie so enttäuscht von ihm war? Wenn sie das Gefühl hatte, ihn gar nicht mehr zu kennen?

»Ich weiß, das ist nicht leicht. Aber bei mir hat es funktioniert.«

Mariana dachte, sie höre nicht richtig. »Bei dir?«

»Du glaubst doch wohl nicht, so was würde nur dir passieren.«

»Du meinst, dein Luís …?«

Inés lachte auf. Es klang eher wie ein Schnauben. »Ja, mein kreuzsolider Luís. Vor zwei Jahren. Und wie du weißt, sind wir immer noch verheiratet.«

Mariana konnte nicht anders, sie musste fragen. »Mit wem? Etwa auch mit ihr?«

»Nein. Es war eine Frau vom Festland, du kennst sie nicht. Sie ist nicht mehr auf der Insel.« Inés beugte sich vor. In ihren Augen stand ein Funkeln. »Ich habe dafür gesorgt, dass er sie vergisst, das kannst du mir glauben.« Sie zwinkerte. »Unserer Ehe hat es nicht geschadet. Ganz im Gegenteil, wenn du weißt, was ich meine … Also, meine Liebe, gib dir ein bisschen Mühe und hab Geduld.«

Mühe, Geduld? Wie sollte sie das hinkriegen? »Lieber würde ich das Weib vergiften!«

»Wenn du dich unglücklich machen willst, nur weil bei deinem Mann kurz vor seinem Fünfzigsten die Hormone verrückt spielen – nur zu.«

Ich saß im Büro und arbeitete an meinem Internetauftritt, als der Anruf kam. Obwohl er nur »Guten Tag, Frau Janssen« sagte, wusste ich sofort, wer am Telefon war. Seit der denkwürdigen Beerdigung war genau eine Woche vergangen. Dennoch sagte ich: »Ja, bitte? Wer spricht?«

»Marco Müller, Sie erinnern sich sicher an die Beisetzung meines Vaters.«

»Natürlich, Herr Müller. Wie geht es Ihrer Mutter?«

»So weit gut, danke. Warum ich anrufe …«

Weiteratmen, Lena, sei nicht albern.

»… ich würde Sie gern wiedersehen.«

Also doch. »Wir können uns gern zusammensetzen, um über Ihren Verlust zu sprechen. Ich berechne sechzig Euro die Stunde.« Schweigen am anderen Ende der Leitung. Dann ein belustigtes Glucksen.

»Zur Not zahle ich auch sechzig Euro, aber eigentlich wollte ich Sie zum Essen einladen. Und ich kann mir tausend schönere Themen vorstellen als den Tod meines Vaters …«

»Warum sollte ich mit Ihnen essen gehen?«

»Weil ich Sie darum bitte?« Wieder lachte er leise. »Nein, im Ernst. Ich würde mich gern für meinen Auftritt in der Wohnung meiner Mutter entschuldigen. Wahrscheinlich halten Sie mich für total unhöflich. Und herzlos. Was ich nicht bin.«

Ich spielte mit der Maus meines Rechners. Der Cursor glitt auf den Menüpunkt »Über mich«. Ohne nachzudenken, klickte ich ihn an und sah mein Bild. Andrea hatte es ausgesucht. »Auf keinen Fall eins, auf dem du so streng in die Kamera guckst!« So lächelte ich mir also vom Bildschirm entgegen. Ich fand mich trotzdem nicht besonders schön. Das Blau meiner Augen viel zu hell, die Nase zu klein, der Mund – okay, mein Mund war ganz nett.

»Frau Janssen? Sind Sie noch dran?«

»Ich halte Sie nicht für herzlos, nur für traurig und wütend.«

»Na dann müssen Sie erst recht mit mir ausgehen. Schon um mich armen traurigen, wütenden Mann aufzumuntern.«

»Ich bin sicher, es gibt andere Menschen in Ihrem Umfeld, die Ihnen helfen können.«

»Aber niemanden wie Sie. Was halten Sie vom Zauberlehrling?«

Ich hatte von dem Restaurant bisher nur gehört. Wer gern teuer essen geht, sollte besser nicht Trauerredner werden. Und ich war sehr lange nicht mehr eingeladen worden. »Ich weiß nicht …«

»Geben Sie sich einen Ruck, es ist doch nur ein Essen. Am Freitag um halb acht? Ich hole Sie ab.«

»Echt, der Typ vom Friedhof? Du gehst tatsächlich mit dem aus? Ich glaub's ja nicht!« Andrea saß in meinem winzigen Wohnzimmer auf dem Zweisitzer und lachte. »Glückwunsch, meine Liebe, hört sich ganz so an, als wolltest du endlich wieder am richtigen Leben teilnehmen.«

»Und was soll das bitte sein, das richtige Leben?«

»Na, was schon? Diese kleine Sache zwischen Mann und Frau, die so viel Spaß macht.«

»Ich gehe nur mit ihm essen!«

»Genau. Und wieso? Sag jetzt bloß nichts von Trauerarbeit. Du findest ihn anziehend, gib es ruhig zu. Ich bin's, Andrea, die Frau, die dich kennt, seit wir beim Einschulungstest durchgefallen sind. Mir machst du nichts vor.«

Ich lief prompt rot an.

»Also, ich bestehe auf einem minutiösen Bericht. Und jetzt komm, sonst tanzen die anderen ohne uns los.« Donnerstags gingen wir spätnachmittags ins Loft zum Zumba-Kurs, sofern unsere Jobs das zuließen.

Zwei Stunden später saßen wir ausgelaugt, aber zufrieden in den schwarzen Ledersesseln der Lounge und tranken noch einen Vitaminshake.

»Und komm bloß nicht auf die Idee, deine ollen Jeans anzuziehen«, mahnte Andrea. Sie war schon wieder beim Thema Marco Müller. Hätte ich doch nur den Mund gehalten. »Ja, ja, schon gut. Ich werde mich hübsch machen.«

»Und auch nicht dein schwarzes Kostüm.«

»Nein, ich gelobe feierlich, nicht in Schwarz zu erscheinen.«

Meine Freundin lächelte zufrieden.

In meiner Sporttasche schmetterte eine Bläsergruppe los. »Respect« von Aretha Franklin. Meine Mutter rief an. Es war nicht etwa meine Wertschätzung für sie, die mich diesen Klingelton hatte wählen lassen. Der Song war die Erkennungsmelodie der »Küchenschlacht«, Mutters Lieblingssendung. »Ja, Mama, ich bin gleich da.« Ich kam zu spät zum wöchentlichen Familienessen.

»Schwanger? Charlotte ist schwanger?«

»Ja, ist das nicht wunderbar?« Die Augen meiner Mutter glänzten wie sonst nur beim Anblick einer perfekt gegarten Entenbrust.

»Sie ist in der sechsten Woche – schau hier!« Sie hielt mir das Schwarzweißbild einer Kreuzung aus Gummibärchen und Frosch vor die Nase.

»Süß.«

Ich legte so viel Begeisterung wie möglich in meine Stimme. Was blieb mir anderes übrig? Mein Vater saß mit einem Gesichtsausdruck am Tisch, als hätte er das Gummibärchen persönlich gezeugt.

»Und wieso sind sie und Thomas nicht hier?«

»Charlotte ist zum Yoga für Schwangere.« Jetzt schon?

Um nichts weiter sagen zu müssen, schob ich mir das letzte Stück Gemüseauflauf in den Mund. Meine kleine Schwester bekam also ein Kind. Meine perfekte kleine Schwester. Die ihr Abitur mit knapp achtzehn gemacht, das BWL-Studium mit zweiundzwanzig abgeschlossen und im selben Jahr den idealen Schwiegersohn geheiratet hatte. Inzwischen arbeitete sie als Junior-Irgendwas in einem Backwarenkonzern und wurde noch nicht mal fett von den Keksen. Jedenfalls bisher nicht. Nein, ich war nicht neidisch auf meine Schwester. Ich selbst war eben anders. Aber musste Charlotte auch noch das ersehnte Enkelkind liefern?

»Freust du dich nicht für die beiden?«

»Doch, sicher, Mama.« Ich legte die Serviette auf meinen Teller. »Hat wirklich gut geschmeckt. Ich räum dann mal ab.«

Es dauerte keine zwei Minuten, da stand meine Mutter hinter mir in der Küche. »Sei nicht traurig, Kind, für dich kommt auch noch der Richtige.«

»Ich bin nicht traurig.« Ich drehte mich zu ihr um. »Weißt du, es soll Frauen geben, für die Mann und Kind nicht das Maß aller Dinge sind. Und ich gehöre zufällig dazu.«

»Sprich bitte nicht in diesem Ton mit mir, Helena, ich meine es doch nur gut. Vielleicht, wenn du eine andere Arbeit hättest …«

»Lass gut sein, Mama.« Meine Mutter konnte sich auch nach drei Jahren nicht mit meinem Beruf anfreunden.

»Immer nur Tod und Trauer, das schreckt doch jeden Mann ab.«

Nicht jeden, hätte ich beinah gesagt. Stattdessen ging ich ins Wohnzimmer, wo Papa auf dem Sofa saß und das »heute journal« sah. Ich kuschelte mich an ihn.

»Na, wie geht's meiner Großen?«

»Gut.«

Meine Augen nahmen die Bilder von Massendemonstrationen in Ägypten wahr, aber meine Gedanken wanderten in die Vergangenheit. Julian war der einzige Mann gewesen, von dem ich mir je ein Kind gewünscht hatte. Aber Julian, der Künstler, hatte eine sehr eigenwillige Vorstellung von Liebe. Er nahm sich die Freiheit, die er brauchte, und ich sollte mich ganz auf ihn und unsere Zweisamkeit konzentrieren … Jetzt war Julian in Neuseeland, wahrscheinlich mit einer Frau, die kein Problem darin sah, ihr eigenes Leben nach seinem zu richten und jederzeit mit ihm ans andere Ende der Welt zu ziehen, um das zu leben, was er die »totale Beziehung« nannte. Und ich? Ich saß allein in Hannover, war zweiunddreißig und bekam meinen Eisprung für nichts und wieder nichts.

Was für blödsinnige Gedanken. Daran waren nur Charlotte und ihre Schwangerschaft schuld. Es stimmte, was ich zu meiner Mutter gesagt hatte: Mann und Kind waren nicht jeder Frau wichtig. Und mir selbst schon gar nicht. Im Fernsehen fing ein alter Krimi an. Ich verabschiedete mich von den werdenden Großeltern und ging nach Hause. Ich musste Charlotte anrufen und ihr gratulieren.

Mariana kontrollierte das Fleisch im Bräter. Als sie kurz den Deckel hob, erfüllte der Duft von Thymian und Knoblauch die Küche. Sie pikte mit einer Stricknadel ins Fleisch, es war gar. Sie sah auf die Uhr. Paulo musste bald kommen. Es wurde gleich acht.

Um halb zehn hörte sie den Schlüssel in der Haustür. Da war sie kurz davor, den Braten in den Mülleimer zu werfen. Paulo kam mit feuchten Haaren in die Küche. Sie knallte ihm einen Teller mit dem völlig zerfallenen Fleisch auf den Tisch.

»Darf man fragen, wo du so lange gewesen bist?« Gegen den keifenden Ton ihrer Stimme konnte sie einfach nichts tun. Inés hatte leicht reden.

»Ich war noch in der heißen Quelle und bin eingedöst, entschuldige.«

In der heißen Quelle eingedöst, aha. So konnte man es auch ausdrücken. Beinah hätte sie laut aufgelacht.

Sie aßen schweigend, mit Blick auf den kleinen Fernseher, der auf der Anrichte stand. In den Lokalnachrichten war von der Krise die Rede. Die Touristenzahlen auf allen Inseln gingen zurück. Ein Supermarkt würde schließen. Schlechte Nachrichten, wie fast immer in letzter Zeit.

Mariana begann abzuräumen. Im Wohnzimmer schrillte das Telefon. Paulo nahm das Gespräch an. »Für dich. Florinda!« So spät noch? Mariana ging nach nebenan, während Paulo sich ins Badezimmer verzog.

Ergeben setzte sich Mariana in den Sessel neben dem Telefon. Das würde dauern. Wo andere Menschen eine Schlagader hatten, verlief bei Florinda die Telefonleitung. Aber sie war nun mal eine alte Freundin der Familie.

Zehn Minuten für den dritten Schlaganfall des Nachbarn zur Linken. Fünf für die Gallenprobleme ihrer Schwester. Mariana hörte nur mit halbem Ohr zu. »Und stell dir vor, die Enkelin von Joana will nach Lissabon ziehen – wer soll sich denn um die arme Joana kümmern? Wo sie doch die Gicht hat?«

»Ja, schlimm.« Mariana überlegte, ob sie sich die Haare färben lassen sollte. »Was hast du gesagt, Florinda?«

»Habt ihr eigentlich noch Kontakt zu diesem Deutschen, der das Dorf kaufen will?«

»Marco? Wir haben länger nichts von ihm gehört. Soweit ich weiß, hat er das Geld noch nicht zusammen. Warum?«

»Dann soll er sich mal besser beeilen. Wir haben noch

andere Interessenten. Meine Geschwister wollen nicht mehr lange warten.«

Als Mariana den Hörer auflegte, hatte ihr Gesicht die Farbe von Kalk.

Seit mehr als einem Jahr planten Paulo und Marco die Restaurierung eines verlassenen Dorfes bei Vila Moreira in der Mitte der Insel. Marco wollte das Gelände kaufen und Paulo als Bauleiter einstellen – das bedeutete sichere Arbeit auf Jahre hinaus. Ewig und drei Tage hatte sich niemand für die abgelegene Ansiedlung interessiert. Und jetzt? Plötzlich schien Florindas Familie in einem Meer von Kaufwilligen zu schwimmen. Ein Amerikaner hatte Interesse an dem Gelände. Doch damit nicht genug. Ausgerechnet die Hure, die Frau, die sie auf der Insel am meisten hasste, hatte nun ihre gierigen Finger nach dem Dorf ausgestreckt. Mariana zog ihre Strickjacke enger um sich. Die Frage in ihrem Innern ließ sie frösteln: Wusste Paulo davon?

Eine Viertelstunde, vielleicht länger, saß sie still in dem Sessel am Telefon. Ein Schwarm stechender Gedanken surrte ihr durch den Kopf. Schließlich zwang sie sich aufzustehen.

Sie fand Paulo in der Küche.

»Florinda sagt, sie haben neue Interessenten für das Dorf.«

»Was denn für Interessenten?«

In seinem Blick las sie Überraschung. Dann Bestürzung.

»Irgendwelche Amerikaner.«

»Scheiße.« Er sprang auf. »Ich ruf Marco an.«

Mariana ließ sich auf einen Küchenstuhl fallen. Er wusste es nicht. Sie hätte vor Erleichterung heulen können. Er hatte keine geheimen Pläne mit der Hure. Gleich morgen würde sie Florinda besuchen und in Ruhe mit ihr reden. Solange sie, Mariana Cabral, noch atmen konnte, würde die Hure das Dorf nicht bekommen. Entweder Marco oder die Amerikaner.

»Hast du ihn erreicht?«

Paulo schüttelte den Kopf. »Nur die Mailbox. Ich leg mich hin.«

Mariana setzte sich vor den Fernseher. Als sie eine Stunde später ins Schlafzimmer kam, war Paulo mit der Lesebrille auf der Nase und einem dicken Katalog für Badezimmerarmaturen in der Hand eingeschlafen. Sie nahm ihm beides ab. Er wachte nicht auf, grunzte nur kurz und drehte sich auf die Seite. Seine Sachen lagen wie immer unordentlich auf dem Stuhl in der Ecke des Zimmers. Leise und schnell kontrollierte sie die Hosentaschen, das Taschentuch darin, den Kragen des Hemdes. Kein blondes Haar, kein Lippenstiftfleck. Das bewies natürlich nichts. Aber vielleicht war er heute wirklich in der heißen Quelle gewesen.

Vor dem großen Spiegel in der Mitte des Kleiderschranks zog sie sich aus. Alles an ihr war zu groß. Die Brüste, der Bauch, der Hintern. Wenigstens nicht schwabbelig; das gute Bindegewebe verdankte sie den Genen ihrer Mutter. Sie zog den Bauch ein, besah sich von der Seite. Vielleicht konnte sie sich Fett absaugen lassen? In Lissabon war das längst gang und gäbe. Paulo schnarchte leise. Mariana seufzte und löschte das Licht.

2

DIE UNVERMEIDLICHE FRAGE kam nach dem Bio-Saibling und noch vor dem Rinderfilet. Ich saß mit Marco Müller an einem Zweiertisch im Restaurant Zauberlehrling. »Wie wird eine Frau wie Sie ausgerechnet Trauerrednerin?«

Gab es denn nichts Interessanteres an mir? Ich konnte nicht sagen, wie oft mir diese Frage schon gestellt worden war. Aber nun ... »Das war ein Zufall. Ich habe immer schon gern geredet und dachte eigentlich, Radio wäre mein Ding. Das habe ich auch eine Zeitlang versucht. Aber vor einem Mikro verhaspele ich mich dauernd.« Wie ich die Erinnerung an die kleine rote Lampe im Studio hasste! »Irgendwann hab ich begriffen, dass ich die Menschen sehen muss, zu denen ich spreche. Tja, und dann ist der Vater meiner besten Freundin gestorben und die Familie hat einen Trauerredner engagiert. Der hat mich total beeindruckt. So fing das an.«

Meine Standardantwort. Die musste reichen. Schließlich kannte ich den Mann so gut wie gar nicht, der mir im warmen gelben Licht gegenübersaß. Er selbst hatte bisher herzlich wenig gesagt. Ich lehnte mich auf meinem Stuhl zurück. »Schönes Restaurant.« Das fand ich tatsächlich. Es war nicht sehr groß und bis auf den letzten Platz besetzt. Viel Glas, Leder, roter Klinker und ein Kamin. Ich wollte in dieser Atmosphäre über alles andere lieber sprechen als über meinen Beruf. Zur

Not sogar über das Wetter. Gegen die großen Fensterscheiben prasselten dicke Regentropfen.

»Kann man denn einfach so Trauerredner werden?«

Ich schaffte es, nicht zu seufzen. »Im Prinzip ja. Ich habe verschiedene Seminare besucht. Und früher mal ein paar Semester Psychologie studiert. Unter anderem.«

»Unter anderem?«

»Mit Germanistik und Sozialpädagogik hab ich auch angefangen. Ich bin wohl nicht der Typ für die Uni.«

»Eigentlich schade, dass es mit dem Radio nicht geklappt hat, Sie haben eine Stimme wie geschmolzene Zartbitterschokolade.« Er lächelte und schoss einen seiner Blicke auf mich ab.

Apropos schmelzen. Ich war ziemlich froh, dass gerade jetzt ein Kellner das Essen brachte und mir Rotwein nachschenkte. Marco trank Mineralwasser. »Trinken Sie nie Alkohol?«

»Selten.« Er zog den rechten Mundwinkel hoch. Falls das ein Lächeln sein sollte, war das Ergebnis reichlich schief.

»Hat meine Mutter Ihnen erzählt, woran mein Vater gestorben ist?«

»An Herzversagen.«

»Versagen stimmt, aber es war nicht das Herz, sondern die Leber. Meine Mutter ist Weltmeisterin im Verdrängen.«

Damit war die Frage beantwortet, ob er heute noch über seine Eltern sprechen würde. »Waren Sie deshalb so wütend, als ich bei ihr war?«

»Auch. Mein Filet ist butterzart. Wie ist Ihres?« Er sah mich nicht mehr an, sondern konzentrierte sich voll und ganz auf das für meinen Geschmack reichlich blutige Stück Fleisch auf seinem Teller.

»Ganz hervorragend.«

Mein Steak war gut durch, so wie ich es mochte. Eine Weile

aßen wir schweigend. Ich war unsicher. Sollte ich nachhaken oder nicht? Ich sah auf seinen gesenkten Kopf, betrachtete seine geschwungenen Augenbrauen, die langen Wimpern, die gerunzelte Stirn. Auf seinen Wangen zeichnete sich der Schatten eines Bartes ab.

»Möchten Sie über …«, setzte ich an.

Er sah auf. »Nein, ich möchte nicht.«

Oh. Okay. Mutter Müller war wohl nicht die einzige Verdrängerin in der Familie. Aber dafür hatte ich Verständnis, im Verdrängen war ich selbst ziemlich gut, das meinte jedenfalls Andrea.

»Wie ich schon am Telefon meinte, es tut mir wirklich leid, dass ich so unhöflich war, aber mehr gibt es dazu nicht zu sagen. Außer, dass ich Sie lieber unter anderen Umständen kennengelernt hätte.«

Wie redete der denn? Bisher war der Abend zwar nicht unbedingt ein Feuerwerk der spritzigen Unterhaltung gewesen, aber zumindest hatte Marco bis jetzt nicht geklungen wie ein Politiker nach einer verlorenen Wahl. Die Stimmung am Tisch war im Augenblick ungefähr so entspannt wie – na ja, wen wundert's: Ich musste an eine Beerdigung denken. Ich wollte Marco aufmuntern, wusste aber nicht, wie. Ausnahmsweise fehlten mir die Worte. Zum zweiten Mal war ich froh, dass der Kellner kam. Diesmal mit der Dessertkarte.

Wir nahmen beide die Mousse au Chocolat von weißer Schokolade. Und schwiegen wieder. Marco drehte an einem breiten Ring, den er am linken Mittelfinger trug. Also gut, dann eben Smalltalk. Alles war besser als dieses Geschweige. »Ein schönes Schmuckstück haben Sie da.« Der Ring war aus geplättetem Silber mit einem dunklen Inlay aus irgendwelchen Fäden. »Gefällt er Ihnen? Den habe ich von meiner letzten Afrikareise mitgebracht. Das Schwarze in der Mitte ist Giraffenhaar.«

Und als hätte ich mit der Frage nach dem Ring einen Schalter umgelegt, wich alle Bedrücktheit aus Marcos Blick. »Ich hab ihn von einem Kameltreiber in der Westsahara.«

Giraffen in der Sahara?

»Wollen Sie die Geschichte hören?«

Da war es wieder, das Lächeln in seinen Augen. So schön, so blau. Von mir aus konnte er auch behaupten, auf meinem Balkon in der Annenstraße wüchsen Dattelpalmen. Hauptsache, ich durfte das Strahlen in diesen Augen sehen.

Der Mann kannte die halbe Welt. Afrika, China, Thailand, Australien, Brasilien. Der gestelzt redende Politiker mit Kummer im Blick war wie weggeblasen. Marco erzählte, und ich kam mir vor wie im Kino, wenn der Film einen so packt, dass man die Zeit und alles um sich herum vergisst. Ich lauschte, ich lachte, ich versank. In seinen Geschichten, in seinem Lachen, in seinem leuchtenden Blick. Irgendwann stand für mich völlig überraschend der letzte verbliebene Kellner neben unserem Tisch und sah demonstrativ auf die Uhr. Na so was, wo waren die anderen Gäste? Marco beglich die Rechnung und gab ein üppiges Trinkgeld. »Was meinst du, ziehen wir noch weiter?« Seit wann duzten wir uns? Seit Australien oder seit Thailand, ich wusste es nicht mehr.

Das Erste, was mir am nächsten Morgen ins Auge fiel, war eine Ecke meines königsblauen Wollkleides. Es lag zuunterst in einem Haufen Kleidungsstücke auf dem Fußboden vor meinem Bett. Ich lag auf der Seite und guckte genau darauf. Wieso hing das Kleid nicht wie sonst ordentlich im Schrank? Auch unter normalen Umständen dauerte es morgens immer eine Weile, bis mein Hirn in Gang kam. Selbst dann, wenn ich abends keinen Wein getrunken hatte. Selbst dann, wenn ich, wie an dreihundertfünfundsechzig Tagen im Jahr, allein aufwachte. Heute hätte meine Schaltzentrale vielleicht noch etwas länger gebraucht, um ein paar dringend notwendige Verknüpfungen herzustellen, hätte sich jetzt nicht ein Arm um meinen Körper gelegt und mich auf den Rücken gedreht. Ein Gesicht erschien über meinem, ein Mund öffnete sich und sagte: »Guten Morgen, du Schöne.« Eine Sekunde lang dachte ich: So dürfte jeder Morgen anfangen. Und gleich darauf: Nun werd bloß nicht gefühlsduselig. Dann war erst einmal Schluss mit Denken.

Unter der Dusche spürte ich noch immer Marcos Hände auf meinem Körper. Und meine eigene Hitze. Dabei duschte ich kalt. Mein Gott, ich hatte auf Marco reagiert wie eine ausgehungerte Löwin auf ein Stück Antilope. Was hatte ich mir nur dabei gedacht? Ich ging doch sonst nicht mit Männern ins Bett, die ich gerade einen Abend lang kannte. Genau genommen ging ich seit geraumer Zeit mit überhaupt niemandem ins Bett. Was mochte Marco von mir denken? Womöglich hielt er mich für sexuell notleidend. Oder noch schlimmer, er glaubte, ich sei an ihm interessiert. Was ich selbstverständlich nicht war. Er war unterhaltsam, ja. Ein ziemlich guter Liebhaber, okay. Na gut, mehr als das. Aber insgesamt nicht mein Typ. Weder blond noch mindestens eins neunzig groß. Außerdem: ein Reisender, tendenziell unzuverlässig. Ein paar hübsche Augen waren nicht alles. Ich ging Kaffee kochen.

In der Küche drehten sich meine Gedanken weiter. Ich war Lena. Die Frau ohne Liebesleben. Ohne Liebe gab es auch keinen Schmerz. Und so sollte es bleiben. Die Nacht war ein Ausrutscher, sonst nichts. Na gut, zwei Ausrutscher, wenn ich das Aufwachen noch mitzählte. So was konnte ja mal passieren. Sogar mir. Aber eine Wiederholung würde es nicht geben.

»Hm, riecht das gut. Aber nicht annähernd so gut wie du.« Er nahm mir den Kaffeebecher aus den Händen, trank einen Schluck und stellte den Becher auf den Nachttisch. »Komm her.« Ich hatte mich aus strategischen Gründen in meinen dicken weißen Frotteebademantel gehüllt und hockte auf der Bettkante. Voll der guten Vorsätze. Bereit für ein klärendes Gespräch mit Marco Müller, der – mein Typ oder nicht – sehr ansehnlich aus meiner roten Bettwäsche ragte, mit seinem schwarzen Haar und dem nackten, glatten Oberkörper. Von diesen verfluchten Augen gar nicht zu reden.

»Wie wär's, wenn du dich aus dem dicken Ding rausschälst und wieder ins Bett kommst?« Ein tiefer Blick, ein Lächeln. Ausgestreckte Arme.

Ich wollte es ihm sagen. Ehrlich.

Er ging am frühen Abend.

»Alle mal zuhören! Eben hat Marco angerufen. Es klappt! Er kann das Dorf kaufen und hat schon mit Florinda gesprochen.« So hatte Mariana Paulo zuletzt lachen sehen, als ihr Enkel Tiago auf die Welt gekommen war. Die ganze Familie saß nach dem Mittagessen um den Küchentisch. Tiago spielte in seinem Hochstuhl mit zwei Holzlöffeln und brabbelte vor sich hin.

Eine Woche war vergangen, seit Paulo die Nachricht auf dem Anrufbeantworter hinterlassen hatte. Mariana konnte kaum glauben, dass Marco sich doch noch gemeldet hatte. »Hat er einen Geldgeber gefunden?«

»Nein, sein Vater ist gestorben und hat ihm Geld hinterlassen.«

»Das nennt man wohl gutes Timing«, sagte ihr Schwiegersohn Tomás.

»Sei nicht respektlos. Ein Mann ist gestorben, da macht man keine Witze!« Florindas Familie hatte kurz davor gestanden, an den Amerikaner zu verkaufen. Zweifellos war der Tod von Marcos Vater zu diesem Zeitpunkt eine göttliche Fügung. Aber lieber würde sich Mariana die Zunge abbeißen, als einen solchen Gedanken laut auszusprechen.

»Ich dachte, von diesem Marco hört ihr nie wieder. Wäre ja nicht der Erste, der große Töne spuckt, und am Ende ist nichts dahinter.« Ihre Tochter Isabel klang bitter. Ihr Mann Tomás hatte sich im vergangenen Jahr auf einen finnischen Reiseanbieter verlassen, der seine Hochseeangeltouren ins Programm aufnehmen wollte. Die Finnen waren nie gekommen. Und in diesem Jahr blieben wegen der Krise auch noch die Touristen vom portugiesischen Festland aus. Tomás' Boot war noch nicht abbezahlt. Die Sorgen gruben schon Falten in Isabels junges Gesicht. Paulo warf seiner Tochter einen scharfen Blick zu. »Marco ist zuverlässig. Es sind nicht alle Menschen gleich. Und jetzt hätte ich gern einen Kaffee.« Isabel senkte kurz den Kopf und sah wieder auf. »Entschuldige, Vater, ich freu mich doch, dass es mit dem Projekt klappt.«

Zwei Stunden später parkte Paulo den Wagen oberhalb des alten Dorfes und ging zu Fuß weiter. Nach zweihundert Metern öffnete sich der schmale Weg hinunter. Unter ihm lagen die Ruinen der Häuser. Junge Bäume und Farne sprossen aus offenen Dächern, die Natur eroberte sich den Ort zurück. Nicht mehr lange, dachte Paulo und lächelte. Er würde dieses Dorf wiederaufbauen. Kein Amerikaner würde hier einen dieser Wellnesstempel in die Landschaft stellen. Wenn Marcos Vater nicht gestorben wäre … Vielleicht gab es tatsächlich den Gott, an den Mariana glaubte.

Langsam ging Paulo von einer der verwitternden Hütten

zur nächsten. Graue Natursteinwände aus grob behauenem Fels waren an vielen Stellen von Moos bewachsen. Uralte hölzerne Fensterläden hingen schief in den Angeln und klapperten gegen Gemäuer. Ein leichter Wind wehte aus den verwilderten Gärten hinter den Häusern. Es roch nach Verfall und Orangen.

Paulo war noch ein Kind gewesen, als die letzten Alten diesen abgelegenen Winkel der Insel aufgegeben hatten. Kein Wunder. Wer wollte heute noch so leben, ohne fließendes Wasser, ohne Strom, mit Ziegen und Schweinen. Er jedenfalls nicht. Bis vor kurzem gab es noch nicht mal eine richtige Straße. Als Florindas Großtante hier noch lebte, musste sie mit ihrem Esel mühsam heranschaffen, was sie brauchte. Paulo schlenderte zu der langen Mauer, die die untere Grenze des Dorfes bildete. Dahinter ging es steil abwärts zum Meer. Unten brandeten Wellen gegen Fels. Paulo schaute auf den Ozean. Eine beeindruckende Aussicht. Aber dafür konnte man sich nichts kaufen.

Wenn er ganz ehrlich war, fand er die Vorstellung schwierig, dass in dieser Einöde jemand Urlaub machen wollte. Aber jeder nach seinem Geschmack. Hauptsache, er, Paulo, hatte Arbeit. Er wandte sich wieder dem Dorf zu, begutachtete den Bauzustand jedes einzelnen Hauses und entschied sich letztlich für zwei. Bei beiden waren sämtliche Außenmauern intakt und die Dachbalken schienen gut erhalten zu sein. Das kleinere stand offensichtlich noch nicht so lange leer wie die anderen. Es würde sich relativ schnell bewohnbar machen lassen. Er würde Marco vorschlagen, mit diesen beiden anzufangen.

Zwei Häuser von insgesamt neun. Paulo pflückte sich eine Orange, setzte sich auf die Reste eines Schweinekobens und schälte mit seinen großen rauen Händen bedächtig die Frucht. So viel Arbeit. So viel Verantwortung. Manchmal machte ihm die Größenordnung dieser Sache ein bisschen Angst. Ach was. Er stand auf, warf die Orangenschalen in den Koben und ging zurück zum Auto.

»Und?« Andrea hielt sich nicht mit einer Begrüßung auf, sondern hob noch in der Tür eine Flasche Sekt in die Höhe. »Gibt es was zu feiern? Nein, sag nichts. Ich sehe es an deinen rosigen Wangen.« Ich musste lachen. »Komm rein, du Nervensäge.« Den Sekt musste Andrea allerdings allein trinken. Um Alkohol würde ich erst einmal einen Bogen machen.

»Du bist also endlich dem Zölibat entronnen, Glückwunsch! Und offensichtlich war der Mann ja wirklich gut.« Sah ich wirklich anders aus als vorher? Ich hatte keine Ahnung. Aber ich musste zugeben, dass ich mich deutlich entspannter fühlte. Körperlich jedenfalls.

»Und – siehst du ihn wieder?« Das war exakt die Frage, vor der ich zurückschreckte.

»Wohl besser nicht. Mal abgesehen davon, dass ich nicht weiß, ob er das überhaupt will.«

»Was hat er denn gesagt, als er ging?«

»Ciao, Traumfrau.«

»Na also!«

»Was heißt hier na also? Woher soll ich wissen, ob er das nicht zu jedem seiner One-Night-Stands sagt? Der ist ein Globetrotter, ich will gar nicht wissen, mit wie vielen Frauen der schon geschlafen hat.«

»Du hast dir doch nichts eingefangen?« Andrea sah mich besorgt an.

»Keine Sorge, der Herr Weltreisende hatte ausreichend Kondome in der Tasche.«

Wieso hatte ich mich daran gestern nicht gestört?

»Und was soll ich mit so einem Mann? Du kennst mich, ich bin so reiselustig wie Hausstaub.« Meine Urlaube verbrachte ich regelmäßig auf Spiekeroog oder auf einem Eselhof mit Ferienwohnungen in Schleswig-Holstein. »So einer ist nichts für mich.«

»Du sollst ihn ja nicht gleich heiraten. Wie finanziert er das eigentlich? Reist der beruflich so viel?«

»Keine Ahnung.«

Andrea verdrehte die Augen. »Du musst wirklich noch viel lernen. So was fragt man doch.«

»Wenn man dich so reden hört, könnte man glatt vergessen, dass du seit zehn Jahren mit ein und demselben Mann verheiratet bist.«

»Deshalb habe ich noch lange nicht vergessen, was vorher war. Und jetzt erzähl mal ein bisschen genauer. Wie war er?«

Als ich am nächsten Morgen die Wohnungstür aufschloss, lag davor ein Strauß bunter Anemonen von Fleurop. Ich las die Karte. »Schöne Lena, danke für zauberhafte Stunden. Ich muss für eine Woche weg, danach melde ich mich. Marco.«

Tja, was soll ich sagen? Ich freute mich. Eine ganze Woche lang.

Paulo war knapp dran und nahm die Autobahn. Der Motor seines zwölf Jahre alten Renault Trafic gab merkwürdige Geräusche von sich. Ein Lagerschaden? Hoffentlich nicht. Er nahm Gas weg. Probleme mit dem Wagen konnte er nicht gebrauchen. Jetzt schon gar nicht. Marcos Maschine sollte in ein paar Minuten landen. Hoffentlich pünktlich. In eineinhalb Stunden hatten sie den Termin bei der Notarin für den Vorvertrag. Kurz vor der Ausfahrt zum Flughafen atmete

Paulo erleichtert auf. Die Maschine war im Landeanflug. Er mochte das Bild, wenn ein Flugzeug gleich neben dem Meer auf seiner Insel landete. Und noch mehr gefiel ihm der Gedanke, selbst nicht darin sitzen zu müssen. Sollte er je auf die Idee kommen, außerhalb von São Miguel Urlaub zu machen, wäre das Verkehrsmittel seiner Wahl ein Schiff. Vom Parkplatz aus beobachtete er, wie die Maschine mit starken Windböen kämpfte und nach mehreren Hüpfern auf der Landebahn aufsetzte.

Es dauerte nicht lange, bis Marco lächelnd und winkend aus dem Terminal kam. Sie begrüßten sich per Handschlag. »Es tut mir leid wegen deinem Vater.« Das Lächeln verschwand. »Danke. Wo müssen wir hin?« Auf dem Weg in die Innenstadt von Ponta Delgada fragte Marco, wer bei dem Termin anwesend sein würde. »Außer der Notarin? Die gesamte Erbengemeinschaft und wir. Es wird ein bisschen eng.«

Allerdings. In dem kleinen stickigen Besprechungsraum saßen sie Schulter an Schulter. Die Notarin war eine zarte Frau im dunklen Kostüm. Sie wirkte verloren und viel zu jung inmitten der Gruppe älterer Männer und Frauen, überwiegend weit über siebzig. Sie zischelten und flüsterten aufgeregt. Auch Marco flüsterte. »Bin ich froh, dass du hier bist. Ich versteh kein Wort.« Marco hatte Portugiesisch in Brasilien gelernt, der Dialekt der alten Leute von der Insel klang völlig anders.

Die Notarin verlas den mehrere Seiten langen Vertrag. Paulo fragte leise: »Soll ich übersetzen?« Marco schüttelte den Kopf und flüsterte zurück. »Wenn du sagst, dass alles seine Ordnung hat, reicht mir das.« Er gähnte und erntete giftige Blicke sämtlicher Erben. Erst als etwa eine Stunde später alle Unterschriften geleistet waren, Marco einen Scheck über fünfundfünfzigtausend Euro als Anzahlung ausschrieb und der Notarin übergab, wurden die Mienen wieder freundlicher.

Marco bekam eine Quittung, nahm seine Vertragskopie in Empfang und konnte jetzt auch entspannt lächeln. Noch ein ausführliches Händeschütteln, und schon standen sie auf der Straße. »Lass uns etwas essen gehen«, schlug Paulo vor und spannte einen Schirm auf. Es goss wie aus Eimern. Zwei Straßen weiter kannte er ein kleines Restaurant.

Kaum saßen sie, bestellte er Schnaps.

»Auf den Anfang!«

»Auf den Anfang!«

Marco stieß mit ihm an, nippte aber nur an seinem Glas. Zum Essen bestellte er Wasser. Paulo orderte für sich Rotwein und sagte nichts. Er kannte das schon. Aber innerlich schüttelte er den Kopf. Ein gutes Essen ohne einen guten Wein, das war doch nichts. Er mochte Marco, aber er war und blieb ihm fremd. Während sie in Ruhe und ohne viel zu reden ihre gegrillten Kalbskoteletts aßen, dachte Paulo an jenen Tag vor gut zwei Jahren zurück, an dem sie sich kennengelernt hatten.

Er war auf dem Weg zu einer Baustelle bei Ribeira das Tainhas im Süden der Insel gewesen. Es war ein großer Auftrag, sie restaurierten einen alten Bauernhof für Feriengäste. Zwei Hektar groß, lag das alte Weingut inmitten von Wiesen in der Ebene direkt am Wasser. Paulo fuhr tief in Gedanken die alte Küstenstraße entlang.

Seit Tagen gab es Probleme mit der Installation der Sanitäranlage. In drei Wochen sollte die große Eröffnung stattfinden und der schwedische Eigentümer machte Druck. Das Letzte, was er jetzt brauchte, war ein blöder Tourist, der mit plattem Reifen neben seinem Leihwagen am Straßenrand stand und winkte. Verdammter Mist. Paulo hielt an. Undenkbar, jemanden in Not einfach stehenzulassen. Das war nicht die azoreanische Art. »*Can I help you?*«

Fünf Minuten später saß der Tourist samt dem kaputten Reifen bei ihm im Wagen. Die Mietwagenfirma hatte dem

Mann einen Wagen ohne Ersatzrad angedreht. Paulo fuhr ihn zur nächsten Tankstelle mit Reifenservice. »Das kann man richten, dauert aber 'ne Weile, ich muss erst noch die Reifen von Nuno klarmachen.« Der Mechaniker hatte die Ruhe weg. Paulo sah auf die Uhr und wandte sich an den Fremden. »Hören Sie, ich muss dringend auf eine Baustelle. In zwei, drei Stunden könnte ich Sie hier wieder abholen.« Der Fremde – er hatte sich als Marco Müller aus Deutschland vorgestellt und sprach zu Paulos großer Verblüffung Portugiesisch – sah sich auf dem wenig einladenden Tankstellengelände um. »Wenn das nicht zu unverschämt ist, würde ich die Wartezeit lieber mit Ihnen auf einer Baustelle verbringen als hier.«

»Sind Sie vom Fach?«

»Nicht wirklich. Ich bin Maschinenbauingenieur. Aber ich mach eigentlich alles.«

Es war Marco, der die Lösung für das Problem mit der Sanitäranlage fand. Am Abend nahm Paulo ihn mit zu Mariana. In Paulos Haus hörte Marco zum ersten Mal von dem alten Dorf, das über kurz oder lang verkauft werden sollte.

So hatte es angefangen. Und nun würden sie zusammenarbeiten. Marco lebte zwar noch in Deutschland, wollte aber in ein paar Monaten auf die Insel ziehen. »Fahren wir hoch zum Dorf?«, fragte Marco. »Sicher. Ich will dir zeigen, mit welchen der Häuser ich anfangen würde.« Marco übernahm die Rechnung. Sie warteten auf das Wechselgeld. Alle paar Sekunden sah sich Marco nach dem Wirt um, der entspannt mit einem anderen Gast plauderte. »Frechheit«, murmelte Marco. Paulo zuckte mit den Schultern. Dieser Deutsche konnte einen ganz nervös machen mit seinem Gezappel. »Wenn du willst, treffen wir uns später noch mit einem Architekten, der sich auf die Restaurierung von altem Baubestand spezialisiert hat.

Je eher wir alles für den Bauantrag zusammenhaben, desto besser.«

»Falls wir hier je wegkommen.«

Paulo sah in das übellaunige Gesicht seines Partners und dachte: Wenn du erst mal hier lebst, mein Freund, dann wirst du auch ruhiger.

Tick. Tick. Tick. Der Wecker machte mich schier verrückt. Gleich morgen würde ich ein geräuschloses Exemplar kaufen. Tick. Tick. Tick. Seltsam – das Ding war nur in Nächten wie dieser so laut. Nächten, in denen der Schlaf nicht kommen wollte. Ich drehte mich von einer Seite auf die andere und wieder zurück, stand schließlich auf, brachte den Wecker aus dem Schlafzimmer in den Flur und legte mich wieder hin. Wenn ich doch auch meine Gedanken so leicht hätte loswerden können.

Inzwischen waren zweieinhalb Wochen vergangen, seit ich den Anemonenstrauß auf dem Fußabtreter gefunden hatte. Zweieinhalb Wochen ohne ein Wort von Marco Müller. Seit zehn Tagen versuchte ich, mir den Mann aus dem Kopf zu schlagen. Und dachte dauernd an ihn. An seinen Körper, der sich so wunderbar mit meinem verstanden hatte. An sein Lachen, an seine leuchtenden Augen. An den ganzen verfluchten Kerl.

Zu allem Überfluss überschwemmten Erinnerungen an Julian meine Träume. Ich hatte mich selbst so satt. Warum konnte ich nicht wie Tausende anderer Frauen einfach mal eine Nacht Spaß haben und danach weiterleben wie zuvor? Warum musste ich immer alles so ernst nehmen? Warum war ich so dumm zu glauben, was auf einer Grußkarte stand?

Mit vor Müdigkeit schweren Lidern und hellwachen Hirnzellen gab ich auf, kochte mir einen Schlaftee und machte den Fernseher an. Vielleicht lief eine schön schlicht gestrickte Serie, von der ich mich einlullen lassen konnte.

Na also. »Mein Leben & Ich«. Immer wieder nett. Nichts zum Nachdenken, genau richtig. Die Nöte einer Achtzehnjährigen waren so schön weit weg von meinen eigenen. Und es lief sogar eine Folge, die ich nicht kannte. Alex hatte Sex mit Thomas. Mir schwante Böses. Thomas rief nicht mehr an. Vielleicht waren die Probleme eines Teenagers doch nicht so verschieden von meinen? »Er liebte mich nicht, ich liebte ihn nicht, aber die Sache musste raus aus meinem System«, hörte ich die verwandte Seele im Fernsehen sagen. Ja, genau.

Die Sekunden, die einem gewissen vertrockneten Anemonenstrauß in seiner Vase noch blieben, waren gezählt. Ich lief in die Küche, stopfte die längst nicht mehr bunten Blüten mit Schwung in die Tonne und genoss das Scheppern des Mülleimerdeckels. Ha! Ich würde nicht länger auf einen Anruf von Marco Müller warten. Marco Müller musste raus aus meinem System.

Gab es noch irgendetwas in der Wohnung, das an ihn erinnerte? Die rote Bettwäsche. Weg damit. Mein Bademantel? Nein, das ging zu weit, der war neutral. Ich zog die Bettwäsche ab, steckte sie in eine Tüte und stellte sie in den Hausflur. Ich würde sie morgen gleich nach der Arbeit zum Altkleidercontainer bringen. Jetzt frische Wäsche aufziehen, garantiert geruchs- und erinnerungsneutral. So, System gereinigt. Also zurück ins Bett.

Drei Uhr früh. Ich hörte den Wecker durch die geschlossene Schlafzimmertür. Um zehn Uhr musste ich arbeiten. Auf demselben Friedhof, auf dem auch Vater Müller begraben lag. Vater Müller, Mutter Müller, Marco Müller. AAAHHH!

Dunkelblauer Pannesamt bedeckte das Podium in der Andachtshalle. Auf dem Stoff hatte ich Margaritenblüten und Teelichter verteilt. Nachher würde hier, einem Boot auf einem Teich gleich, der Sarg stehen, neben dem großen Rahmen mit einem Bild des Verstorbenen. Ich hörte draußen vor der Halle die Trauergäste eintreffen. Es war Zeit, die Kerzen anzuzünden und das erste Musikstück abzuspielen. »Biscaya« von James Last. Sanfte Akkordeontöne erfüllten den Raum. Hans Mertensen, ein passionierter Segler, war zweiundneunzig Jahre alt geworden. Die Trauergäste schluchzten verhalten, als die Leute vom Bestattungsunternehmen den Sarg brachten. Nach einem Moment der Besinnung begann ich, über das lange, bewegte Leben von Hans Mertensen zu sprechen.

»Das war ganz wunderbar, Frau Janssen, als hätten Sie meinen Vater gekannt. Vielen, vielen Dank!« Ich war erleichtert. Die Trauerfeier war herzergreifend und gleichzeitig schön gewesen. Ich hatte mich nicht versprochen und den richtigen Ton getroffen, obwohl ich gnadenlos müde war. Vor dem Friedhofstor erlaubte ich mir ein Gähnen. Vielleicht sollte ich mir den Rest des Tages freinehmen? Wenn ich das Bürotelefon auf mein Handy umleitete, gingen mir keine Aufträge verloren.

Kaum eine Stunde später, ich saß mit einem Milchkaffee auf dem Sofa, klingelte das Mobiltelefon tatsächlich. Leider kein Auftrag, sondern Andrea. »Hey, Lena, was ist der neueste Stand?« Wenn ich Marco nicht aus dem Kopf bekam, war das auch Andreas Schuld. Ständig fragte sie nach, ob er sich gemeldet hatte. Ehrlich gesagt hegte ich starke Zweifel, dass es ihr dabei um mich ging. Schon eher um Würze für ihr eigenes Dasein. Tja, das konnte Andrea vergessen. »Nichts Neues und es wird auch nichts geben. Das Thema ist durch. Warte mal kurz, es hat gerade geklingelt. Wahrscheinlich der Briefträger.« Ich legte das Telefon auf den Tisch und ging zur Tür. Meine Wohnung lag im vierten Stock eines Mehrfamilienhauses. Damit der Postbote an die Briefkästen im Hausflur kam, musste immer jemand öffnen. Ich drückte auf den Knopf für die Tür unten, machte die Wohnungstür einen Spalt auf und horchte ins Treppenhaus. Niemand rief »Post!«, kein Briefkastendeckel klapperte. Stattdessen hörte ich schnelle Schritte auf dem Weg nach oben. Sekunden später hatte ich eine Erscheinung. Sie stand direkt vor mir, sah aus wie Marco Müller und sagte: »Hallo, Traumfrau.«

Ich starrte ihn an, wie seinerzeit die drei Hirtenkinder in Fátima die Jungfrau Maria angestarrt haben dürften. Auch meine Erscheinung sprach zu mir.

»Sorry, es hat ein bisschen länger gedauert als geplant. Wieso bist du um diese Zeit zu Hause? Ich war erst bei deinem Büro. Ist auch egal, jetzt hab ich dich ja gefunden. Was ist? Kriege ich keinen Kuss?«

Bevor ich auch nur ein Wort sagen konnte, fühlte ich seine Lippen auf meinen und lag in seinen Armen. Okay, keine Erscheinung. Eher eine Sturmflut ohne Vorwarnung. Und ich? Was tat ich? Anstatt den Kerl rauszuschmeißen, ließ ich mich, schwach wie ein Baum mit flachen Wurzeln, von der Naturgewalt mitreißen. Es war peinlich, es war erbärmlich, es war – herrlich.

Wir knutschten in der offenen Wohnungstür, bis mein Verstand wieder einsetzte. Ich machte mich von ihm los. »Was bildest du dir eigentlich ein?«

»O bitte, schöne Lena, nicht sauer sein. Ich weiß, ich hätte anrufen sollen. Wollte ich auch. Irgendwie kam immer was dazwischen. Aber ich hab dauernd an dich gedacht.«

Ich musste jetzt sachlich sein. Ob mein Herz nun wie wild klopfte oder nicht. Ich ging ihm voran ins Wohnzimmer.

Ach du Schande, das Telefon. Andrea. Doch die hatte aufgelegt.

Marco ließ sich aufs Sofa fallen und strahlte mich an. »Hab ich dir eigentlich schon von den Azoren erzählt?«

»Mir steht der Sinn jetzt wirklich nicht nach deinen Geschichten.« Das klang doch schon mal nicht schlecht. Ich setzte mich ihm gegenüber auf den einzigen Sessel, den ich besaß.

»Du kannst ja mächtig streng gucken. Deine Augen sind wie Bergseen, weißt du das?« Am liebsten hätte ich ihm das freche Grinsen aus dem Gesicht gewischt. Also weiter im Text der vernunftbegabten Frau über dreißig, die sich nicht gern versetzen lässt.

»Was soll das, Marco? Du tauchst hier auf, als wärst du eben erst gegangen, und glaubst, du kannst einfach da weitermachen, wo wir aufgehört haben? So läuft das nicht. Nicht mit mir.«

»Da weitermachen, wo wir aufgehört haben, finde ich eine super Idee.«

»Meinst du die Stelle mit: Ich bin eine Woche weg und dann melde ich mich?«

»Ich hab mich doch schon entschuldigt!« Ganz der zu Unrecht beschuldigte, empörte Mann. Dann wurde seine Stimme weich. »Du weißt genau, was ich meine. Das war großartig mit uns, das erlebt man nicht oft, so auf Anhieb. Ich jedenfalls nicht. Ich wäre gern eher zurückgekommen, das kannst du mir glauben.«

Nein, ich werde an dieser Stelle kein weiteres Wort über blaue Augen verlieren. Habe ich schon erwähnt, dass er unverschämt gut roch? Erdig, wie ein frisch umgepflügtes Feld.

»Lena, auf eine Frau wie dich habe ich gewartet. Lass mich dich kennenlernen.«

Mag sein, dass er mit diesem Softeis-Blick und dem weichen Timbre andere Exemplare der Gattung Weib hätte erweichen können. Aber nicht mich, Helena Janssen, Königin der Friedhöfe.

»Du willst mich kennenlernen? Dann merk dir gleich mal eins: Unzuverlässigkeit kann ich nicht leiden. Und in meinem Leben ist kein Platz für jemanden, der dauernd in der Weltgeschichte rumreist und mich in der Wartehalle sitzenlässt.«

»Lena, so ist das nicht. Ich will doch selbst endlich zur Ruhe kommen.«

Er stand auf, kam zu mir, hockte sich vor meinen Sessel, legte seine Hand auf meine und sah mir in die Augen. Lange.

Vielleicht hatte der Baum auch gar keine Wurzeln. Die Naturgewalt schwemmte mich direkt ins Schlafzimmer.

3

»SAG MIR, WO DU die echte Lena gelassen hast.« Andrea stand kopfschüttelnd vor der Umkleidekabine, in der ich weiße Spitzenwäsche anprobierte, und lugte durch den Vorhang. Marco mochte Weiß. »Edel. Ich hätte nicht geglaubt, dass ich deinen Abschied von schwarzer Baumwolle noch erleben würde. Wann lerne ich den Mann denn endlich kennen, der solche Wunder vollbringt?«

»Mach mir bitte mal den BH auf.«

»Nicht schon wieder ausweichen, Lena. Ewig kannst du ihn nicht verstecken.«

»Ich verstecke ihn nicht, er ist auf den Azoren.«

Und morgen kam er zurück! Ich lächelte mein barbusiges Spiegelbild an.

»Schon wieder?«

»Ich hab dir doch gesagt, dass er da ein großes Projekt hat.«

Das war alles andere als mein Lieblingsthema. Seit drei Monaten war ich jetzt mit Marco zusammen. Jedenfalls dem Kalender nach. Tatsächlich brachten wir es auf genau elf gemeinsam verbrachte Tage beziehungsweise Nächte. Und die nicht etwa am Stück. Wenn man es genau nehmen wollte, saß ich die meiste Zeit exakt da, wo ich nicht hatte hinwollen – in der Wartehalle. Tja.

Oft genug wünschte ich mir meinen Single-Seelenfrieden zurück. Spätestens zwei Tage nachdem er mal wieder abgeflogen war und meine Welt ohne ihn kälter zu werden schien. Ich wollte nicht auf meinem Sofa sitzen und mich allein fühlen. Immerhin hatte ich jahrelang höchst zufrieden ganz allein auf diesem Sofa gesessen. Es war niemand da gewesen, der mir aus Alufolie Haarspangen bastelte, niemand, der Brennnessel-Lasagne für mich kochte, niemand, mit dem ich halbe Nächte britische Komödien auf DVD sehen und darüber lachen konnte, niemand, der auch die andere Hälfte der Nacht zu einem Vergnügen machte. Und? Hatte mich das gestört? Kein bisschen. Jetzt litt ich wie ein Hummer im Topf. Wenn ich etwas nie gewollt hatte, dann eine Fernbeziehung. Hamburg – Köln oder so wäre ja vielleicht noch in Ordnung gewesen. Aber Hannover – São Miguel? Marco und mich trennten dreitausend Kilometer Luftlinie. Zwischen uns lag ein halbes Weltmeer. Ich konnte mich nicht in einen Zug setzen, wenn die Sehnsucht zu groß wurde. Warum bloß hatte ich mir dieses Kreuz auferlegt? Ich war nicht mal katholisch, ich sah im Leiden keinen Sinn.

Also trennte ich mich in schöner Regelmäßigkeit von ihm.

Im Kopf. Mit lauter intelligenten Worten. Die nur ich hörte.

Und Abend für Abend fand ich mich wie eine Süchtige mit dem Laptop auf dem vermaledeiten Sofa wieder und telefonierte via Internet mit Marco. Abend für Abend sah er mir durch die Computerkamera tief in die Augen und versprach: »Nicht mehr lange, schöne Lena, dann ändert sich das. Dann sind wir wirklich zusammen.« Schade war nur, dass ich trotz noch so viel Nachfragen keine klare Antwort auf die Frage bekam, was genau er mit »nicht mehr lange« meinte. »Das hängt davon ab, wie es mit der Baustelle läuft.«

Jedenfalls blieb die ach so vernünftige Helena Janssen in ihrer Wartehalle und kaufte weiße Spitzenunterwäsche. Andrea hatte recht. Ein fremdes Wesen wohnte in mir. Man könnte auch sagen: Ich war total verrückt. Verrückt nach Marco.

»Sag schon, wann?«, fragte Andrea, als wir an der Kasse anstanden.

»Lass ihn doch erst mal ankommen.«

»Und dann verkriecht ihr euch, bis er wieder wegmuss. Das kenn ich schon. Nichts da, diesmal kommt ihr zu Peter und mir zum Essen. Widerspruch wird nicht geduldet. Ich koch zur Not auch vegetarisch.«

Andrea war von der Brennnessel-Lasagne schwer beeindruckt gewesen, als ich ihr davon erzählte. »Musst du nicht. Marco isst auch Fleisch.«

»Umso besser.«

»Also gut, ich werd mit ihm reden.«

»Müssen wir da wirklich hin?« Durch das Rauschen des Duschwassers ahnte ich Marcos Frage mehr, als dass ich sie verstand. Ich nickte und wehrte seine Hände ab, die schon wieder meine Brüste umfassen wollten. »Finger weg, jetzt ist Schluss.« Schmollmund unter fließendem Wasser. Lachend drehte ich den Hahn ab.

»Böse Frau!«

Ich reichte ihm sein Handtuch und wickelte mich schnell in meins. Die Gefahr war noch nicht gebannt. Aber wir schafften es tatsächlich, eine halbe Stunde später in die U-Bahn zu steigen, zum Kröpcke zu fahren, noch einen Strauß Blumen zu besorgen, die nächste Bahn zu nehmen und pünktlich bei Andrea und Peter vor der gläsernen Haustür zu stehen.

»Schicke Gegend.« Die Herrenhäuser Gärten waren gleich um die Ecke. Marco zupfte an seinem leicht knittrigen Leinenjackett herum.

»Kein Grund, nervös zu sein.«

»Bin ich nicht.«

Aber ich.

Mir geisterte eine Szene aus Schulzeiten durch den Kopf. Andrea und ich nebeneinander im Biounterricht. Sie beugt sich über ein Mikroskop, das Auge fest ans Okular gepresst. Zwischen den Klemmen auf der Glasplatte liegt, genau wie unter meinem Mikroskop, eine tote Spinne. Während ich mich damit begnüge, das Insekt im Ganzen zu betrachten, zerhackt Andrea ihre Spinne im Lauf der Stunde in lauter kleine Einzelteile und begutachtet jedes einzelne Stück.

Ich war mir ziemlich sicher, dass heute Marco auf ihrem Objektträger landen würde.

»Nimm besser du die Blumen.« Er hörte auf zu zupfen und nahm mir den Strauß ab.

Andrea machte uns die Tür auf. Sie hatte sich mächtig in Schale geworfen. Ihr Kleid war so grün wie der Rasen in ihrem Vorgarten. Und gut geschnitten, das muss ich sagen, sie sah richtig schlank aus. »Da seid ihr ja! Kommt rein, kommt rein.« Ihre Stimme war ungefähr eine Oktave höher als sonst. Aha, da war noch jemand aufgeregt.

»Sie sind also der berühmte Marco Müller. Oder darf ich du sagen?«

»Klar.«

Andrea nahm ihm den Strauß ab und stöckelte auf ihren High Heels voran in die Wohnhalle. Frau Doktor und Herr Unternehmensberater hatten vor drei Jahren gebaut. Bauhausstil mit reichlich Glas und weißen Möbeln, wohin das Auge blickte. Als steckte man bis zum Hals in einer Lawine. An dem kalten Eindruck änderten auch ein riesiges abstraktes Gemälde in Blautönen und ein paar Grünpflanzen nichts.

Peter erwartete uns mit einem Drink in der Hand an der Bar, die den Sofabereich von der Essecke und der offenen Küche trennte. Die Männer gaben sich die Hand.

»Auch einen Whisky Sour?«

»Danke, lieber ein Mineralwasser.«

»Äh, ja, natürlich.«

Ich konnte förmlich sehen, wie Peter dachte: Was ist denn das für einer? Fast sofort hatte er seine Mimik wieder im Griff. Ich bat um ein Glas Weißwein.

»Lasst uns doch auf die Terrasse gehen.«

Es war ein lauer Juliabend. Wir versanken in den Kissen der Rattansitzecke, die Peter auch gern »unsere Cocktail-Lounge« nannte, und blickten auf ein dezent plätscherndes Wasserspiel, das alle paar Sekunden die Farbe wechselte. »Ja dann, zum Wohl.« Peter nahm einen mehr als kräftigen Schluck von seinem Whisky. Marco nippte an seinem Wasser.

Andrea kam zu uns und stellte eine Vase mit den mitgebrachten Blumen auf den Tisch. Schon stand Peter wieder auf, um ihr ebenfalls einen Wein zu holen. Andrea bemühte sich derweil um Konversation.

»Hab ich dir schon erzählt, Lena, dass wir im Oktober nach New York fliegen? Peter will unbedingt mal wieder ins MoMA – kennst du New York, Marco?«

»Ich hab's nicht so mit Großstädten.«

»Ach ja, natürlich, Lena hat erzählt, dass du dich geschäftlich auf den Azoren engagierst, da ist es wohl eher ländlich?«

»Hm.«

»Äh, ja, und das Wetter? Da kommt doch das Azorenhoch her, oder? Da scheint wohl immer die Sonne?«

»Im Sommer meistens.«

Drei Sekunden blau, drei Sekunden grün, drei Sekunden rot. Das Wasserspiel war um einiges faszinierender als die Unterhaltung. Und so ging es weiter. Während des Essens redete Peter endlos über eine Marketingkampagne, die er für eine neue Restaurantkette entwickelte. Ich sah Marco mindestens zweimal in seine Serviette gähnen.

Kurz gefasst: Der Abend war ein Griff ins Klo, wie meine Oma gesagt hätte. Und ich kam stinksauer nach Hause.

»Du hättest dir ruhig ein bisschen Mühe geben können!«

»Hab ich doch. Immerhin bin ich« – er sah auf seine Armbanduhr – »drei verdammt lange Stunden bei diesen Leuten geblieben.«

»Diese Leute sind meine Freunde!«

»Deshalb müssen es ja nicht meine werden.«

Da hatte er natürlich recht.

»Andrea ist eigentlich ganz anders, die High-Society-Lady gibt sie nur Peter zuliebe.«

Um ehrlich zu sein, hatte ich auch eine Weile gebraucht, mich daran zu gewöhnen. Peter war kein schlechter Kerl, aber seit der Erfolg seiner Unternehmensberatung ihn in die hannoversche Upperclass katapultiert hatte, drehte er ein bisschen ab. Und Andrea spielte mit. Noch. Bei den beiden kriselte es seit geraumer Zeit.

Trotzdem. Wenn Marco ein bisschen offener und interessierter gewesen wäre, hätte er die echte Andrea hinter der Fassade finden können. Die Andrea, die viel lieber Sportschuhe als High Heels an den Füßen hatte, die Andrea, die noch immer in ihrem Schrebergarten ihr eigenes Gemüse zog, die Andrea, die ich auch nachts um drei anrufen konnte, wenn es wichtig war. Obwohl sie um sechs zum Dienst musste.

Ich war von Marco enttäuscht und immer noch böse. Als er mich im Bett umarmen wollte, drehte ich mich weg. Erst am nächsten Morgen fanden wir wieder zueinander.

»Der Mann ist nicht dein Ernst!« Andrea wartete mit ihrem Anruf, bis sie Marco wieder auf der Insel wusste.

»Hör mal, er hatte einen schlechten Abend. Er ist sonst ganz anders.« Es entbehrte nicht einer gewissen Ironie, dass ich dasselbe vor wenigen Tagen über sie gesagt hatte.

»Der passt überhaupt nicht zu dir. Wenn du mich fragst, hat der kein Benehmen. Dem fehlt es an Kinderstube.«

Ihr Ton war so spitz, dass sie damit mein schlechtes Gewissen wegen Marcos Maulfaulheit an jenem Abend glatt aufschlitzte.

»Ach, weil er sich nicht für euren Prachtbau begeistern konnte? Oder für Peters Whisky-Sammlung? Nebenbei bemerkt spricht es wohl auch nicht von bester Kinderstube, wenn der Gastgeber am Ende des Abends lallt.«

Spitz sein konnte ich auch.

»Stimmt auch wieder.«

Eine Weile schwiegen wir.

»Aber wirklich, Lena, was findest du an ihm? Der ist so ganz anders als Julian.«

Vielleicht war es gerade das.

Marco war so gradlinig, so ... normal. Er versank nicht stundenlang in Grübeleien, verschwand nicht mitten im Gespräch, wenn ihn eine Eingebung an die Staffelei trieb, und er ließ mich nicht allein im Café zurück, weil ich mit einer falschen Bemerkung seine Künstlerseele verletzt hatte. Es hatte Wochen gegeben, in denen Julians Kopf in einer schwarzen Wolke zu stecken schien. Für mich war er in diesen Phasen unerreichbar. Andererseits – nein. Ich wollte mich nicht daran erinnern, wie sehr ich ihn geliebt hatte. Nicht an die Momente, in denen ich gedacht hatte: Wenn du jetzt sterben musst, dann ist es nicht schlimm. Dann stirbst du so glücklich, wie ein Mensch nur sein kann.

Mit Marco machte alles Spaß. Vorgestern zum Beispiel, an unserem letzten gemeinsamen Tag vor seiner Abreise, hatten wir zusammen gekocht. Es sollte »huevos a la flamenca« geben, Eier auf spanische Art. Mein mediterranes Kochbuch stand aufgeschlagen auf dem Kochbuchständer, und ich begann, sorgfältig Schinken, Bohnen, grünen Spargel und alle anderen Zutaten abzuwiegen. Wie ich das immer machte. Bis ich plötzlich nichts mehr sah. Marco war mit einer Augenbinde an mich herangeschlichen.

»He, was soll das denn?«

»Jetzt wird nach Gefühl gekocht.«

Ich musste lachen. Er hielt mir eine Zwiebel unter die Nase. »Was ist das?«

»Zwiebel.«

»Und das?«

»Schwierig. Kartoffel?«

Sehr gut, wie viel davon nehmen wir?

»Ich muss das Rezept sehen!«

»Quatsch, was sagt dein Gefühl?«

»Zwei?«

»Gut, zwei. Dazu brauchen wir dringend einen Kuss, sonst fehlt es an Würze. Weiter. Was riechst du?«

Ich musste immer noch lachen, wenn ich an unsere »gefühlten Eier« dachte.

Später, auf dem Sofa, nahm er meine Füße auf den Schoß und massierte sie mit Zitronenöl. Das machte er oft, wenn er bei mir war. Nie zuvor im Leben hatte ich so weiche, gepflegte Füße. Marco liebte ätherische Öle.

Wenn ich von der Arbeit kam, ließ er mir meist ein Bad ein. »Hm, lass dich ansehen. War nicht einfach heute, was? Gib mir einen Moment.« Vor sich hin summend, als komponiere er eine Melodie, ging er dann zu der Sammlung von Flaschen und Fläschchen, die inzwischen eines meiner Badezimmerregale füllten, nahm dieses und jenes in die Hand und verkündete zum Beispiel: »Zwanzig Milliliter Vanille, fünfzig Milliliter Olivenöl und dazu ein Liter Milch. Du wirst sehen, das hebt die Stimmung enorm. Bin gleich fertig.« In meiner Wanne ließ er mich bei sanfter Musik und dezenter Beleuchtung allein. Ich liebte das.

Was ich jedoch am meisten an Marco schätzte, war etwas anderes: Er war ganz für mich da. Wenn er denn da war.

»Na ja«, meinte Andrea, als ich mit meiner Lobeshymne fertig war, »vielleicht hatte er neulich wirklich nur einen schlechten Tag. Und ich muss mich erst noch dran gewöhnen, dass du jetzt auf Naturburschen anstatt auf sensible Künstler stehst.«

Donnerstag. Der Zumba-Kurs fiel aus. Das Familienessen leider nicht.

»Wann lernen wir deinen jungen Mann denn nun kennen?«

O bitte, nicht schon wieder.

»Vielleicht im September, da kommt er für länger.«

»Dann ist er zu Papas Geburtstag hier? Lad ihn doch ein.« Mein Vater wurde siebzig und es würde ein mittelgroßes Fest geben. Nur die Familie und engste Freunde. Vielleicht war die Idee gar nicht schlecht. Während seines Geburtstages konnte Papa Marco schlecht ins Kreuzverhör nehmen.

Meine Schwester sprang auf und hielt sich die Hand vor den Mund.

»Charlotte, Kind, du hast doch eben erst …«

Sie war im fünften Monat, wenn ich richtig informiert war, und kotzte sich immer noch die Seele aus dem Leib. Ich hatte gar nicht gewusst, dass es so etwas gab. Sofort drehte sich das Gespräch am Tisch um sie und das Baby. Das war mir ganz recht. Meine Mutter hatte Marco schon wieder vergessen und ich musste nichts entscheiden.

Ich ging früh nach Hause zu meinem Laptop.

Marco erzählte begeistert von seinen Fortschritten auf den Azoren. Der Kauf des Dorfes war abgewickelt, die Pläne des Architekten fertig; die Gemeinde hatte ihre Unterstützung bei der Versorgung des alten Dorfes mit Wasser zugesagt, und er hatte einen EU-Fördertopf aufgetan, aus dem Geld in das Projekt fließen sollte. »Lena, bitte, komm endlich her und sieh dir an, was wir hier machen. Nur für eine Woche, das muss doch gehen!«

Gehen würde das schon. Im Sommer wurde wenig gestorben, da lief das Geschäft immer schlecht. In dieser Woche zum Beispiel hatte ich nur eine Bestattung. Zwei Hochzeitspaare hatten bei mir angefragt, sich aber noch nicht entschieden. Für Hochzeiten war zwar Saison, doch diese Seite meines Geschäftes kam nicht so richtig ins Rollen.

Ich löste mich von Marcos flehendem Blick und schaute auf die Fotowand gegenüber dem Sofa. Da hingen die Bilder meiner Lieblingsesel. Normalerweise fuhr ich um diese Jahreszeit auf den Eselhof nach Schleswig-Holstein. Das tat ich seit gut zwanzig Jahren, seit ich mich dort im Urlaub mit meinen Eltern in die sanften Langohren verliebt hatte. Andere kleine Mädchen striegelten Pferde, für mich kamen immer nur Esel in Frage.

»Ich weiß nicht.«

»Esel gibt es hier auch.« Marco wusste natürlich genau, wohin mein Blick gerade gewandert war.

Ich sah wieder in die Kamera. »Schöne?«

»Große, kleine, dicke, dünne, mit vier oder mit zwei Beinen, ganz wie du willst.« Er grinste sein schönstes Jungengrinsen.

»Ich denk drüber nach.«

»Nur eine Woche, ich zeig dir die Insel und verwöhn dich, versprochen.«

»Ich hab doch gesagt, ich denke darüber nach.«

Tatsache war, dass ich mir so einen Urlaub nicht leisten konnte, ohne meine eiserne Reserve anzugreifen. Selbst wenn ich über Brüssel flog, kostete der Spaß über sechshundert Euro, ohne Hotel. Ich hatte schon Stunden damit verbracht, nach günstigen Flügen zu suchen. Es gab keine. Nicht um diese Jahreszeit.

»Mach dir keine Sorgen wegen des Geldes, ich lade dich ein.«

Nervig, diese Gedankenleserei.

»Kommt gar nicht in Frage.«

»Bitte, komm her. Du wirst nie verstehen, was ich hier tue und warum, wenn du es nicht siehst und spürst.«

»Du, Marco? Könntest du dir vorstellen, im September mit mir zum Geburtstag meines Vaters zu gehen?«

»Na klar. Aber erst kommst du her.«

4

GLEICH MUSSTE ICH STERBEN. An einem Augustnachmittag unter strahlend blauem Himmel. Über einem vulkanischen Flecken im Ozean. Mit dem Geruch des Angstschweißes meines Sitznachbarn in der Nase. Jedenfalls hoffte ich, dass es sein Schweiß war und nicht etwa meiner.

Um mich abzulenken, begann ich, im Geiste eine Trauerrede für mich zu formulieren. Lag ja nahe. Auch wenn ich sie schlecht selbst würde halten können. Wer dann? Frank? Frank war ein Freund und Kollege. Wir hatten uns während meines Psychologiestudiums kennengelernt. Er arbeitete in Bremen. Ja, Frank wäre gut. »Wir haben Helena – Lena – Janssen verloren«, hörte ich ihn sagen. Nein, Moment, erst die Musik. »Ich will Gesang, will Spiel und Tanz, will, dass man sich wie toll vergnügt. Ich will Gesang, will Spiel und Tanz, wenn man mich untern Rasen pflügt«, sang ich leise vor mich hin.

Der schwitzende Sitznachbar sah mich befremdet an.

In meinem Kopf sprach Frank jetzt: »Wie schon ein großer Denker sagte, ist die Erinnerung das einzige Paradies, aus dem wir nicht vertrieben werden können. Erinnern wir uns deshalb an Lena. Sie, die selbst so viele Bestattungen begleitet hat, war sich stets ihrer eigenen Sterblichkeit bewusst. Sie hat ihren Eltern, Renate und Wolfgang, genaue Anweisungen für diesen Tag hinterlassen.« Von wegen – meine Eltern kannten nicht mal Frank. Zu schade, dass ich ihnen jetzt nicht schnell eine Mail oder SMS schicken konnte.

Plötzlich hörten die Turbulenzen auf, und der Flieger lag wieder einigermaßen ruhig in der Luft.

Ich riskierte einen Blick aus dem Fenster. Wir überflogen einen Hafen, ein blendend weißes Kreuzfahrtschiff dümpelte auf tiefblauem Wasser am Kai. Wow.

Selbstverständlich war mir klar, dass São Miguel von oben nicht aussah wie Spiekeroog. Aber so groß hatte ich mir die Insel nicht ausgemalt. Auch nicht so grün. Das Wasser nicht so blau. Ich sah schräg nach vorn. Und die Landebahn nicht so kurz. Sie schien direkt im Meer zu enden. Ich sah lieber wieder nach rechts. Das war eine richtige Stadt da unten, mit Hochhäusern und Autobahn und allem Drum und Dran. Seltsam. Ich hatte mir São Miguel menschenleer vorgestellt. Hier und da eine Hütte und ein Bäuerlein. Marco schwärmte immer nur von der Natur der Insel. Von einer modernen Stadt war nie die Rede. Seine Fotos zeigten Wasserfälle, Seen, Pflanzen und verfallene Häuser.

Zwanzig Minuten später ging ich im Pulk der anderen Fluggäste durch die schwülwarme, nach Abgasen riechende Luft über den Flugplatz zur Ankunftshalle. Kurz bevor wir das Gebäude erreichten, hörte ich meinen Namen. Hier draußen? Ich drehte suchend den Kopf. Marco stand, keine hundert Meter weit weg, hinter einem Maschendrahtzaun auf einem Parkplatz und winkte. Mein Herz machte einen Sprung.

An die Fahrt zum Hotel in Marcos Jeep kann ich mich kaum erinnern. Ich weiß nur noch, dass Marco die ganze Zeit ein breites Grinsen im Gesicht hatte, mir ständig über das Bein streichelte, mich bei jedem Halt küsste und irgendwann in einem kleinen Ort neben einer langen Mauer den Wagen parkte. In der Mauer war ein breites weißes Metalltor, das wie von Zauberhand langsam aufschwang.

»Augen zu«, sagte Marco.

Ich war doch kein Kind! Aber wenn es ihm Freude machte … Er half mir aus dem Jeep und führte mich einen Weg entlang. Unter meinen Füßen knirschte Kies, fremde Gerüche kitzelten meine Nase, Vogelstimmen klangen ganz nah.

»Jetzt darfst du gucken.«

Ich stand im Garten Eden.

Und zwar in der Version mit Pool.

Inmitten von unfassbar grünem Grün, azurblau und bonbonrosa blühenden Büschen schien das himmelblaue Wasser aus dem Becken in das dunklere des Ozeans unmittelbar dahinter zu fließen. Beinah wäre ich andächtig auf die Knie gesunken, so beeindruckend war der Anblick.

»Willkommen auf São Miguel.«

Marco reichte mir ein Glas Sekt. Versunken, wie ich war, hatte ich nicht mitbekommen, dass ein Kellner leise auf die Poolterrasse getreten war und jetzt ebenso dezent den Rückzug antrat.

»Marco, so etwas Schönes habe ich noch nie gesehen. Das muss hier doch ein Vermögen kosten. Sag jetzt nicht, dass du in Wirklichkeit *hier* lebst, wenn du auf der Insel bist.«

Er lachte.

»Keine Sorge, die Anlage gehört einem Bekannten, ich kriege Rabatt. Komm, ich zeig dir alles.«

Was soll ich sagen? Kaum drehten wir dem Pool den Rücken, schienen wir in einer anderen Epoche zu wandeln. Wir schlenderten zwischen Buchsbaumhecken durch Gärten, von denen jeder wie ein eigener Raum gestaltet war, durchschritten aus Pflanzen geformte Bögen, erschnupperten den Duft von Rosen, Hortensien, Hibiskus und jeder Menge Blüten, die ich noch nie gesehen oder gerochen hatte. Schließlich blieben wir vor einem Herrenhaus stehen, das laut Marco vor ungefähr hundertfünfzig Jahren einen Orangenbaron beherbergt hatte.

Für uns war das Turmzimmer gebucht. Zwischen weiß gekalkten Mauern führte eine mit kleinen schwarzen und weißen Kacheln belegte Steintreppe hinauf auf eine Terrasse mit Blick über den Garten auf das Meer. Ich konnte mich kaum sattsehen.

Marco zog einen Schlüssel aus der Tasche und öffnete die Tür zum Zimmer. »Komm rein, Lena, der Ausblick läuft dir nicht weg.«

Ein großes antikes Bett mit einem verschnörkelten weiß und golden glänzenden Rahmen beherrschte den Raum. Darauf lag eine dezent bestickte Tagesdecke mit passenden Kissen. Ich strich mit der Hand darüber, sie war wunderbar weich.

An den Wänden hingen leicht vergilbte Schwarzweißfotografien. Ich ging die kleine Galerie entlang. Die Menschen darauf sahen alle ungeheuer ernst aus. Gegenüber dem Bett stand ein hoher Sekretär aus dunkelrot schimmerndem Holz. Die Schreibfläche war ausgeklappt, ein aufgeschlagenes Buch lag neben Schreibpapier samt Füllfederhalter. Mich beschlich das Gefühl, der Herr Orangenbaron sei nur kurz aus dem Zimmer gegangen, damit das Hausmädchen die Möbel polieren konnte. Mir entfuhr ein Seufzen.

»Gefällt's dir nicht?«

»Doch, es ist wunderschön, nur so … so feudal.« Ich sah an mir herab, auf mein T-Shirt, die Jeans. »Meinst du nicht, ich müsste hier Seide tragen? Und du einen Anzug?« In seinen Jeans passte Marco genauso wenig ins Ambiente wie ich.

»Quatsch. Du wirst sehen, die anderen Gäste hier sind auch alle ganz normal.«

Er nahm mich in die Arme.

»Aber an unseren Klamotten sollten wir trotzdem was ändern.«

Sprach's und schob mir das T-Shirt über den Kopf.

Kichernd fielen wir auf das erfreulich stabile Bett des Barons.

Paulo starrte auf die Hand, die sich ihm fordernd entgegenstreckte.

»Nun gib mir schon den Schlüssel!«

Ihre Stimme, sonst so lockend, klang wie die eines Generals im Manöver. Der Blick stahlgrau, der Mund eine dünne Linie. Ihr Körper, ihr schlanker, aber wunderbar weicher Körper, ein einziges stählernes Ausrufezeichen.

Sie stand in der Tür ihres Hauses. Des Hauses, in dem er seit Monaten ein und aus ging, in dem alles angefangen hatte.

Paulo verstand gar nichts.

»Aber warum? Hab ich was falsch gemacht?«

»Es ist einfach nur vorbei. Und jetzt gib mir den Schlüssel.«

»Lass uns doch reingehen und reden.«

»Nein.«

Paulo fühlte sich hilflos. Er nestelte den Schlüssel zu ihrem Haus von seinem Schlüsselbund, legte ihn in ihre Hand. »Sag mir doch ...«

»Man sieht sich, mach's gut. War nett mit dir.« Sie schlug ihm die Tür vor der Nase zu.

Paulo stand davor wie ein ausgesperrter Hund.

Endlich gab er sich einen Ruck und ging zu seinem Wagen, setzte sich hinter das Steuer. Er umfasste das Lenkrad mit beiden Händen, fuhr aber nicht los. Er versuchte zu begreifen. Was war passiert, als er das letzte Mal bei ihr war? Sie hatten gefeiert. Das Badezimmer, das er für sie renoviert hatte, war fertig. Sie war glücklich und ausgelassen gewesen. Sie hatten Wein getrunken und miteinander geschlafen. War sie merkwürdiger Stimmung gewesen, als er ging? Nein, da war nichts. Nur ein Abschiedskuss, wie immer, ein letztes Lächeln und Winken. Und jetzt das. Er verstand es einfach nicht.

Vielleicht war es nur eine Laune. Er würde wiederkommen und mit ihr reden. Bestimmt war es nur eine Laune. Das kannte er von Mariana. Die hatte auch solche und solche Tage und kam von einem Moment auf den anderen auf komische Ideen. Seit neuestem lief sie mit Stöcken durch die Gegend. Walken nannte sie das. Paulo seufzte tief. Wer verstand schon, was in Frauen vorging?

Der Motor des Renault stotterte mal wieder, als Paulo ihn schließlich startete.

Fast Mittag. Er überlegte kurz, zum alten Dorf zu fahren. Unsinn. Bevor er nicht mit Marco gesprochen hatte, konnte er dort nichts ausrichten. Er brauchte Entscheidungen. Morgen. Morgen kam Marco mit seiner Freundin. Abends wollten sie alle zusammen essen gehen. Wie hieß die Freundin noch mal? Lara?

Bei dem Gedanken an Essen knurrte Paulos Magen. Normalerweise hätte er sich heute nur ein belegtes Brötchen geholt. Aber jetzt konnte er genauso gut nach Ribeira Grande fahren. Nach Hause. Kurz vor der Einfahrt verschwand endlich das Bild von der ausgestreckten Hand aus seinem Kopf. Paulo stellte den Wagen in die Garage und ging über den gepflasterten Weg durch den von Mariana liebevoll angelegten Vorgarten zur Haustür. Vielleicht, dachte er, vielleicht ist es auch besser so.

Schon im Flur roch es verheißungsvoll nach Gebratenem. Wenn etwas seine Stimmung verlässlich aufzuhellen vermochte, dann war das ein ordentliches Stück Fleisch. Paulo hängte seine Jacke an einen der Haken neben dem Spiegel, strich sich die Haare glatt und folgte dem Duft in die Küche.

Mariana und Isabel saßen am Tisch, vor sich Teller mit abgeknabberten Rippchen. Neben der Spüle stapelten sich leere Töpfe und Schüsseln. Isabel hielt Tiago auf dem Schoß. »Er hat wieder Fieber«, sagte sie gerade und fühlte seine Stirn. »Na komm, Süßer, noch ein bisschen Karottenbrei, den magst du doch.« Mariana war schon beim Kaffee. Sichtlich überrascht sah sie Paulo an und setzte die Tasse ab. »Du? Ich hab heute gar nicht mit dir gerechnet.« Sie runzelte die Stirn. »Es gibt nur noch Gemüsesuppe von gestern.«

Es war nicht sein Tag.

»Muss ich mich in meinem eigenen Haus anmelden, wenn ich was Anständiges zu essen haben will?«

Mariana presste die Lippen aufeinander, sagte keinen Ton und stand auf. Paulo wandte sich ab. Von schmallippigen Frauen hatte er für heute die Nase voll. Er ließ sich auf den Stuhl neben Isabel fallen, ignorierte ihren fragenden Blick und sah lieber Tiago an. Sein Enkel hob prompt die runden Ärmchen und wollte auf Opas Schoß. Paulo öffnete die Arme. »Na komm, kleiner Mann.«

»Nichts da, erst wird aufgegessen.« Isabel sah ihren Sohn streng an. Tiago machte den Mund auf – und brüllte los. Ohrenbetäubend. Isabel schob ihm einen Löffel Brei in den aufgerissenen Schlund. Das Protestgeschrei erstickte in zerstampften Karotten. Paulo und Isabel grinsten sich an.

Ping. Die Mikrowelle. Mariana stellte mit solcher Heftigkeit einen Teller vor Paulo auf den Tisch, dass die Suppe gegen den Tellerrand brandete und nur gerade so eben nicht überschwappte.

»Wir waren heute in der Stadt«, erzählte Isabel. »Tiago hat neue Schuhe. Sieh mal.«

»Hm. Schön.«

Mariana setzte sich wieder an den Tisch.

»Fällt dir an Mama gar nichts auf?«

Paulo sah zu seiner Frau. Ihr Gesichtsausdruck erinnerte nach wie vor an einen Barrakuda.

»Nein.«

»Wir waren beim Friseur. Ich finde, mit der neuen Farbe wirkt Mama um zehn Jahre jünger.«

»Kein Wunder, dass es hier aussieht wie im Saustall, wenn meine Frau ihre Zeit beim Friseur vertrödelt.«

Er war zu weit gegangen. Er merkte es selbst, sah es am empörten Blick seiner Tochter und schämte sich.

Mariana schlug mit der Faust auf den Tisch. »Das reicht! Wenn du schlechte Laune hast, lass sie gefälligst nicht an mir aus.«

»Entschul–«

Weiter kam er nicht. Tiago stieß einen schrillen Schrei aus und erbrach in hohem Bogen den Karottenbrei. Kaum hatte er alles von sich gegeben, schmiegte er sich leise wimmernd an die Brust seiner Mutter. Wieder befühlte Isabel die kleine Stirn. »Wir gehen besser nach Hause und ich lege ihn hin.«

Um drei Uhr in der Nacht riss das Telefon Paulo und Mariana aus dem Schlaf. »Papa?« Ein Schluchzen. »Papa, wir sind im Krankenhaus. Die Ärzte sagen, Tiago hat vielleicht eine Hirnhautentzündung. Ich hab solche Angst!«

Die Götter mussten phantastischen Sex gehabt haben, bevor sie São Miguel aus dem Ozean hoben. Ganz bestimmt. Etwas so Schönes konnte nur aus einem tiefen Glücksgefühl entstanden sein.

Mein zweiter Tag auf der Insel. Seit dem frühen Morgen waren wir unterwegs, und Marco tat geheimnisvoll. »Heute ist das ideale Wetter für Sete Cidades.« Mit diesen kryptischen Worten steuerte mein persönlicher Reiseführer den Jeep auf eine weniger gut ausgebaute Straße. Von da an ging es in Kurven bergauf. Laut Marco waren wir auf dem Weg zum größten Krater der Azoren. Habe ich schon gesagt, dass das Grün auf der Insel grüner war als grün? Ich weiß wirklich nicht, wie ich es sonst ausdrücken soll. Vielleicht kam der Eindruck auch daher, dass die mit schwarzbunten Kühen gesprenkelten Wiesen rechts und links der Straße von knallblauen Hortensienhecken begrenzt wurden. Der Kontrast war phantastisch, der reinste Farbenflash. Ich musste an die Schwarzbunten in Schleswig-Holstein denken. Die würden vor lauter Neid keine Milch mehr geben, wüssten sie, vor welcher Kulisse ihre azoreanischen Artgenossen wiederkäuten. Nach Eseln hielt ich allerdings vergeblich Ausschau.

Je höher wir kamen, desto weniger üppig wurden die Wiesen. Jetzt zogen sich urwaldartig Bäume und Kletterpflanzen die Hänge hinauf. In den höheren Lagen säumten Nadelbäume die Straße. Nicht irgendwelche, sondern japanische Sicheltannen, wie Marco mich wissen ließ. Die Straße machte eine Rechtskurve. Kaum hatten wir sie genommen, dachte ich: Falscher Film. Zwischen Büschen und Blüten ragte ein unaussprechlich hässlicher Betonbau gen Himmel. Ein Bunker? Hier? Dann erst registrierte ich Balkone und leere Fensterhöhlen. »Marco, was für eine Scheußlichkeit ist das denn?«

»Das war mal ein Fünfsternehotel. Ist pleitegegangen. Zu viel Nebel hier oben.«

Ich tippte eher auf zu viel Beton. Als Schauplatz für einen Horrorthriller mochte das dunkelgraue Ding taugen, aber für sonst nichts. Selbst mit Fensterscheiben nicht. Der Architekt, der diesen Entwurf verbrochen hatte, musste ein besonders armseliges Liebesleben haben.

Nach einer weiteren Kurve hielt Marco auf einem Parkplatz voller Reisebusse und Autos an. Ein paar Minuten später vergaß ich jeden Gedanken an Horrorfilme in Hotelruinen. Ich vergaß auch die anderen Touristen. Zum ersten Mal in meinem Leben blickte ich in einen Krater. Und sah kein bisschen Lava. Wenn ich nicht immer nur in Norddeutschland Urlaub gemacht hätte, wären meine Vorstellungen von Kratern vielleicht nicht ganz so beschränkt gewesen. So aber war in meinem Hirn die schlichte Formel *Krater – Lava – Vulkanausbruch* gespeichert, in den Farben Schwarz, Rot und Grau. Stattdessen sah ich tief unter uns zwei von einer Brücke getrennte Seen, von denen einer grün schimmerte und einer blau. An den Ufern des blauen Sees lag ein weißes Dorf.

»Das ist Sete Cidades.«

Von hier oben betrachtet wirkte der Ort wie aus Lego. Im Hintergrund ragten steil die Wände des riesigen Kraters auf – in Grün.

»Das ist ja irre!«

»Komm, wir gehen ein Stück auf dem Kraterrand.«

Ich kam aus dem Oh-und-Ah-Rufen gar nicht mehr heraus.

Wenn ich nach links guckte, sah ich über Hortensienblüten und Kuhwiesen auf das glitzernde Meer, drehte ich den Kopf nach rechts, leuchteten die Kraterseen im Licht der Sonne. Marco nahm meine Hand.

Später, in einem Café unten im Dorf, erzählte er mir die Legende vom grünen und blauen See. Der zufolge hatte sich eine Königstochter in einen Hirten verliebt. Der Vater der Prinzessin verbot diese Liebe, erlaubte den beiden aber ein letztes Treffen. Dabei vergossen die Liebenden so viele Tränen, dass zwei Seen entstanden. Der blaue aus den Tränen der Königstochter, der grüne aus denen des Hirten. Was für eine traurige Geschichte. Marcos Handy klingelte.

Er sah auf das Display. »Das ist Paulo, da muss ich drangehen.«

Das Gespräch war kurz. Marco sagte ein paar Worte auf Portugiesisch, von denen ich natürlich kein einziges verstand. Aber ich konnte an seinem plötzlich ernsten Gesichtsausdruck ablesen, dass irgendetwas nicht in Ordnung war.

»Schlechte Nachrichten?«

»Paulos Enkel liegt mit Verdacht auf Hirnhautentzündung im Krankenhaus. Das Essen heute Abend fällt aus.«

»Der Arme! Wie alt ist denn der Enkel?«

»Zwei, glaub ich. Jedenfalls noch ziemlich klein.«

»Bist du mit Paulo eigentlich befreundet? Immerhin wohnst du bei ihm und seiner Frau.«

Marco zuckte mit den Achseln.

»Hab ich noch nie drüber nachgedacht. Wir sind ziemlich verschieden. Wir reden eigentlich nur über die Arbeit. Apropos, ich muss noch auf die Baustelle – hast du Lust mitzukommen?«

»Klar. Ich platze doch schon vor Neugier.«

Es ging erst einmal Richtung Norden, dann nach Osten. Runter an die Küste und wieder rauf auf irgendwelche Berge. Während der Fahrt vergaß ich zwischendurch, dass wir uns auf einer Insel befanden. Aber schon blitzte hinter einer Hügelkuppe wieder das Meer auf und erinnerte mich daran, dass ich eintausendfünfhundert Kilometer vom nächsten Festland entfernt war.

Seit geraumer Zeit gab es um uns herum nur noch Landschaft. Zweifellos traumschöne Landschaft, aber nirgends ein Haus, nicht mal eine Hütte. Und es ging in Serpentinen immer steiler bergauf.

»Hast du dich verfahren?«

»Wie kommst du denn darauf?«

»Hier soll noch ein Dorf kommen?«

»Ein verlassenes Dorf.«

Kein Wunder.

Marco bog auf einen schmalen betonierten Weg ein, schaltete den Allradantrieb zu und steuerte den Wagen langsam bergab.

Auf einer weiten Fläche hielt er an. Sie war offensichtlich einem Berg abgetrotzt worden, dessen Halde aus grauschwarzem Gestein mich an eine schorfige Wunde denken ließ. Drei staubige Geländewagen und ein kleiner Lastwagen parkten zwischen Stapeln von Baumaterial. Daneben stand ein Container mit Fenster. Von irgendwoher kamen hämmernde Geräusche.

»Wir gehen zu Fuß weiter.«

Ich gestehe, meine Erwartungen, den weiteren Verlauf des Nachmittags betreffend, waren nicht sehr hoch. Meine innere Stimme übte Sätze wie: »Was für eine hübsche Baustelle! So ein reizender Betonmischer aber auch!« Ich hätte in Sete Cidades doch etwas essen sollen. Wahrscheinlich war ich unterzuckert und wurde deshalb kindisch. Marco unterbrach meine albernen Gedanken.

»Kommst du?«

Ich lief hinter ihm her. Auf der rechten Seite des Platzes führte zwischen hohen Bäumen und mannshohen Farnen ein schmaler Weg nach unten. Wie Schirme beschatteten die Farnwedel den ausgetretenen Pfad. Die Luft war feuchtwarm, ich schwitzte. Baumwurzeln drückten sich aus der Erde in den Weg, es roch ein bisschen faulig und gleichzeitig süßlich. Der süße Duft ging von violetten Blüten aus, die die Baumstämme umrankten. Ein Plätschern rechts von mir, und schon trat ich in eine Pfütze. Aus den Farnen ergoss sich ein kleiner Wasserfall. Es ging weiter bergab. Wie mühsam musste es sein, das ganze Baumaterial über diesen Weg hinunterzubringen …

»Wie hoch sind wir hier eigentlich?«

»Knapp vierhundert Meter.«

Der Pfad beschrieb noch ein paar Kurven, und dann, als hätte jemand einen Vorhang geöffnet, blickte ich zum zweiten Mal an diesem Tag auf das Werk glücklicher Götter.

Diesmal hatten sie aus Gras und Blumen und Früchten ein flaches Körbchen geformt, dieses Körbchen auf einen Felsvorsprung im Atlantik gesetzt, aus purem Übermut noch dichtbewaldete Berghänge darum gruppiert und kleine Häuschen hineingetupft. Als wäre es direkt aus dem Himmel gefallen, lag das alte Dorf im Sonnenlicht.

Es war Liebe auf den ersten Blick.

Im Dorf stellte mir Marco Paulo vor, der auf die Baustelle gekommen war, um ein paar wichtige Dinge mit Marco zu besprechen. Danach wollte er wieder ins Krankenhaus zu seinem Enkel. Ich fand ihn sympathisch. Um die fünfzig, kräftig gebaut, mit tellergroßen Händen und Lachfalten um die Augen. Im Augenblick stand ihm allerdings die Sorge um das Kind ins Gesicht geschrieben. Ich ließ die Männer allein und schlenderte durch das Dorf.

Die graubraunen Mauern der Häuser fühlten sich rau an, als ich mit den Händen darüberstrich. Manche Gebäude trugen noch bröckelnden Putz, andere befanden sich in verschiedenen Stadien des Verfalls. In einem offenen Schuppen lag eine magere Katze mit ihren Jungen und fauchte mich an.

Zum Meer hin begrenzte eine grün bepelzte Mauer das Dorf. Ich stützte die Arme darauf, spürte die Kühle des Steins und die feuchte Frische des Mooses. Der Ozean tief unter mir sandte den Duft von Algen und Salz. Ich stand lange dort. Und obwohl hinter mir geschäftiges Treiben herrschte, obwohl das Knattern eines Generators fast die zwitschernden Vögel übertönte und ich wie von fern die Stimmen der Arbeiter hörte, überkam mich ein Gefühl tiefer Ruhe.

Nah an der Mauer stand ein kleines, aber gut erhaltenes Haus. Es lag ein Stück abseits von den anderen, als gehörte es nicht richtig dazu. Die Tür war offen. Einladend.

Ich trat ein und stand unmittelbar in einem überraschend großen, hohen Raum. Eine Wand wurde fast gänzlich von einer offenen Kochstelle eingenommen, ein grün angelaufener Kupfertopf hing dort noch. Fuß- und Kopfteil eines Eisenbettes lehnten an der Wand gegenüber, daneben standen ein wackliger Tisch und zwei Holzstühle. Ein gutes Drittel des Raumes überspannte ein Hängeboden. Eine wackelig wirkende Leiter führte hinauf.

Wer hatte hier wohl gelebt? Wann war sie gegangen? Ich war mir ganz sicher, den Geist einer alten Frau zu spüren. Flüsterte da jemand?

Draußen setzte ich mich auf die breite Mauer, zog die Beine an, legte den Kopf auf meine Knie, schloss die Augen und spürte der Magie dieses Ortes nach. Ich sah das Gesicht der alten Frau; es war ganz runzelig, die dunklen Augen klein und müde. Dünne weiße Haarsträhnen lugten unter ihrem geblümten Kopftuch hervor. Sie lächelte mich verhalten an. In der nächsten Sekunde änderte sich das Bild. Jetzt saßen Marco und ich vor dem Haus auf den alten Holzstühlen. Das Haus strahlte frisch weiß gestrichen. Die Tür und die Fensterrahmen waren tiefblau lackiert. Wir schauten auf das Spiel der Wolken über dem Ozean. Neben uns auf der Wiese grasten zwischen Hortensien zwei Esel. Plötzlich tapste ein Kind durch die Idylle. Es war nackt bis auf eine Windel, hatte blonde Haare und stiefmütterchenblaue Augen mit langen schwarzen Wimpern. Fast wäre ich von der Mauer gefallen.

Am Abend saßen wir mit den Füßen im Wasser am Pool unseres Hotels und sahen der Sonne beim Untergehen zu. Andere Hotelgäste lagen auf Liegestühlen. Leises Geplauder umgab uns.

»Marco, können wir nicht den Rest der Woche im alten Dorf verbringen?«

Er lachte. »Du willst Urlaub auf der Baustelle machen?«

»Da sind doch diese halbwilden Gärten, da hört man fast nichts von dem Lärm. Wir könnten zelten.«

»Lena, aus dem Alter zum Zelten bin ich raus. Außerdem hab ich hier schon für die ganze Woche bezahlt. Und« – er wies auf den Pool und die parkartige Anlage – »so richtig schlecht ist es hier ja auch nicht.«

Nein, aber eben nicht so ursprünglich und verträumt, nicht so friedlich. So magisch.

»War ja nur eine Idee.«

Ich erzählte ihm nicht von meinem Tagtraum. Davon würde ich niemandem erzählen. Nicht für alles Geld der Welt.

Mariana lief vor der Glastür auf und ab wie ein gefangenes Tier. Zwei Meter bis zur linken Wand, umdrehen, zwei Meter bis zur rechten Wand. Wieder und wieder. Hinter der Tür lag die Intensivstation, lag ihr kleiner Tiago. Sie und Paulo hatten ihn ganz kurz besuchen dürfen. Er sah so winzig und verloren aus in dem großen weißen Bett mit all den Apparaten. Jetzt waren wieder Isabel und Tomás bei ihm.

»Willst du dich nicht mal hinsetzen?«

Sie sah zu Paulo hinüber, der vornübergebeugt auf einem der grauen Stühle in dem kahlen Warteraum hockte. Zur Ablenkung gab es hier neben einem stumm geschalteten Fernsehgerät nur eine große Uhr, deren Zeiger in die falsche

Richtung zu ticken schienen. Paulo hob den Kopf und blickte sie an.

Mariana schüttelte den Kopf. Wie sollte sie stillsitzen? Das Warten machte sie schier verrückt. Die Ärzte hatten dem Kind Antibiotika und andere Medikamente gegeben und Blut abgenommen. Gleich sollte Nervenwasser aus Tiagos Rückenmark gezogen werden. Mariana mochte gar nicht an die Nadel in dem kleinen Körper denken. Kurz glaubte sie, ein Kind weinen zu hören, und blieb voller Schreck stehen. Paulo stand auf und legte ihr seine Hand auf die Schulter. »Mariana, bitte versuch doch, einen Moment zur Ruhe zu kommen.«

Seine Stimme klang heiser. Sie sah die Angst auch in seinen Augen. Mariana begann zu weinen. Nach kurzem Zögern nahm Paulo sie in die Arme.

Ihm war selbst zum Heulen. Seit er hier in diesem verdammten Wartezimmer saß, konnte er nur mit Mühe die Tränen zurückhalten. Er war kein Weichei, aber das hier ging ihm an die Nieren. Er wusste nicht viel über Hirnhautentzündungen. Nur, dass die tödlich sein oder zu Hirnschäden führen konnten. Er drückte die schluchzende und zitternde Mariana ein bisschen fester an sich. Der vertraute Pfirsichduft ihres Shampoos stieg ihm in die Nase. Er hatte etwas Tröstliches.

Durch die Glastür sah er Isabel und Tomás aus dem Krankenzimmer kommen. Beide hatten tiefe Ringe unter den Augen. Auf dem Flur nahmen sie den grünen Mundschutz ab und warfen ihn in einen Mülleimer. Die Tür öffnete sich mit einem leisen Plopp.

»Tiago schläft«, berichtete Isabel. »Die Punktion ist gut gelaufen, und die Medikamente scheinen anzuschlagen.«

Paulo spürte, wie Mariana in seinen Armen ruhiger wurde. »Und was passiert jetzt?«

»Die Ärzte sagen, wir sollen uns ausruhen. Bevor die Laborergebnisse nicht da sind, können sie nichts weiter machen. Aber sie sind ganz zuversichtlich.«

Ein winziges Lächeln schlich sich in das erschöpfte Gesicht seiner Tochter. Paulo lächelte zurück. Das waren gute Nachrichten.

Dann sagte Isabel zu seiner Verblüffung: »Alles Schlechte hat auch sein Gutes. Ich hab euch lange nicht mehr Arm in Arm gesehen.«

Déjà-vu. Nur die Umgebung passte nicht. Julians Neuseelandbombe war seinerzeit bei einem Spaziergang im Schnee geplatzt. Jetzt lag ich in einem Ort namens Furnas zwischen exotischen Gewächsen in herrlich warmem, eisenhaltigem Wasser.

Es hätte mein bisher schönster Tag auf der Insel sein können. Eingebettet in einen riesigen Vulkankrater, wirkte das Städtchen wie eine Mischung aus Allgäu, Kurbad und Höllenschlund. Fasziniert hatte ich noch vor zwei Stunden auf unheimlich knackendem und ächzendem Vulkangestein gestanden, wo kochend heißes Wasser und Dämpfe hochbrodelten, als schickte der Teufel mit seinem Schwefelatem einen Vorgeschmack der Hölle auf die Erde. Anschließend waren Marco und ich händchenhaltend durch einen Park gewandert, dessen Pflanzenpracht mir schier den Atem verschlug. Es hätte der perfekte Tag sein können, wenn nur Marco nicht gesagt hätte, was er soeben gesagt hatte. Nun fror ich im warmen Wasser und mir war übel.

»Ich möchte, dass du zu mir kommst, Lena, dass wir im alten Dorf zusammenleben.«

Neuseeland oder São Miguel, wo war da der Unterschied?

Mein Herz schrie: Ja!

Mein Verstand brüllte: Nein!

Mein Mund sagte: »Verdammt!«

Marco zuckte zusammen, als ich mit beiden Händen auf die Wasseroberfläche schlug. Das ist eigentlich nicht meine Art, schon gar nicht in einem Badebecken mit wildfremden Menschen um mich herum, aber ich war wütend, dermaßen wütend! Warum passierte so was immer mir?

Im nächsten Moment lachte ich lauthals los. Möglicherweise reagierte ich ein bisschen hysterisch.

»Lena? Alles in Ordnung mit dir?«

»Entschuldige.«

»Findest du die Idee so lächerlich?«

Lächerlich nicht, unrealistisch schon.

»Hast du nicht gesagt, die sind hier alle katholisch?«

»Was hat das mit uns zu tun?«

»Katholiken engagieren mich so gut wie nie. Und wenn doch, dann legen sie gesteigerten Wert darauf, dass ich dieselbe Sprache spreche wie sie.«

»Lena, ich meine es ernst.«

»Ich auch.«

Abends im Bett redeten wir noch einmal darüber. Ich begriff, dass Marco von Anfang an vorgehabt hatte, auf São Miguel im alten Dorf zu leben und zu arbeiten. Das hatte er gemeint mit »zur Ruhe kommen«. Es hätte mir längst klar sein müssen. Stattdessen hatte ich mir erfolgreich eingeredet, er käme nach Abschluss des Projektes zu mir nach Hannover. Und dort zur Ruhe. Reines Wunschdenken.

»Marco, warum tust du mir das an? Du weißt doch, wie ich bin.«

»Hm, weiß ich.« Lächelnd fuhr er mit zwei Fingern über meine nackte Hüfte.

»Im Ernst, Marco.«

Er zog die Hand zurück, stützte den Arm auf und sah mich ruhig an. »Lass mich überlegen. Weil du die einzige Frau bist, die ich kenne, die lieber beim alten Dorf zelten würde, als hier im Hotel zu wohnen? Ich kenn auch keine andere, die sich so freuen kann wie du. Keine, deren Augen leuchten wie Kristalle, wenn sie eine besonders schöne Blüte sieht.«

Er strich mir ganz zart über die Wange.

»Aber …«

»Nein, ich bin dran. Du bist keine von diesen Zicken, die dauernd von Körperfett oder Schuhen reden, und du bist auch keine kiffende Aussteigerin, die es nirgendwo lange hält. Du bist ernsthaft, du kannst super zuhören. Du kriegst nicht gleich einen Anfall, wenn du mal nass wirst. Und …«

Und was? Warum redete er nicht weiter? Wieso war da jetzt so ein hilfloser Ausdruck in seinen Augen?

»O Mann, ich kann so was nicht.« Er stand auf, tigerte durchs Zimmer, kam wieder zum Bett zurück. Kniete sich neben mich, schob meine Haare zur Seite und flüsterte mir leise ins Ohr: »Mit dir fühle ich mich ganz.«

Tief durchatmen, Lena. Jetzt nicht schwach werden. Schön sachlich bleiben.

»Aber ich bin nicht so wie du. Risiken sind nichts für mich.«

Zum Glück erhob sich Marco von den Knien und legte sich mit einigem Abstand wieder zu mir aufs Bett.

»Sagt die Frau, die sich als Trauerrednerin selbständig gemacht hat.«

»Das ist was anderes. Aber wo du gerade davon redest: Meine Arbeit und mein Leben in Hannover sind keine alten Socken, die ich einfach wegwerfe, nur weil du auf einer Insel im Atlantik dein Shangri-La gefunden hast.«

»Das auch dein Shangri-La sein könnte.«

»Hör auf, dir was vorzumachen.«

»Vielleicht bist du viel mutiger, als du glaubst.«

»Bin ich nicht, Marco.«

Da lagen wir nun, einander zugedreht, sahen uns an und schwiegen.

»Also Fernbeziehung oder gar nichts?«, fragte Marco schließlich mit traurigen Augen. Ich nickte, selbst alles andere als glücklich.

»Schaffen wir das?«

»Ich weiß es nicht.«

Feiner Regen hüllte die Insel in Dunst. Die Silhouetten der Flugzeuge auf dem kleinen Flugplatz von Ponta Delgada ragten wie Schatten aus dem Grau. Meine Zeit in der Sonne war in jeder Hinsicht zu Ende. »Komm nicht mit rein«, bat ich Marco. »Sonst muss ich nur wieder heulen.«

So wie gestern. Marco war mit mir an die Westspitze der Insel gefahren. »Ich möchte dir etwas zeigen.« Eigentlich wäre ich lieber den ganzen Tag mit ihm im Hotel geblieben. Doch dann fand ich mich auf einem unspektakulären Bauernhof wieder.

»Was machen wir hier?«

»Nicht so ungeduldig.« Marco sprach mit dem Bauern. Der Mann redete, als hätte er eine Tüte voll Ös und Üs verschluckt, die er jetzt wieder loswerden musste. Marco zog einen Umschlag aus der Tasche, der Bauer steckte ihn ein und wies auf einen Stall. Fünf Minuten später stand ich Benito gegenüber. Er war wunderschön, mit silbergrauem mittellangem Haar, einem dunklen Schulterkreuz und schmelzendem braunem Blick.

»Jetzt hast du zwei Esel, die hier auf dich warten.«

5

DIE SCHREIE DER MUTTER durchdrangen jeden Winkel des Friedhofs. Jeder Ast, jedes Blatt, jeder Grabstein schien ihr Leid zurückzuwerfen. »Neeiiin!« Als der kleine weiße Sarg hinabgelassen wurde, brach sie zusammen, kniete am Rand des Grabes, die Hände um einen kleinen Stoffpinguin gekrampft.

»Als Lebende ist Clarissa nicht mehr unter uns«, sagte ich, »aber sie wird in Ihren Gedanken und Gefühlen nicht sterben. Sie werden ihr oft begegnen in Ihren Erinnerungen an sie und ihr kurzes, aber sonniges Leben – in den Bildern, die Sie von ihr haben, in Ihren Herzen, Ihren Träumen.«

Ich glaubte nicht, dass die Eltern des Kindes auch nur einen Satz wahrnahmen.

»Unsere Lieben wachsen, wenn sie gegangen sind, in uns hinein, werden ein Teil von uns, geben uns ihre Liebe. Ich wünsche Ihnen von ganzem Herzen, dass daraus die Kraft wächst, die Sie durch die schlimmste Zeit der Trauer trägt.«

Ich trat zurück.

Nie zuvor hatte ich die Beerdigung eines Kindes begleitet. Nie zuvor war es mir so schwergefallen, mit ruhiger Stimme zu sprechen. Clarissa wäre morgen vier Jahre alt geworden. Ein Siebzehnjähriger ohne Führerschein hatte sie auf dem Zebrastreifen vor dem Kindergarten überfahren.

Zwei Tage hatte ich an meinem Text gearbeitet, in der

Hoffnung, die richtigen Worte zu finden. Aber alles, was ich gesagt hatte, erschien mir hohl. Es konnte keine richtigen Worte geben angesichts dieser ungeheuren Trauer.

Wie in Zeitlupe öffnete die Mutter ihre Hand und ließ den kleinen Pinguin ins Grab fallen. Ihr Mann zog sie sanft auf die Beine, gemeinsam verharrten sie noch lange so und wandten sich schließlich ab. Ihre Gesichter glichen weißen nassen Masken.

Auf dem Weg zum Wagen hörte ich noch immer ihr Schluchzen.

Helena Janssen – Lebens- und Trauerfeiern. Ich hätte die Schrift von meinem Wagen abkratzen mögen. In diesem Moment hasste ich meinen Beruf.

Im Auto legte ich die Hände auf das Steuerrad, ließ meine Stirn daraufsinken. Was war los mit mir? Ein Trauerfall durfte mich nicht derart mitnehmen. Wo war meine professionelle Distanz? Wozu hatte ich all die Seminare besucht, die mich auf eine solche Situation vorbereiten sollten?

In wenigen Monaten würde Charlotte ihr Kind bekommen. Ein Mädchen, wie die kleine Clarissa. Ich flehte alle Mächte des Universums an, meiner Nichte ein langes Leben zu schenken.

Keine Ahnung, wie lange ich im Auto saß, ehe ich mich einigermaßen gefasst hatte. Oder wie lange ich danach ziellos durch die Stadt fuhr. Am Abend machte ich den Laptop nicht an, sondern telefonierte lange mit Frank. Mit niemandem sonst konnte ich heute über diesen Tag sprechen. Aber auch er konnte nichts daran ändern, dass sich die Schreie der Mutter in meine Seele gebrannt hatten und in dieser Nacht durch meine Träume hallten. Morgens um drei wachte ich schweißgebadet auf und tastete nach Marco. Natürlich vergeblich.

»Lena! Du hier und nicht auf fernen Inseln!« Andrea zog gerade ihre Jogginghose hoch, als ich in den Umkleideraum kam. Neben ihr auf der Bank saß Petra, eine Freundin von uns beiden. »Hat Marco-Megaman dich tatsächlich wieder weggelassen?«

Die beiden grinsten sich an. Es war der zweite Donnerstag, seit ich von den Azoren zurück war. In der Woche zuvor hatte ich nicht zum Kurs kommen können. Da stand ich um diese Zeit neben einer verzweifelten Frau, die das Stofftier ihres toten Kindes umklammerte. Wann würde ich dieses Bild aus dem Kopf bekommen?

»Hey, das war ein Scherz! Du musst doch nicht gleich gucken, als hätten wir dir in die Suppe gespuckt.«

Andrea stand auf und kam auf mich zu.

»Was ist denn? War's nicht schön?«

Mein Lächeln geriet wohl etwas gequält. Andreas Blick wurde sofort mitfühlend. Sie legte ihre Hand auf meinen Unterarm. »Ist was passiert? Hat der Typ dir weh getan?«

Die Tür zum Trainingsraum schwang auf, lateinamerikanische Rhythmen drangen in die Umkleide. »Mädels, wir fangen an!« Die hohe Stimme von Corinne, unserer Trainerin, klang ungeduldig. Dies war weder der Moment noch der Ort, um darüber zu reden, wie es mir ging und warum.

Die Woche mit Marco erschien mir so unwirklich, als hätte ich nur davon geträumt. Oder als wäre ich auf einem anderen Stern, in einer anderen Realität gewesen. Nur abends, wenn ich mit ihm sprach, wurde die Erinnerung wirklicher.

»Ach Quatsch, alles gut.« Ich ließ ein Lachen hören, das in meinen eigenen Ohren klang, als wäre jemand auf einen Frosch getreten, schwenkte die Hüften und zeigte auf Corinne. »Besser, wir gehen rein.«

Ich kam nicht davon.

»Also, nun sag schon, was ist los mit dir?«, fragte Andrea,

kaum dass wir geduscht und angezogen waren. Sie steuerte die Saftbar an. Andrea war von meinen Freundinnen diejenige, die mich am längsten und besten kannte. Sie hatte sehr feine Antennen, wenn es um meinen Seelenzustand ging. Meistens jedenfalls. Und sie war Ärztin. Mit dem Tod hatte sie Erfahrung. Vielleicht auch mit dem von Kindern. Ich konnte mit ihr reden. Ich wollte mir ihr reden. Aber nicht hier. »Hast du Zeit, mit zu mir zu kommen?« Andrea nickte. Ich schickte meiner Mutter schnell eine SMS. »Bin erkältet und kann heute nicht mitessen. Kuss, Lena.«

»Ich hab keine Ahnung, was mit mir los ist«, heulte ich eine knappe Stunde später auf meinem Sofa. »Ich bin doch sonst nicht so dünnhäutig.«

Andrea blickte mich ernst an. Aber ich sah auch, dass ihre Mundwinkel leicht zuckten, als müsste sie sich ein Lächeln verkneifen.

»Süße, das ist doch ganz offensichtlich.«

So? Ich nahm mir ein weiteres Papiertaschentuch und wischte mir die Augen trocken. Auf dem Couchtisch lag schon ein ganzer Haufen feuchten Zellstoffs. »Wenn du glaubst, ich bin schwanger, liegst du falsch.«

»Wäre auch eine Möglichkeit gewesen.«

»Was ist denn dann so offensichtlich?«

»Dein Panzer ist aufgebrochen.«

Welcher Panzer?

»Seit Julian weg ist, hast du nichts und niemanden wirklich an dich rangelassen, hast dich wie eine Schildkröte zurückgezogen. Und dann ist dieser Marco in deinem Leben aufgetaucht. Ich bin ja nicht gerade sein größter Fan, aber das muss ich ihm lassen: Er hat es geschafft, dass du wieder was fühlst. Ich finde das großartig.«

Na fein. Mir ging es beschissen und sie fand es großartig.

»Du brauchst gar nicht so kariert zu gucken. Jahrelang hast du perfekt funktioniert und jetzt tust du das mal nicht. Ist doch in Ordnung.«

Das war alles? Frau Doktor hatte mir nichts Besseres zu bieten als ein bisschen Küchenpsychologie? Keine hübsche kleine Einweisung wegen Verdachts auf Nervenzusammenbruch? Keine beginnende schwere Depression? Nichts, wogegen man Tabletten schlucken konnte? Ich kannte kein einziges Medikament, das gegen Gefühle wirkte.

Davon abgesehen: Wie sollte mir diese tolle Diagnose durch den Alltag helfen?

Gar nicht. Das begriff ich drei Tage später bei der Arbeit. Ich setzte zu meiner Trauerrede für eine gewisse Josefa Albers an, die nach einem erfüllten Leben im Alter von neunundachtzig Jahren gestorben war. Nach vielleicht zwei Minuten unterbrach mich ihre sehr gefasste Tochter mit besorgtem Blick. »Frau Janssen, ist alles in Ordnung mit Ihnen?« Ich hatte nicht mal gemerkt, dass mir die Tränen übers Gesicht liefen. Zum Glück war es auf Wunsch der Familie eine kurze Rede.

Der Teufel scheißt immer auf den größten Haufen. Da hatte meine Oma ganz recht. Wieder im Büro, sah ich die Post durch und fand einen Brief meines Vermieters. Er hatte nichts Besseres zu tun, als mir meine Büroräume zu kündigen.

> *... Die Kündigung erfolgt bedingt durch den Verkauf des Gebäudes an unsere Gesellschaft sowie die bevorstehende Sanierung und Umnutzung zu einem reinen Wohngebäude.*
>
> *Wir bitten um eine Bestätigung dieses Schreibens.*
>
> *Mit freundlichen Grüßen,*
> *usw.*

Auf die freundlichen Grüße hätten die auch verzichten können. Mistbeutel! Ich zerknüllte das Schreiben und warf es in den Papierkorb. Ob ich gegen die Kündigung klagen konnte? Keine Ahnung. »Mit Anwalt sprechen«, schrieb ich auf einen Merkzettel, holte widerwillig den Brief aus dem Papierkorb und strich ihn, so gut es ging, wieder glatt. Es half ja nichts.

Vielleicht kannte sich Marco mit so was aus. Er kam heute Abend. Allein der Gedanke an ihn besserte meine Stimmung um ungefähr tausend Prozent. Wie auf Knopfdruck verzogen sich meine Lippen zu einem Lächeln.

Den Merkzettel klebte ich erst einmal an meine Pinnwand, gleich neben die Einladung zu Papas Geburtstag. Der nächste Knopfdruck, meine Laune sackte wieder in den Keller. Am Samstag würde ich Marco der Familie vorstellen. Hoffentlich gab es da nicht die nächste böse Überraschung. Ach was, sie würden ihn schon mögen. Es sei denn, der Teufel litt an Durchfall.

Für ihre fünfzig Gäste hatten meine Eltern ein Café gemietet. Viel poliertes Holz, gediegene Atmosphäre. Charlottes inzwischen deutlich sichtbarer Bauch war von locker fallender hellgelber Rohseide umhüllt, Mutter zeigte dunkelroten Satin, ich selbst mein kleines Schwarzes. Die Männer trugen dunkle Anzüge und dezent gemusterte Krawatten. Mein Schwager Thomas, der jüngste im Raum, sah aus wie bei seiner Konfirmation. Marco präsentierte sich in leicht zerknittertem hellem Leinen. Dazu Jeans, blaues Hemd, kein Schlips.

Alle gaben sich redliche Mühe, ihn nicht anzustarren. Marco lächelte, und ich konnte sehen, wie die Damen auf der Stelle vergaßen, was er anhatte. Die Herren nicht.

»Papa, das ist Marco.«

»Herzlichen Glückwunsch, Herr Janssen, ich freue mich, Sie kennenzulernen.« Marco überreichte eine Flasche Schnaps von den Azoren.

»Ganz meinerseits. Danke.« Sein Lächeln war ihm auch schon mal besser geraten. »Wie ich höre, sind Sie nur ab und zu in Hannover?«

»Das stimmt, ja.«

»Wolfgang?«, rief eine meiner Tanten vom Eingang. »Ulla und Joachim sind da.«

»Entschuldigen Sie mich bitte.«

Vater wandte sich seinen neuen Gästen zu.

Marco und ich standen einen Moment lang ein bisschen verloren inmitten des blumengeschmückten Raumes, bis sich meine Mutter auf uns stürzte und von einem Gast zum anderen schleppte. Dann durften wir uns setzen und Kaffee trinken. Wir teilten uns mit Charlotte und Thomas einen Vierertisch. Aus dem Augenwinkel konnte ich sehen, wie am größten Tisch, an dem meine Eltern mit ihren Geschwistern und engsten Freunden saßen, getuschelt wurde. Verstohlene Blicke trafen Marco. Und als Onkel Dietrich – kein echter Onkel, aber so nannte ich ihn schon seit dreißig Jahren – aufstand, sich das Jackett zuknöpfte und an unseren Tisch trat, ahnte ich, was kommen würde. Er war pensionierter Anwalt, genau wie mein Vater. Onkel Dietrich räusperte sich und sagte in seinem besten Anwaltston: »Wir wüssten gern: Was machen Sie beruflich?«

Ich hätte vor Scham im Boden versinken mögen. Diese Spießer!

Marco lächelte gelassen.

»Natürlich. Ich besitze eine Ferienanlage auf der Insel São Miguel. Sie gehört zur Inselgruppe der Azoren.«

Na gut, er übertrieb ein bisschen. Im Moment besaß er ja nur eine Baustelle. Aber ich konnte es ihm nicht verdenken.

»Und davon kann man leben?«

Zu meinem grenzenlosen Erstaunen zog Marco wortlos ein buntes Hochglanz-Faltblatt aus der Innentasche seines Leinenjacketts und reichte es Onkel Dietrich. Der trat den Rückzug an. »Was war denn das für ein Prospekt?«

Er gab auch mir ein Exemplar. Ich sah eine schicke Ferienanlage aus kleinen und mittelgroßen Häusern mit einem großen Pool im Zentrum, huschte mit den Augen über die Beschreibungen und blieb bei den Preisen hängen. Das größte Haus mit drei Schlafzimmern kostete in der Hochsaison 220 Euro. Pro Nacht.

»Eine Computersimulation. Heiße Luft. Mal vorausgesetzt, die Anlage wird überhaupt fertig, bleibt ja noch die Frage, ob auch Kunden kommen und die Preise zahlen. Kann ich mir nicht vorstellen. Alles Traumtänzerei.«

Nein, das sagte mein Vater nicht zu Marco, sondern zu mir. Und zwar noch am selben Abend. Marco war nach dem Kaffeetrinken zu seiner Mutter gefahren, und ich hatte meinen Eltern geholfen, die Geburtstagsgeschenke nach Hause zu transportieren.

»Also, ich finde ihn ganz reizend, Lena.«

Danke, Mama.

»Der Mann ist ein Luftikus, ein Schönling, da steckt nichts dahinter. Das spüre ich.« Mit seiner gerunzelten Stirn ähnelte mein Vater einer englischen Bulldogge.

»Wolfgang, du hast noch nie einen Freund deiner Töchter auf Anhieb gemocht. Wenn ich daran denke, was dich anfangs alles an Thomas gestört hat, meine Güte. Hör nicht auf deinen Vater, Lena. Ich freue mich für dich. Wenn du mich fragst, ist das ein ganz anderes Kaliber als dein Julian damals. Immerhin ist der Mann Ingenieur!«

Ich war dermaßen sauer auf meinen Vater, dass ich meiner

Mutter ihren Vergleich glatt verzieh. Aber noch zu Hause schimpfte ich über meines Vaters Engstirnigkeit. Allerdings ohne seine Worte im Einzelnen wiederzugeben. Marco und ich saßen in meiner Küche und tranken Früchtetee.

»Lena, mir ist doch völlig egal, was dein alter Herr denkt. Ich bin ja schließlich nicht mit ihm zusammen, sondern mit dir. Und deine Mutter ist doch sehr nett.«

»Mama ist in erster Linie froh, dass du nicht Künstler bist wie Julian.«

»Julian?«

»Der Mann, mit dem ich früher zusammen war.«

Komisch. Eben noch hatte Marco gelächelt. Jetzt stand ein ganz anderer Ausdruck in seinen Augen. Grimmig? Ungehalten? Neben seinem Mund erschienen steile Falten. »Davon will ich nichts hören.«

Ich wusste im ersten Augenblick nicht, was er überhaupt meinte.

»Wovon willst du nichts hören?«

»Von deinen Exliebhabern.«

In der nächsten Sekunde saß ich allein vor den Teetassen. Kurz darauf hörte ich nebenan den Fernseher.

Was war das denn?

Ich ging Marco nach. Auf dem Sofa kauerte die personifizierte schlechte Laune. »Marco, du kannst mir doch nicht verbieten, meine Vergangenheit zu erwähnen.«

Blitze aus blauen Augen. »Ich will nur nicht wissen, mit wem du im Bett warst. Behalt's einfach für dich.« Er drückte auf die Lautstärketaste der Fernbedienung und ließ irgendwelche Fußballfans aufjohlen.

Kopfschüttelnd ging ich zurück in die Küche und rief mit meinem Handy Andrea an.

»Rückwirkende Eifersucht, ganz klar. Der will eine erfahrene Jungfrau. Kenn ich von Peter. Der erträgt es bis heute nicht, wenn ich mit Florian telefoniere.« Mit Florian war sie in der Schulzeit zusammen gewesen.

»Du meinst, das ist normal?«

»Was heißt hier normal? Wir reden von Männern.«

Das Lachen befreite.

Nebenan fiel ein Tor.

»Sieh es mal positiv«, sagte Andrea, »wenn du ihm nichts bedeuten würdest, wäre es ihm egal. Keine Sorge, in zwei Stunden ist er wieder der Alte.«

Es dauerte nicht mal eine. Marco kam zu mir und nahm mich in die Arme. »Entschuldige, meine Schöne, manchmal bin ich einfach unausstehlich.«

Drei Tage später brachte ich ihn zum Flughafen.

An einem Dienstagnachmittag im November stand ich mit Andrea in einem großen, gut geschnittenen Raum, der bei sonnigem Wetter sicher lichtdurchflutet gewesen wäre. Es gab ein kleines Bad, eine winzige Teeküche und einen Internetanschluss. Der Preis stimmte, die Lage auch. Ich zögerte.

»Meine Güte, Lena, was passt dir denn jetzt wieder nicht?« Andrea hatte schon zum zweiten Mal ihren freien Tag geopfert, um mit mir potentielle Büroräume zu besichtigen.

»Ich weiß auch nicht, irgendwie ist die Atmosphäre falsch.«

Sie verdrehte die Augen. »Eine Natursteinkate wirst du in der Südstadt von Hannover kaum finden.« Nach der vierten Immobilie allein an diesem Tag war ihre Reaktion nicht ganz unverständlich. Ich wandte mich an den Makler, der garantiert genauso genervt von mir war wie Andrea, aber immer noch lächelte. Der Verband Deutscher Makler konnte stolz auf ihn sein. »Ich denke noch einmal darüber nach und melde mich bei Ihnen.«

Wenn ich mich nicht bald entschied, würden mein Computer und ich unter eine Brücke ziehen müssen. Draußen spannte ich seufzend meinen Schirm auf. Keine Ahnung, wann ich zum letzten Mal ohne das Ding unterwegs gewesen war. Seit Wochen konkurrierte das Farbspiel des Himmels mit meiner Stimmung: mausgrau, betongrau, rauchgrau, schiefergrau, aschgrau. Für den einzigen Lichtblick der letzten Zeit war mitnichten das Wetter verantwortlich. Vor zwei Tagen war meine Nichte Lara-Marie auf die Welt gekommen. Ein bisschen zu früh, aber recht proper und gesund. Ich wünschte dem Kind von ganzem Herzen, dass der Regen aufhören würde, ehe es anfing zu laufen.

Im Auto klappte Andrea die Sonnenblende herunter und überprüfte in dem kleinen Spiegel ihre getuschten Wimpern.

»Wann willst du diese Farce eigentlich beenden?«

Ich ließ den Autoschlüssel los, den ich gerade hatte umdrehen wollen, und sah sie an. Ihre Wimperntusche war nicht verlaufen. Andrea holte einen Lippenstift aus der Tasche.

»Was meinst du damit?«

»Du willst doch gar kein neues Büro«, nuschelte sie durch die geöffneten Lippen, »du willst zu ihm.« Sie steckte den Lippenstift wieder weg, klappte die Sonnenblende hoch und sah mir in die Augen.

»Wenn du nicht so dickköpfig wärst, hättest du dir das längst eingestanden. Und es ist garantiert kein Zufall, dass sie dir gerade jetzt das Büro kündigen. Gott würfelt nicht. Hat schon Einstein gesagt.«

Ich wusste nicht, was ich antworten sollte, und starrte auf die Windschutzscheibe, an der die Regentropfen hinunterliefen. Zu hören war nur das Prasseln der Tropfen auf dem Blechdach. Ich fand, der Klang hatte etwas Meditatives.

»Lena, seit Marco weg ist, bist du ungefähr so glücklich wie Marilyn Monroe in ihren letzten Tagen. Ich will mich ja nicht einmischen, aber so geht's nicht weiter.«

Ganz unrecht hatte sie nicht. Marco war seit Wochen nicht hier gewesen, die Baustelle nahm seine ganze Zeit in Anspruch. Er fehlte mir schrecklich. Wenn ich nicht mit ihm telefonierte, verbrachte ich Stunden damit, mir Bilder von São Miguel anzusehen und an meine beiden Esel zu denken. An das Häuschen im alten Dorf. An meinen magischen Ort. Es war wie ein Virus, der sich in meinem Körper breitmachte. Manchmal hätte ich wie die Prinzessin von Sete Cidades einen ganzen See vollheulen können. Aber ich war und blieb nun mal Lena, die Vernünftige. Und die zog nicht auf die Azoren, sondern quälte sich von Beerdigung zu Beerdigung und suchte ein neues Büro.

»Außerdem weiß ich beim besten Willen nicht, warum du unbedingt den gleichen Fehler zweimal machen willst.«

»Du meinst, ich wäre als Julians Muse in Neuseeland glücklich geworden?«

»Vielleicht, vielleicht auch nicht. Aber ganz sicher warst du ewig kreuzunglücklich, nachdem er weg war. Mir kannst du nicht weismachen, du hättest all diese Trauerseminare nur besucht, weil du dich beruflich verändern wolltest. Und jetzt hast du wieder das heulende Elend. Wie wär's, wenn du diesmal deinen norddeutschen Sturkopf abschaltest und deinem Gefühl nachgibst?«

»Ich bin nicht stur, sondern realistisch. Selbst wenn ich wirklich wollte …«

»… ginge es nicht.«

»Du sagst es.«

»Wer etwas will, findet Wege. Wer etwas nicht will, findet Gründe. Schon mal gehört?«

»Kalendersprüche helfen mir auch nicht weiter.«

Sagte ich. Und dachte: Ich könnte vielleicht meine Lebensversicherung auflösen.

Am Abend saß ich an meinem Küchentisch, vor mir einen DIN-A4-Zettel und einen Kugelschreiber. Oben auf dem Zettel stand in Großbuchstaben und zweimal unterstrichen: WEGE. Ich hatte das Wort dort hingeschrieben, aber seitdem war gar nichts passiert. Meine Hand weigerte sich beharrlich, »Lebensversicherung auflösen« auf den Zettel zu schreiben. »Papa um Darlehen bitten« wollte auch nicht aufs Papier. Seit ungefähr einer Stunde sah ich der Schwarzbunten in die Augen, deren Konterfei über meinem Tisch an der Wand hing. Sorry, teilte ich ihr mit, aber ich kann nun mal nicht aus meiner Haut. Blöde Kuh. Ich schaute wieder auf den Zettel. Das Wort WEGE schien zu leuchten. Komm schon, Lena. Du willst zu Marco. Du willst auf die Insel. Muss ja nicht gleich für immer sein.

Wahrscheinlich war es nicht nur die Angst um meine Sicherheit, die mich umtrieb. Ich kannte Marco einfach noch nicht lange und gut genug, um mein ganzes Leben nach ihm auszurichten. Andererseits würde sich das nie ändern, wenn er auf São Miguel blieb und ich hier. Ach, verdammt.

Ich gab mir einen Ruck und schrieb auf: Darlehen. Lebensversicherung. Nicht für immer. Malte Kreise um die Wörter, verband sie miteinander. Las sie wieder und wieder. Keine Ahnung, wie lange ich da so saß, bis ich es kapierte. Da stand sie doch, die Lösung.

Wenn ich meine Versicherung nicht auflöste, sondern belieh, dann … dann hätte ich finanziell Luft für ein halbes Jahr. Sechs Monate, um herauszufinden, wie gut Marco und ich wirklich zusammenpassten. Ob wir zusammenarbeiten konnten. Ob das Dorf auf Dauer mein Zuhause und vielleicht auch mein Arbeitsplatz werden konnte. Ob ich meine Erfüllung in der Herstellung von Orangenmarmelade finden würde. Oder was auch immer ich dort tun konnte.

Eine ganze Weile blieb ich noch am Tisch und ließ den Gedanken sacken. Bis ich der Schwarzbunten zuzwinkerte und ins Bett ging.

»Du machst einen Fehler«, grummelte mein Vater gut sechs Wochen nach diesem Abend. »Ich kann nicht begreifen, dass du für diesen Mann alles aufgibst. Lass dich von dem bloß nicht ausnehmen.« Er griff nach einem Karton mit Dingen, die ich nicht mit auf die Azoren nehmen, aber auch nicht in der Wohnung lassen wollte. Die Sachen lagerte ich bei meinen Eltern ein. Mein großer Computer und die gesamte Büroeinrichtung standen bereits auf ihrem Dachboden. Morgen zog die Studentin ein, an die ich meine Wohnung untervermietet hatte.

»Ich gebe gar nichts auf, Papa. Ich nehme mir eine Auszeit. Ein Sabbatical. Wie Tausende andere Menschen auch.«

»Tausende andere Menschen riskieren nicht ihre Existenz, weil sie einem Mann nachlaufen.«

»Papa, du tust gerade so, als hätte ich einen Haufen Stammkunden zu verlieren. Die gibt es in meinem Gewerbe nicht, schon vergessen?«

»Nun lass sie in Ruhe, Wolfgang. Lena weiß doch, was sie tut. Und hack nicht immer auf ihrem charmanten jungen Mann herum.«

Ich war mir nicht sicher, ob ich die Unterstützung meiner Mutter tatsächlich Marcos Charme verdankte oder schlicht der Tatsache, dass er mich sozusagen vom Friedhof holte, aber egal. Ich war froh, dass wenigstens sie mich nicht für verrückt hielt.

Andrea meldete sich aus der Küche. »Soll ich die Tassen von deiner Oma auch einpacken?«

»Ja, bitte.«

Plötzlich legte mein Vater seine Arme um mich. »Ach, meine Große, ich mach mir doch nur Sorgen. Vergiss nicht, wir sind immer für dich da.«

»Ich weiß, du oller Knurrkopp. Danke.«

Gegen Abend waren wir mit Ausräumen und Packen fertig. Am nächsten Morgen brachte Andrea mich zum Flughafen. Ich war gleichzeitig aufgeregt, glücklich und ein bisschen ängstlich.

»Tief drinnen glaubst du auch, dass ich mit Marco einen Fehler mache, oder?«

»Lena, es ist doch überhaupt nicht wichtig, was ich denke. Es kommt ganz allein auf dich an.«

Kurz bevor ich zur Sicherheitskontrolle ging, zog sie grinsend eine Postkarte aus der Handtasche und gab sie mir. Das Bild zeigte eine geöffnete Tür. Darunter stand: »Träume, was du träumen möchtest, gehe, wohin du gehen möchtest, sei, wer du sein möchtest. Du hast nur ein Leben und eine Chance, die Dinge zu tun, die du tun möchtest.« Na denn.

6

HELLO, I'M LENA, *you must be Mariana. Marco said that you speak English. Nice to meet you.«*

Ich bin nicht die Königin von England. Deshalb erwarte ich auch keine Jubelrufe, wenn jemand meiner ansichtig wird. Oder dass alle Menschen mich sofort sympathisch finden. Aber für gewöhnlich werden sie auch nicht kreidebleich, wenn ich vor ihrer Tür stehe. Irritiert sah ich die Frau an, die jetzt *»Only very little«* wisperte und darauf verstummte. Die Hand, die sie mir gab, war feucht. Ich begrüßte Paulo. »Kommt doch rein, es ist kalt«, sagte er auf Englisch. Seine Frau war schon im Haus verschwunden.

Das stimmte. Ein fieser Wind beugte die Azaleen im Vorgarten und riss an unseren Haaren.

»Habe ich was Falsches gesagt?«, flüsterte ich Marco zu, als wir Paulo ins Haus folgten.

»Nicht dass ich wüsste. So kenne ich Mariana gar nicht«, flüsterte Marco zurück.

In einem kleinen Flur nahm Paulo uns die Jacken ab. »Ich hol schnell die Koffer rein, geht schon mal vor. Wir essen im Wohnzimmer.«

Das Wohnzimmer war klein, völlig überladen, aber gemütlich. Gleich links von der Tür war ein imposanter Tisch gedeckt. Weißes Porzellan auf pastellfarben bestickter Tischdecke, Kristallgläser, ein flaches Gesteck mit zartrosafarbenen

Kamelien, Stoffservietten mit den gleichen Stickereien wie die Tischdecke. Um den Tisch standen acht Stühle mit hohen Lehnen, zwei weitere waren an der Wand hinter dem Tisch postiert, rechts und links von einem Beistelltisch. Bemalte Kacheln mit Blumenmotiven hingen darüber.

Die andere Seite des Raumes wurde von zwei hellblauen Sofas mit bunten Kissen und einem riesigen Flachbildschirm beherrscht. Der Fernseher lief. Eine dunkelhäutige Frau in lilafarbenem Ballkleid stritt mit einem hellhäutigen Mann im Smoking. Jetzt wusste ich auch, wessen Stimmen ich schon im Flur gehört hatte. Ich fragte mich, ob Marco und ich unsere Abende hier mit portugiesischen Seifenopern verbringen würden. Hoffentlich nicht.

»Wunder dich nicht, die Kiste läuft hier eigentlich immer.«

Marco hatte meinen befremdeten Blick bemerkt. Ich musste unweigerlich an meine Mutter denken. Allein der Gedanke, während eines Essens mit Gästen den Fernseher laufen zu lassen, hätte sie an den Rand eines Infarkts gebracht.

Paulo kam mit einer Flasche in der Hand zu uns und stellte sie auf den Wohnzimmertisch. Aus dem Schrank unter dem Fernsehgerät holte er vier kleine Gläser und schenkte ein.

»Das ist Maracujalikör aus Ribeira Grande. Zwei Jahre im Eichenfass gereift. Der wird auch nach Deutschland und Belgien exportiert! Willkommen auf den Azoren, Lena.«

Ich konnte Likör nicht leiden, probierte aber. Er war gekühlt und schmeckte überraschend gut. Weich und fruchtig, nicht so süß, wie ich erwartet hatte. Selbst Marco trank sein Glas aus. Marianas Glas blieb unberührt auf dem Tisch stehen.

Die Dame des Hauses erschien kurz darauf mit einer großen Platte, die sie auf den Tisch stellte. Wir setzten uns.

Auch gegrillte Blutwurst stand nicht auf der Liste meiner persönlichen Vorlieben. Und würde dort nie landen. Ich aß sie trotzdem, die Stimme meiner Mutter im Ohr: »Ein Mord mag verziehen werden, Unhöflichkeit nie.« Die Ananas war süß und frisch, der Rotwein, den es dazu gab, gewöhnungsbedürftig. Laut Paulo alles Produkte der Insel. Ich lobte die Köchin.

Deren große braune Augen waren die meiste Zeit auf ihren Teller gerichtet. Mit ihren halblangen dunklen Haaren und den klaren Gesichtszügen fand ich sie ausgesprochen attraktiv. Mitte vierzig, schätzte ich, und kaum eine Falte im Gesicht. Ich selbst hätte in ihrem lachsfarbenen Pullover ausgesehen wie meine eigene Leiche, bei ihr aber betonte die Farbe den leicht gebräunten Teint. Wie sie wohl aussah, wenn sie lächelte? Stumm und verschlossen wie eine verdorbene Miesmuschel im Kochwasser saß sie auf ihrem Stuhl. Keine Ahnung, wo sie mit ihren Gedanken war. Bei unserem Tischgespräch jedenfalls nicht.

Mariana hörte kaum, was gesprochen wurde. In ihrem Kopf war nur ein Gedanke: Das kann Paulo doch nicht tun. Die kann er mir doch nicht ins Haus bringen.

Sie war blond, sie war jung, sie war schlank. Sie sah aus wie SIE. Größer zwar und die Haare waren glatt, aber sonst … Mariana lag ein Stein im Magen.

Kein Wunder, dass Paulo gleich ja gesagt hatte. Von wegen Gastfreundschaft und Marco einen Gefallen tun. Die beiden hätten weiß Gott auch woanders wohnen können. Nicht ausgerechnet hier bei ihnen, wo Paulo den kleinen Hintern dieser Lena dauernd vor Augen haben würde. Wie er die anstrahlte!

Mariana räumte die Vorspeise ab und ging in die Küche.

Paulo kam ihr nach. »Was ist denn mit dir? Du bist doch sonst nicht unhöflich zu unseren Gästen.«

»Ich hab mir wohl den Magen verdorben.«

»Kommst du zurecht? Kann ich schon was mit rübernehmen?« Er zeigte auf die vorbereiteten Schüsseln.

Sie schüttelte den Kopf und begann, in der Soße für den Braten zu rühren.

»Ich mach das schon. Geh du rüber.«

Paulo nahm eine neue Flasche Wein aus dem Regal und ging zurück ins Wohnzimmer.

Mariana versank in Gedanken. Sie war so erleichtert gewesen, als Inés sie vor ein paar Monaten nach dem Sonntagsgottesdienst zur Seite genommen und gesagt hatte: »Du kannst dich abregen, meine Liebe, sie hat einen Neuen.«

Im ersten Moment begriff sie gar nicht, wovon die Rede war. Tiago lag zu dem Zeitpunkt noch im Krankenhaus und beherrschte all ihre Gedanken. Sie und Paulo waren so oft wie möglich bei dem Kleinen.

»Wer hat wen?«

»Paulo ist bei seiner Flamme abgemeldet.«

»Woher weißt du das?«

»Sie schläft jetzt mit Dídio, du weißt schon, dem Elektriker aus Maia. Diana sagt, sein Auto steht dauernd vor der Tür.«

»Vielleicht arbeitet er für sie.«

»Mitten in der Nacht?«

Erst da fiel ihr auf, dass Paulo schon länger nicht mehr nach fremdem Parfüm roch.

Ein paar Tage später eröffneten die Ärzte der Familie, dass Tiago wieder ganz gesund werden würde. Mariana lächelte bei der Erinnerung an diesen Tag.

An dem Abend waren sie essen gegangen. Nur Paulo und sie. Zur Feier des Tages zog sie ihren neuen schwarzen Hosenanzug mit den weißen Applikationen an, eigentlich viel zu elegant für eine Snackbar. Aber er betonte ihre inzwischen um einiges schlankere Figur. Außerdem war das Essen im Letitbe besser als in den meisten großen Restaurants.

Trotz einer frischen Brise saßen sie draußen auf der schmalen Terrasse mit Blick über das städtische Schwimmbad aufs Meer, aßen den Fisch des Tages, tranken Rotwein und redeten nicht viel. Die Sonne versank als rotgoldener Punkt am Horizont.

»Du und die Kinder, ihr seid für mich das Beste und Wichtigste.«

Zuerst konnte sie kaum glauben, dass Paulo diesen Satz wirklich gesagt hatte. Für jemanden, der über Gefühle so gern und oft sprach wie über Fußpilz, war das die Liebeserklärung des Jahrhunderts. Sie selbst sagte nichts, sondern nahm seine Hand.

In dieser Nacht schliefen sie zum ersten Mal wieder miteinander. Sie beschloss, seine Affäre aus ihren Gedanken zu streichen.

Und jetzt? Jetzt war die Unsicherheit wieder da. Wer einmal betrog, tat es vielleicht wieder. Wenn die Versuchung groß und nah war. Aus dem Wohnzimmer drang Gelächter zu ihr in die Küche. Sie konnte nicht länger hier herumstehen. Außerdem reagierte sie völlig über. Als ob Paulo etwas mit Marcos Freundin anfangen würde. Das vielleicht nicht, dachte sie schon im nächsten Moment, aber diese Lena wird ihn an die andere erinnern. Jeden Tag.

Seufzend holte Mariana den Kalbsbraten aus dem Ofen, richtete das Essen an und trug es ins Wohnzimmer.

»Marco, müssen wir unbedingt hier wohnen?« Ich hatte keinen Palast erwartet, aber das Gästezimmer von Paulo und Mariana war wirklich klein. Es gab ein Bettgestell mit einer Doppelmatratze, Nachttischen rechts und links davon, einen Einbauschrank und dem Bett gegenüber ein Regal. Darin stand ein kleines Fernsehgerät. Die Wände blendend weiß, kein Bild, keine Vorhänge, nur eine dunkle Jalousie vor dem einzigen Fenster. Unter dem Fenster stand eine Art Miniaturschreibtisch, eigentlich eher eine Schublade auf vier Beinen. Dieser Raum war um weniges anheimelnder als eine Mönchszelle.

»Es ist doch nur noch für ein paar Wochen. Und spart eine Menge Geld. Abgesehen davon wäre es unhöflich, Paulos und Marianas Gastfreundschaft abzulehnen.«

Da war ich mir nicht so sicher. »Mariana hat was gegen mich. Vielleicht wäre sie ganz froh.«

»Unsinn, Lena, wie soll sie was gegen dich haben?« Marco streckte sich auf dem Bett aus. »Sie kennt dich doch gar nicht. Paulo sagt, sie hat sich den Magen verdorben. Glaub mir, morgen ist sie garantiert freundlicher.«

Und Silvio Berlusconi wird Papst. Laut sagte ich: »Wenn du meinst … Ich geh duschen.«

Zu meiner Erleichterung hatten wir ein eigenes kleines Bad, das direkt von unserem Zimmer abging. Langsam vertrieb das heiße Wasser die Anspannung aus meinem Nacken. Vielleicht bildete ich mir ja tatsächlich etwas ein. Aber ich hätte schwören können, dass Mariana mich angesehen hatte, als wäre ich der Teufel persönlich.

Zehn Minuten nachdem ich nackt aus dem Bad gekommen war, hielt Marco mir den Mund zu. »Nicht so laut, meine Süße, Paulo und Mariana schlafen gleich nebenan.«

Auch das noch.

Der Wind hatte nachgelassen, dafür hing am nächsten Morgen eine pechschwarze Regenwolke über uns. So tief, dass ich reflexartig den Kopf einzog. Minuten später, wir saßen erfreulicherweise schon im Jeep, ging sintflutartiger Regen nieder. Marco fuhr vorsichtig aus dem Ort; hinter dem Jeep rumpelte ein Anhänger. Wir waren auf dem Weg, um Benito in sein künftiges Zuhause zu bringen. Jedenfalls war das der Plan.

»Bei dem Wetter kommen wir doch gar nicht ins Dorf!«

»Keine Sorge, das hört gleich wieder auf.«

In der Tat. Hätte der Asphalt nicht noch nass geglänzt, hätte die Regenwolke ebenso gut ein Spuk gewesen sein können. Den Esel bugsierten wir bei strahlendem Sonnenschein in den Anhänger. Und luden ihn nach knapp vierzig Kilometern Fahrt oberhalb des Dorfes wieder aus – inmitten von Nebelschwaden.

Die Luftfeuchtigkeit lag locker bei neunzig Prozent, und die Tropfen, die von den Farnblättern in unsere Kragen perlten, fühlten sich an wie warmer Regen. Vorsichtig setzten wir einen Fuß vor den anderen, um auf dem steilen Pfad nicht auszurutschen. Marco ging voraus, ich lief mit Benito am Führstrick hinter ihm her. Bei dem kleinen Wasserfall war Schluss. Benito machte keinen Schritt mehr.

»Wir brauchen ein Brett oder ein paar große Steine«, rief ich Marco zu.

»Wozu, der soll einfach weiterlaufen, der sture Esel.«

Ich lachte. »Nicht stur, nur vorsichtig. Er kann den Weg wegen des Wassers nicht erkennen, deshalb geht er nicht weiter.«

Marco brauchte eine gute Viertelstunde, um runter ins Dorf und zu uns zurück zu laufen. Sein Fluchen war die ganze Zeit über bestens zu hören.

»Und jetzt?«

»Jetzt bau ich ihm eine Eselsbrücke.«

Sobald das Brett über dem kleinen Wasserlauf lag, ging Benito anstandslos weiter. Feiner Esel. Marco schüttelte den Kopf. Wir gingen um die letzten beiden Kurven.

Das Dorf war weg.

Keine hingetupften Häuschen, keine grünen Wiesen, kein gar nichts. Kein Himmel, kein Land, kein Meer. Nur eine graue Masse. Als hätte jemand eine dicke graue Wolldecke ausgebreitet.

Allmählich dann, als wir weitergingen, schälten sich die Umrisse der Häuser aus dem Nebel. Kaum ein Geräusch war zu hören. Unsere Schritte auf dem steinigen Untergrund klangen überlaut. Mir war unheimlich zumute. Als Benito plötzlich einen Schrei ausstieß, blieb mir fast das Herz stehen.

»Marco, ist das hier oben oft so?« Unwillkürlich flüsterte ich. Die Idee, an diesem Ort zu leben, verlor gerade deutlich an Glanz.

»Im Sommer nicht.«

Das war nicht die Antwort, die ich hören wollte. Schließlich schrieben wir erst den dreizehnten Januar.

Es war Sonntag, außer uns war kein Mensch hier. Marco führte uns durch den Nebel zu dem Stall, den er für den Esel gebaut hatte. Ein Stall mit Aussicht aufs Meer. Theoretisch jedenfalls.

Mir war nicht wohl bei dem Gedanken, das Tier hier oben allein zu lassen. »Du kriegst bald Gesellschaft«, versprach ich Benito und kraulte ihm den Hals.

»Er sieht so einsam aus.«

»Mein Gott, Lena, es ist bloß ein Tier«, sagte Marco und klang immer noch gereizt.

Wahrscheinlich war er genauso enttäuscht wie ich. Ich wusste, er hatte sich darauf gefreut, mir die Fortschritte auf der Baustelle zu zeigen. Aber in der grauen Suppe, die uns umgab, würde das keine Freude machen.

»Lass uns an den Strand fahren.«

Wie bitte?

»Kann gut sein, dass auf der Nordseite die Sonne scheint.«

Was für eine verrückte Insel, dachte ich eine Stunde später, und schlürfte unter einem Sonnenschirm genussvoll meinen frisch gepressten Orangensaft.

Die Bar lag unmittelbar an einer kleinen Bucht zwischen

hohen Felsen. Auf dem aschfarbenen Sandstrand spielten ein paar Kinder in Shorts und T-Shirts. Ich schwitzte in meinem langärmeligen Pulli.

»Ich hab vergessen, dir zu sagen, dass man sich hier am besten nach dem Zwiebelprinzip anzieht, gerade im Winter.« Marco lächelte und zog sich seinen Sweater über den Kopf. Darunter trug er ein ärmelloses Hemd. Wie so oft staunte ich still über seine Muskeln.

»Was meinst du, sollen wir hier essen?«

Aber unbedingt. Selbst wenn es nur Burger mit Pommes geben sollte, war mir alles lieber, als wieder mit Mariana an einem Tisch zu sitzen. Heute Morgen hatte ich sie nur kurz gesehen. Marco war noch im Bad gewesen, als ich in der Hoffnung auf eine erste Tasse Kaffee in die Küche ging.

»*Bom dia.*« Ich hatte Mariana extra freundlich angelächelt. Sie schaffte es, auch mir einen guten Tag zu wünschen, von einem Lächeln konnte aber keine Rede sein. Stattdessen erklärte sie mir in gebrochenem Englisch, wo ich Teller, Tassen und so weiter fände, dass sie mich bäte, die Küche ordentlich zu hinterlassen und ansonsten ihre und Paulos Privatsphäre zu respektieren. Und weg war sie. Reizende Frau. Marco hatte mit den Schultern gezuckt, als ich ihm davon erzählte.

»Was willst du morgen machen?«, fragte er nun. »Du kannst den Jeep haben, ich fahre mit Paulo.«

»Wozu? Ich komme mit zur Baustelle.«

»Morgen liegt ungeheuer viel an, da werde ich kaum Zeit für dich haben.«

Hier lag wohl ein kleines Missverständnis vor.

»Ich will mitarbeiten.«

Er guckte, als hätte er gerade ein Känguru über den Strand hüpfen sehen. Ich musste lachen.

»Hast du gedacht, ich mach hier ein halbes Jahr auf Touristin? Oder verbringe meine Tage in unserem reizenden Zimmer?«

»Na ja, das vielleicht nicht, aber …«

»Aber was?«

»Ich dachte, du willst zur Ruhe kommen, entspannen, was weiß ich. Portugiesisch lernen. Was man eben so macht in einem Sabbatical.«

»Das kann ich am besten, wenn ich arbeite.«

Und zwar an meinem magischen Ort, beendete ich den Satz im Stillen.

Seine Verwunderung war verständlich. Schließlich hatte ich ihm nicht erzählt, welche Gedanken wirklich hinter meiner sogenannten Auszeit standen. Ich wollte nicht, dass er sich wie auf dem Prüfstand fühlte. Ich wollte abwarten, was sich in den nächsten Monaten zwischen uns entwickelte, ganz ohne Erwartung oder Druck.

»Lena, ich weiß wirklich nicht, was du auf der Baustelle willst. Das ist harte körperliche Arbeit da oben.«

»Ich werde schon was zu tun finden, da mach dir mal keine Sorgen.«

Montag. Früher Nachmittag. Ich war um einige Erkenntnisse reicher. Nebel zum Beispiel hatte auch Vorteile. Bei Nebel knallte einem keine Sonne auf den Kopf. Alte Türen schleppen und abschleifen war eine schweißtreibende Angelegenheit, sich nicht verständigen können unerträglich. Ganz besonders für mich, eine Frau des Wortes.

Meinen Plan, die Sprache quasi nebenbei auf der Baustelle zu lernen, konnte ich mir abschminken. Es sei denn, ich fände einen Weg, mich mit jenen Worten durchs azoreanische Leben zu schlagen, die sich mir hier von allein erschlossen. Hammer zum Beispiel. Oder Beton. Von den Arbeitern konnte keiner auch nur ein Wort Englisch.

Und absolut niemand hatte Zeit für mich. Ja, ja, ich weiß. Marco hatte mich gewarnt. Also schliff ich schweigend und schwitzend Türen ab. Nur einmal sprach ich kurz mit zwei Österreichern, die mit ihren Rucksäcken den Wanderweg hochkamen, der am Dorf entlangführte.

Ich fühlte mich trotz allem prächtig. Und wegen der Sprache würde mir schon noch was einfallen.

Am Himmel trieben zerfetzte Wölkchen, die Temperatur lag bei angenehmen neunzehn Grad, und auf der Wiese stand mein Esel. Ich war genau dort, wo ich sein wollte, vor dem Haus, in dem wir bald wohnen würden. Selbstverständlich war es das Haus an der Mauer. Marco hatte seine Entscheidung mit der guten Bausubstanz begründet, aber ich wusste es besser. Im Geist zwinkerte ich der alten Bäuerin zu.

7

SIE WAR AUSSER ATEM, ihr Hemd klatschnass. So steil hatte sie den alten Wanderweg nicht in Erinnerung. Ein gutes Stück oberhalb des Dorfes wurde er dann ganz schmal und war fast vollständig überwuchert. In letzter Zeit konnten nicht viele Wanderer von hier aus hoch zum See gegangen sein. Sie blieb stehen und sah sich um. Fast verdeckt von dichtem Gebüsch entdeckte sie einen massigen, abgeflachten Stein. Perfekt. Sie setzte sich auf den Fels, trank große Schlucke aus ihrer Wasserflasche. Dann holte sie das Fernglas aus dem Rucksack und fokussierte das Dorf.

Was sie sah, trieb ihr die Säure in den Hals.

Die da unten kamen voran. Zwei Häuser waren schon frisch verputzt, die Wege aufgegraben, neben den Gräben lagen Wasserrohre. Ein drittes Haus bekam am Giebel gerade eine Holzverkleidung. Sie zählte sieben Arbeiter, vielleicht waren es auch mehr.

Das war ihr Dorf, verdammt noch mal. Sie hatten es ihr weggenommen, dieser Deutsche und Paulo. Ihr Projekt, ihre Zukunft. Sie beobachtete eine große blonde Frau, die eine Tür zu einem der Häuser trug. Was hatte die da zu suchen? Die Finger um das Fernglas gekrampft, hockte sie auf dem kalten Fels, merkte nicht, dass sie mit dem linken Fuß gegen einen Stein schlug, bis er schmerzte. Sie atmete tief durch. Denk nach! Wut allein bringt dich nicht weiter.

Unten begannen sie, die Wasserrohre im Boden zu versenken. Sie grübelte. Wasser … Wasser … Ein Gedanke formte sich, wurde langsam klarer. Ja, das konnte gehen.

Das Bild eines feisten Männerkörpers schob sich vor ihr inneres Auge. Sie verzog kurz das Gesicht. Gut, der Preis war hoch, aber das war es wert. Ein erster Schritt. Und dann … Erst als die Dämmerung einsetzte, machte sie sich mit einem Lächeln im Gesicht an den Abstieg.

8

DAS TOR ZUM GLÜCK der Kommunikation war von imposanten gelben Säulen geschmückt. Ich staunte: Das sollte eine Schule sein? Die weiß getünchten alten Gebäude, die sich dahinter um einen Garten mit hohen Palmen schlossen, waren offenbar vor kurzem renoviert worden. Ich musste an den betongrauen Zweckbau denken, in dem ich zur Schule gegangen war. In diesem altehrwürdigen Gebäude wurde laut Internet auch Deutsch unterrichtet – und ich dachte mir, wer an einer portugiesischen Schule Deutsch unterrichtete, der müsste umgekehrt auch einer Deutschen Portugiesisch beibringen können.

Ich kramte in meiner Handtasche nach dem Zettel. »Mein Name ist Helena Janssen, ich suche einen Deutschlehrer.« Marco hatte den Satz für mich auf Portugiesisch aufgeschrieben und ihn mich ein paarmal aufsagen lassen. Einige Minuten später folgte ich einem pummeligen Mädchen mit rosa Strickjacke in dem altehrwürdigen Gebäude durch ein prächtiges Treppenhaus mit ausgetretenen Steinstufen und schmiedeeisernem Kronleuchter. Am Ende eines langen Flures blieb das Mädchen vor einer Tür stehen, klopfte, lächelte mir zu und ließ mich allein. *»Entre!«*, hörte ich eine Stimme von drinnen.

Eine schlanke blonde Frau mit Pferdeschwanz, etwa in meinem Alter, sah mich fragend an. Sie stand vor einem hohen dunklen Bücherschrank mit geschliffenen Glastüren, ein aufgeschlagenes Buch in der Hand. »Guten Tag. Mein Name ist Helena Janssen, ich suche einen Deutschlehrer«, sagte ich, diesmal auf Deutsch. Wenn mich nicht alles täuschte, hatte ich eine Landsmännin vor mir.

»Sie haben ihn gefunden. Beziehungsweise sie.« Sie lachte, legte das Buch auf einen antiken Schreibtisch, gab mir die Hand und wies auf den Stuhl davor. »Setzen Sie sich doch. Ich bin Sandra Marques. Was kann ich für Sie tun?«

Saubere Grammatik, aber ein starker Akzent.

»Ich hoffe, dass Sie mir helfen können. Ich bin auf der Suche nach jemandem, der mir Portugiesisch beibringt.«

»Leben Sie hier?«

»Erst mal nur für ein halbes Jahr.«

»Sind Sie aus Norddeutschland oder aus dem Süden?«

Merkwürdige Frage.

»Aus dem Norden.«

»Dann vielleicht. Für die Menschen aus dem Norden ist es leichter. Wissen Sie, gelegentlich nehme ich selbst Privatschüler an, aber nur, wenn es mir sinnvoll erscheint.«

Ich hatte keine Ahnung, was sie meinte. Wieder lachte sie. Es war ein warmes, fast schon gurrendes Lachen. Offenbar mochte sie ihre eigenen Rätsel.

»Hätten Sie Lust, einen Kaffee trinken zu gehen? Ich habe eine Freistunde. Ich muss nur noch schnell etwas kopieren. Sagen wir, in einer Viertelstunde?«

»Ja, gern!«, sagte ich überrascht.

»Warten Sie doch im Garten.«

Ich setzte mich an einen Brunnen unter Palmen. Der Himmel war zwar bewölkt, aber die Temperatur mild. Ein paar Jugendliche schlenderten plaudernd vorbei und musterten mich kurz. Für eine Schule war es ein erstaunlich ruhiger Ort.

Aus der Viertelstunde wurde eine halbe, aber dann stand

Sandra Marques in einem hellen Trenchcoat und mit einem Schirm in der Hand vor mir.

Wir setzten uns in eines der kleinen Cafés, die in Ponta Delgada so zahlreich waren wie in Hannover die Baustellen.

»Sind Sie von hier?«, fragte ich, als der Kaffee vor uns stand.

»Mein Vater stammt von der Insel, aus Vila Franca do Campo, wo ich jetzt lebe. Aber ich bin in Portugal an der Südküste aufgewachsen und habe später in Porto deutsche Literatur studiert. Meine Großmutter mütterlicherseits kommt übrigens aus Köln. Sie wollen also Portugiesisch lernen. Die Sprache ist nicht leicht für eine deutsche Zunge.«

»Das hab ich schon gemerkt.«

»Aber keine Angst, wenn die Zunge und die Nase sich erst einmal an die Aussprache gewöhnt haben, wird es leichter.« Wieder lachte sie ihr ansteckendes Lachen.

»Die Nase?«

»Ja, die Nase, Sie werden schnell merken, warum. An wie viele Stunden haben Sie denn gedacht?«

»Ich weiß nicht, vielleicht drei pro Woche? Oder ist das zu viel?«

Wir einigten uns auf eine Doppelstunde sonntags, eine Stunde mittwochs. Der Spaß würde mich knapp zweihundert Euro im Monat kosten, aber das war es mir wert. Sandra sah auf ihre Armbanduhr. »Tut mir leid, ich muss zurück. Dann also am Mittwoch um fünf. *Às cinco da tarde*. Ich schreibe Ihnen meine Adresse auf, das Haus ist nicht schwer zu finden.«

Ihr Taubenlachen im Ohr, schlenderte ich noch ein bisschen durch die kleinen Gassen der Altstadt von Ponta Delgada. Ich freute mich jetzt schon auf die Stunden mit Sandra. Sie wirkte so unkompliziert und offen, so ganz anders als die Miesmuschel, bei der wir wohnten. Mariana war zwar nicht mehr ganz so unfreundlich wie am ersten Abend, sagte aber nach wie vor kaum ein Wort zu mir. Vielleicht würde sich das ja ändern, wenn ich ihre Sprache lernte.

Im Moment jedenfalls litt ich an akutem Frauenentzug. Auf der Baustelle arbeiteten ausschließlich Männer, und abends hatte ich die Wahl zwischen Marco, Paulo und der Miesmuschel. Oder ich blieb allein. Es gab Momente, in denen ich hätte schreien können, weil nicht mal Marco mich verstand.

Gestern zum Beispiel hatte ich mich während eines Regenschauers mit einer Thermoskanne und einer Kaffeetasse in unser halbfertiges Haus verzogen, mich an den alten Tisch gesetzt und mir Gedanken über die Einrichtung und die Farben gemacht. Damit konnte ich problemlos Stunden zubringen. Weiße Wände oder Erdtöne? Moderne Möbel oder eher etwas Altes von der Insel? Was für Bilder?

Schließlich hatte ich Marco geholt.

»Wenn wir die Küchenecke in einem warmen Gelb streichen, du weißt schon, in einem Dotterton, und die Sofaecke in sanftem Rot, meinst du, das würde zu bunt?«

»Das ist jetzt nicht dein Ernst, oder?«

»Was jetzt, das Rot oder das Gelb oder beides?«

»Du holst mich von der Arbeit, um mich nach FARBEN zu fragen? Wir haben hier noch keinen Strom, keinen anständigen Fußboden, keine Wasseranschlüsse, in Haus vier kommt wegen der verfluchten Feuchtigkeit gerade der Putz wieder runter, und die Wettervorhersage ist katastrophal. Ich hab verdammt noch mal andere Sorgen!«

Und weg war er. Der Mann hatte kein einziges weibliches Gen.

Vielleicht konnte ich mich mit Sandra anfreunden und in nicht allzu ferner Zeit mal wieder über etwas anderes reden als über Stromkreise und Wasserleitungen.

Oder übertrieb ich? Es waren ja nur Momente, in denen ich mich frustriert oder allein fühlte. Paulo ging nach dem

Abendessen grundsätzlich noch in die Kneipe an der nächsten Ecke. Häufig nahm er Marco mit, weil sie ohnehin noch etwas zu besprechen hatten. Ich saß dann in unserem Zimmer, telefonierte manchmal per Internet mit Andrea oder meinen Eltern, las oder versuchte, portugiesische Vokabeln zu lernen. An solchen Abenden hatte ich das Gefühl, dass Marco meine Existenz über der Arbeit glatt vergaß. Den Duft von Vanilleöl hatte ich schon lange nicht mehr gerochen. Irgendwann kam Marco dann erschöpft nach Hause, nahm mich in die Arme und wir liebten uns leise. Manchmal fehlte ihm selbst dazu die Kraft.

So schwer es mir auch fiel, ich machte ihm keine Vorwürfe. Marco schuftete wie ein Tier. Jeder Tag, den ich auf der Baustelle verbrachte, machte mir klarer, was für eine enorme Aufgabe sich die Männer gestellt hatten, wie viele Arbeitsschritte noch vor uns lagen. Ja, vor uns. Auch wenn ich nur kleine Aufgaben übernahm, fühlte ich mich als Teil des Teams. Und das Letzte, was mein Teamchef jetzt brauchte, war eine nörgelnde Freundin, das wusste ich.

Inzwischen war später Nachmittag. In den Cafés, an denen ich vorbeikam, saßen Frauen zusammen, plauderten und lachten. Ich schluckte trocken. Ach was. Übermorgen war schon Mittwoch. Meine Stimmung hob sich.

Mariana sang mit geschlossenen Augen. Die alten Worte von Schmerz und Sehnsucht, von Liebe und Verlust kamen wie von allein. Der Klang ihres klaren Mezzosoprans schwebte durch alle Räume des Hauses, füllte auch noch den kleinsten Winkel. Nach der ersten Strophe fielen die anderen Frauen in den Gesang ein, mischten sich ihre Stimmen zu einem melancholischen Chor, aus dem sich Marianas Stimme heraushob wie ein glatt geschliffener Fels aus dem Meer. Sie hätte ewig weitersingen mögen. Wenn sie sang, gab es nichts anderes, nur die Musik und sie selbst.

Der letzte Ton des Liedes verklang. Mariana öffnete die Augen. »Pause? Oder ›Lagrimás de Saudade‹?«

Seit Monaten übten sie für ihr Konzert. Diesmal würden sie nichts Geistliches in der Kirche singen, sondern traditionell azoreanische Lieder im Teatro Ribeiragrandense. Jetzt, zwei Wochen vor dem Termin, waren alle angespannt. »Pause!«, »Weitermachen!«, riefen sie.

Mariana lächelte und entschied. »Eine Viertelstunde Pause.«

Die Frauen, die Schulter an Schulter vor der Sofaecke gestanden hatten, drängten zum Tisch mit den Getränken. Inés hielt Mariana am Arm zurück.

»Und, wie ist es mit der Deutschen? In letzter Zeit erzählst du gar nichts mehr.«

»Ich hab halt nicht viel Zeit im Moment.« Seit drei Wochen arbeitete sie im Continente, dem größten Supermarkt der Stadt, an der Kaffeetheke. Erst einmal aushilfsweise, man würde sehen. Die Arbeit gefiel ihr. Sie war gern unter Leuten.

»Nun erzähl schon, ist das nicht anstrengend mit zwei Fremden im Haus?«

»Na ja, sagen wir so, ich werde nicht böse sein, wenn sie ausziehen. Aber für Paulo ist es praktisch. Ich meine, für ihn und Marco.«

»Und du und die Frau? Wie kommt ihr klar?«

»Wir haben nicht viel miteinander zu tun.«

»Klingt ja nicht gerade begeistert.«

In Wahrheit konnte sie kein schlechtes Wort über Lena sagen. Sie war freundlich und ruhig, hinterließ die Küche immer ordentlich, war tagsüber ohnehin nicht zu Hause und zog sich abends auf ihr Zimmer zurück. Inzwischen versuchte sie auch nicht mehr dauernd, mit ihr, Mariana, ins Gespräch zu kommen. Aber das alles änderte nichts daran, dass ihre blonde Existenz Mariana ständig an Paulos Untreue erinnerte. Lena saß wie ein schmerzender Stachel in der alten Wunde.

Sie hatte wieder angefangen, heimlich seine Sachen zu kontrollieren. Es war wie ein Zwang, und sie schämte sich zwar, konnte sich dem aber auch nicht entziehen. Ihr war völlig klar, wie Inés das nennen würde: paranoid. Aber sie musste sicher sein, sonst fraß die Angst sie auf.

Sie klatschte in die Hände. »Wir machen weiter!«

Zwei Minuten später sang sie von Tränen der Sehnsucht, vergaß Inés, vergaß Paulo. Sie hörte nicht, dass die Wohnzimmertür geöffnet wurde, sah nicht, wie Lena auf der Schwelle stehen blieb. Die anderen Frauen verstummten eine nach der anderen, bis nur noch Marianas Stimme zu hören war. Irritiert brach auch sie ab und sah auf. Lena lehnte versunken am Türrahmen, Tränen standen ihr in den Augen.

Zurück aus Ponta Delgada, hörte ich schon vor dem Haus den Gesang von Frauenstimmen. Die Musik war anrührend und zart, im Flur bekam ich Gänsehaut. Eine Stimme hob sich von den anderen ab. Ihr klarer, dunkler Ton ging mir durch und durch. Ich folgte dem Klang. Bis zu dem Moment, in dem ich die Tür zum Wohnzimmer aufmachte, glaubte ich, die Musik käme aus dem auf volle Lautstärke gedrehten Fernsehgerät. Auf zwanzig leibhaftige Frauen unterschiedlichen Alters, die dichtgedrängt vor den hellblauen Sofas standen und sangen, war ich nicht gefasst. Und schon gar nicht auf den Anblick der völlig versunkenen Mariana, aus deren Kehle die so wunderschöne Stimme kam. Sprachlos blieb ich stehen und hörte zu. Ich wusste nicht, wovon sie sang, aber die wehmütige Melodie, die direkt aus ihrem Herzen zu kommen schien, trieb mir die Tränen in die Augen.

Vielleicht hätte ich gehen sollen. Eine Frau nach der anderen bemerkte mich und verstummte mitten im Lied. Zuletzt Mariana. Sie wirkte, als erwache sie aus einem Traum und müsse sich erst vergegenwärtigen, wo sie war. Und wer ich war. Dann traf mich ein klarer Blick. Irgendwie herausfordernd, aber auch stolz. Die anderen Frauen musterten mich unverhohlen. Ich nahm meinen Mut zusammen und fragte: »*May I stay and listen?*«

Jetzt fingen sie an zu reden. Ich hörte Mariana meinen Namen sagen. Sie erklärte den Damen offenbar, wer ich sei und dass ich weiter zuhören wolle. Eine kurze Diskussion entspann sich, schließlich wies sie auf einen der Stühle an der Wand. Ich durfte bleiben.

Ein Konzert für mich allein. Ich tauchte ein in die tröstend schwermütige Musik. Gesungen hörte sich die mir sonst so sperrig erscheinende Sprache harmonisch und samtweich an. Immer wieder musste ich Mariana ansehen, die ganz und gar in ihrem Gesang aufging. Wenn sie sang, war sie schön wie eine Madonna.

Vielleicht war sie keine Miesmuschel, sondern eine Auster, in deren weichem Fleisch eine Stimme glänzte. Nach der Probe bedankte ich mich, lächelte in die Runde und zog mich zurück. Die Tür war noch nicht ganz zu, da hörte ich die Frauen schon schwatzen. Wahrscheinlich redeten sie jetzt über mich, den Fremdkörper in diesem Haus. Es war nicht wichtig. Wichtig war, wie ich mich fühlte. So ruhig und entspannt, so zuversichtlich wie seit Tagen nicht mehr. Ich liebe melancholische Musik. Andere Menschen mögen in Depressionen verfallen, wenn sie zu viel Enya hören, mir selbst wird davon das Herz leicht. Andrea hielt meinen Hang zur Rührung für eine Berufskrankheit. Als ob ich sie nicht schon im zarten Alter von fünfzehn mit Chorälen und Enigma genervt hätte.

In unserem Zimmer sah ich auf die Uhr. Mit ein bisschen Glück war Andrea schon zu Hause.

»Hallo, ferne Freundin«, begrüßte sie mich, »was macht der Tanz auf dem Vulkan?«

»Fortschritte. Heute hab ich endlich eine Frau gefunden, die mir Portugiesisch beibringen will.«

Ich erzählte ihr, welchen Eindruck Sandra auf mich gemacht hatte, berichtete von den Fortschritten im Dorf und zuletzt von der Chorprobe, die ich gerade miterlebt hatte. »Vielleicht tue ich Mariana unrecht«, sagte ich, »wer mit so viel Seele singen kann, muss doch auch eine haben.«

»Tausend Künste kennt der Teufel, aber singen kann er nicht?«

»Genau.«

Durchaus möglich, dass auch die Entdeckung von Marianas Perle zu meiner gehobenen Laune beigetragen hatte.

»Und was ist mit Marco?«

»Was soll mit ihm sein?«

»Mir scheint, du hast ihn noch mit keiner Silbe erwähnt.«

»Er arbeitet unheimlich hart. Im Moment haben wir nicht so viel Zeit füreinander.«

»Du meinst, er hat wenig Zeit für dich.«

»Du weißt doch selbst, wie das ist. Oder ist Peter seit neuestem nach acht Stunden pünktlich zu Hause?«

»Zum Glück nicht!« Sie lachte. »Im Ernst, Lena, wie heißt es so schön: Wehret den Anfängen. Nimm dich bloß nicht zu sehr zurück. Sonst landest du irgendwann an dem gleichen Punkt wie ich.«

Sie klang traurig.

»So schlimm im Moment?«

»Wir sind bei den Schröders eingeladen. Der junge Prinz Ernst August kommt auch. Ich fürchte, Peter dreht endgültig durch.«

»Warum kommst du nicht her?«

»Nebel und Regen hab ich hier genug.«

»Marco sagt, ab Mai wird es schön. Und da sind wir garantiert schon umgezogen.«

»Mai? Da müsste ich auch Urlaub kriegen. Du, das mach ich!«

Innerlich summte ich einen hübschen Choral.

Eine halbe Stunde später, ich hatte gerade die Verbindung unterbrochen, kam Marco nach Hause. Eine Stunde früher als sonst.

Nach der Dusche nahm er mich mit noch feuchten Haaren in die Arme. »Was hältst du von Essengehen? Ich muss dringend mal was anderes sehen und hören.« Ein Restaurantabend mit Marco hatte derzeit den Seltenheitswert einer blauen Mauritius. Es sah ganz so aus, als würde dieser besondere Tag auch besonders enden. »Gib mir fünf Minuten.« Ich rannte fast ins Bad, um mir die Wimpern zu tuschen, schlüpfte aus meiner Jeans, zog einen dunkelroten wadenlangen Rock an, der zu meinem schwarzen Shirt passte, und hängte mir meine lange rote Kette um. Schwarze Jeansjacke drüber. Fertig.

Das Restaurant war klein und schlicht. Holztische mit Tischdecken aus weißem Papier, Stühle mit kerzengeraden Lehnen und ohne Kissen. Kaum dass ich saß, wünschte ich mir einen besser gepolsterten Po. An den Wänden hingen kleine Trachtenpüppchen, Teller aus Weidengeflecht und mit Sprüchen bemalte Kacheln. Dank des hellen Neonlichts war alles bestens zu erkennen. Auch die Falten auf Marcos Stirn.

»Ist die Karte so kompliziert?«

Verwundert sah er von der Kunstledermappe mit den Gerichten auf, die er seit mindestens fünf Minuten studierte. »Nein, wieso?«

»Du siehst aus, als müsstest du mindestens eines der großen Rätsel der Weltgeschichte lösen.« Ich streckte die Hand aus und strich ihm über die gefurchte Stirn.

Er grinste. »Was hältst du von Thunfischsteak?«

Ich nickte, und er gab der Kellnerin ein Zeichen. Im Moment waren außer uns nur zwei ältere Ehepaare im Lokal.

»Und, was hast du heute erlebt, so ganz allein in der Stadt?«

Ich begann von Sandra zu erzählen, brach aber nach ein paar Sätzen ab. Marco schien einen Punkt hinter mir zu fixieren. »Hörst du mir überhaupt zu?« Ich drehte mich um. Aber da war nichts, nur eine Fensterfront.

»Entschuldige, ich war mit meinen Gedanken woanders. Erzähl doch weiter. Sie kommt aus Vila Franca, sagst du?«

Er blieb den ganzen Abend über unkonzentriert, selbst als ich ihm von Marianas Stimme vorschwärmte, reagierte er kaum. Vom Fisch blieb auf seinem Teller die Hälfte liegen.

»Marco, was ist los, was beschäftigt dich so? Gibt es Probleme auf der Baustelle?«

»Hab ich nicht gesagt, dass ich davon mal nichts hören will?«

»Aber dich bedrückt etwas. Das merke ich doch.«

»Alles läuft bestens, ich bin einfach nur kaputt. Möchtest du noch Nachtisch?«

Ich sah von seinem halbvollen Teller auf sein tatsächlich sehr müdes Gesicht.

»Nur Kaffee. Und dann lass uns nach Hause gehen.« Ich lächelte. »Vielleicht fällt mir dort ja was ein, das dich wieder munter macht.«

»Muss der Kaffee wirklich noch sein?«, fragte Marco, jetzt mit einem sehr wachen Funkeln in den Augen.

Ich lachte. »Nein.«

Er orderte die Rechnung.

Während wir noch auf das Wechselgeld warteten, ging die

Tür auf. Mit einem kalten Windzug zog eine Frau in das Restaurant ein, die ich mit nur einem Wort beschreiben kann: bunt. Goldgelber langer Mantel, dunkelroter Mund. Um den Kopf kunstvoll ein Tuch in den Farben des Regenbogens geschlungen, in den Ohrläppchen kleine grüne Strasskugeln, die im Neonlicht glitzerten. Perfekt gezupfte Augenbrauen wölbten sich in elegantem Schwung über einem eckigen schwarzen Brillengestell. *»Boa noite, João!«* Breites rotes Lachen, eine markante, warme Stimme.

Der Wirt, ein schwerer Mann in den Sechzigern, kam hinter seinem Tresen hervor und begrüßte sie wie eine verlorene Tochter. Wieder schwang die Tür auf, und ein blasser Teenager mit extrem schmalen Schultern unter seiner dünnen Windjacke betrat den Raum, gefolgt von einer breiteren und älteren Ausgabe seiner selbst. Die Frau in Goldgelb wandte sich ihren Begleitern zu und sagte auf Deutsch mit mundartlicher Färbung: »Ist nicht besonders schick hier, aber das Essen schmeckt.« Bayerisch? Schwäbisch? Ich konnte das noch nie auseinanderhalten.

»Und warum gehen wir nicht woandershin?«, maulte der Junge mit Blick auf die altbackene Dekoration.

»Weil montags fast alle Restaurants zuhaben. Und jetzt gib Ruh.« Die drei hängten ihre Garderobe auf und setzten sich an einen Tisch am Fenster, ein paar Meter von uns entfernt. Ohne Mantel war die Frau nicht mehr ganz so bunt. Graue Jeans und ein schwarzer Pulli mit einem feinen grünen Muster.

»Kennst du die?«, flüsterte ich.

»Ich hab sie schon mal gesehen, ich glaub, sie wohnt in Porto Formoso.«

»Sie oder alle drei?«

»Keine Ahnung, die deutsche Clique hier interessiert mich nicht.«

Er konnte ja auch Portugiesisch sprechen und war, anders als ich, nicht in der sprachlichen Diaspora. »Und wo ist dieses Porto Formoso?«

»Ungefähr zehn Kilometer von hier. Du warst schon mal da.«

»Wann denn?«

»Im letzten August. Wir haben da am Strand gegessen.«

Ach, die hübsche kleine Badebucht.

Am Tisch der drei wurde gelacht. Möglichst unauffällig drehte ich mich kurz um und musterte die Frau noch einmal. Was für ein anziehendes Gesicht. Plötzlich sah sie auf. Einen winzigen Moment lang trafen sich unsere Blicke.

Der Wirt brachte das Wechselgeld. Marco half mir in die Jacke und streifte dabei nicht ganz zufällig meine Brust.

Von wegen müder Mann. Ich grinste. Über die bunte Frau konnte ich mir immer noch Gedanken machen.

Spät in der Nacht wachte ich auf, lag im Dunkeln und fragte mich, was mich geweckt haben mochte. Etwas stieß mich in die Seite. Marcos Ellbogen. Aha. Er schlief mal wieder unruhig. Ich stand auf und ging ins Bad. Kaum hatte ich dort die Lampe angemacht, hörte ich jemanden sprechen. »Hast du was gesagt?« Ich ging zurück ins Zimmer. Im Schein des Badezimmerlichts sah ich, dass Marco den Kopf von einer Seite zur anderen warf und die Lippen bewegte. Er war völlig verschwitzt. Dass er im Schlaf redete, war neu. Erst konnte ich kein Wort verstehen, aber dann sagte er klar und deutlich: »Kann nicht sein.« Und wieder: »Kann nicht sein, kann nicht sein, kann nicht sein!« Vorsichtig weckte ich ihn. Verschlafener, verwirrter blauer Blick. »Was ist denn?«

»Du hast schlecht geträumt. Versuch wieder einzuschlafen.«

Als ich zum zweiten Mal aus dem Bad kam, schlief er tief und fest. Jetzt lag er ganz ruhig.

Nur ich war noch stundenlang wach und machte mir Gedanken. Ich wollte Marco verstehen, seine Sorgen teilen, aber wie konnte ich das, wenn er nicht offen zu mir war? Gab es für ihn überhaupt noch etwas anderes als die Baustelle? Wie wichtig war ich für ihn? Von seinem Hormonhaushalt mal abgesehen?

Um halb sieben rüttelte Marco mich aus dem Tiefschlaf. »Der frühe Vogel fängt den Wurm!« O nö. »Der frühe Vogel kann mich mal«, murmelte ich in mein Kissen, stand aber doch auf.

»Letzte Nacht hast du im Schlaf geredet.« Ich sah auf Marcos angespanntes Profil. Die Scheibenwischer teilten hektisch wahre Regenfluten. Wir waren auf dem Weg zur Baustelle, er fuhr hochkonzentriert, das Lenkrad fest in beiden Händen. »Und was hab ich gesagt?«

»Du hast gesagt: Kann nicht sein. Und zwar immer wieder, richtig verzweifelt. Weißt du noch, was du geträumt hast?«

»Keine Ahnung.«

Der Pfad zum Dorf hatte sich in eine schlammige Rinne verwandelt. Unsere Füße fanden nur mühsam Halt an den vorstehenden Baumwurzeln. Trotz unserer Regencapes kamen wir tropfnass im Dorf an. Paulo war schon da und empfing uns mit einem Gesicht, trüber als das Wetter. Sofort nahm er Marco zur Seite und redete auf ihn ein. Wenn ich doch nur etwas hätte verstehen können! Er zeigte auf den Hang hinter dem Dorf. Auf einer Breite von bestimmt vierzig Metern kam das Wasser in Sturzbächen heruntergeschossen, riss Pflanzen und Steine mit nach unten. Es war beängstigend.

Zwanzig Minuten später stand ich wie alle anderen im Schlamm und half, den Graben unterhalb des Hanges zu vertiefen. Wir beluden Tragekörbe mit Dreck und Gestein, die Benito auf seinem Rücken hangabwärts brachte. Es wären zehn Esel nötig gewesen. Und doppelt so viele Menschen. Drei der Arbeiter waren bei dem Wetter gar nicht erst erschienen.

Am nächsten Tag fiel der Regen ungelogen waagerecht. »Ich sag Sandra ab.«

»Unsinn, du hast dich doch so darauf gefreut. Und viel kannst du da heute sowieso nicht ausrichten.«

Auf dem Weg nach Vila Franca war ich froh über den schweren Jeep mit seinen Allwetterreifen. Die Fahrbahn war kaum zu sehen, der Wind peitschte mir immer neue Regenböen entgegen. An der Küste schienen Land und See zu einer bleifarbenen Einheit zu verschmelzen.

Abgerissene Palmwedel und Blütenblätter polsterten die lange Auffahrt zu Sandras Haus. Es war erst kurz vor fünf am Nachmittag, aber so dunkel wie in tiefer Nacht. Die Scheinwerfer des Jeeps erfassten die geschwungenen Sprossenfenster einer stuckverzierten Villa mit spitzem Giebel. Nicht schlecht. Offenbar gingen hier nicht nur die Kinder in Palästen zur Schule – die Lehrer wohnten in alten Villen. Aus den Fenstern im Erdgeschoss schien warmes Licht.

Ich stieg aus und stemmte mich mit meinem Schirm gegen den Wind. Sandra stand schon in der Tür und lachte mir entgegen. »Kommen Sie rein, bevor Sie mir noch wegwehen.« Sie nahm mir den Schirm ab. »Den stell ich ins Bad, bin gleich wieder da.«

Ich sah mich um. War das roséfarbener Marmor an den Wänden? Ich strich mit der Hand darüber, war mir aber nicht sicher. Auf jeden Fall ein edler Effekt. Der schmale Flur war geschätzte acht Meter lang, auf halber Länge unterbrochen von einem hohen Bogen, fast wie in einer Kirche. Der dunkle Holzboden schimmerte seidig, ebenso wie die Stufen einer Treppe, die in das obere Stockwerk führte.

Ich schnupperte. Im Flur hing ein modriger Geruch. Vergoldete Bilderrahmen verzierten die Wände. Ich dachte an unser Hotelzimmer vom Sommer. Die Rahmen mussten auf der Insel vor hundert Jahren oder so mal schwer in Mode gewesen sein. Ein Kupferstich zeigte die heißen Quellen der Caldeiras von Furnas als dampfende Schlote, auf einem anderen stachen Männer mit Lanzen auf einen Wal ein. Vor einer sepiafarbenen Fotografie blieb ich länger stehen. Ein sehr junges Paar saß händchenhaltend auf einem Zaun und lächelte so glücklich in die Kamera, dass ich automatisch auch lächeln musste.

»Meine Urgroßeltern. In den guten alten Zeiten.« Sandra war zurück. In diesem Moment ging das Licht aus.

»*Porra!*«

Vermutlich lernte ich gerade meinen ersten portugiesischen Fluch.

»Bleiben Sie einfach hier stehen, ich geh mal schnell zum Sicherungskasten.«

Ich hörte ein Klappern, dann ein Klicken, und die ziemlich staubigen Wandlampen gaben wieder Licht. »Die elektrische Anlage in diesem alten Kasten ist total desolat. Und nicht nur die.« Sandras Blick ging an die Decke, wo handtuchgroße Wasserflecke den hellen Anstrich braun färbten. Daher also der Geruch. Sandra grinste ein wenig verlegen: »Außen hui, innen pfui. Gehen wir lieber in mein Arbeitszimmer. Und, wie gefällt Ihnen das Wetter? Noch keine Fluchtgedanken?«

»Nein, wieso?«

»Ich hab ja gesagt, es ist von Vorteil, wenn man aus dem Norden kommt. Ich kriege hier im Winter grundsätzlich Selbstmordgedanken.«

In ihrem mit Büchern, Antiquitäten und Familienfotos vollgestopften Arbeitszimmer nahm sie sofort ein dickes Lehrbuch in die Hand.

»Fangen wir an?«

»Gern. Was zum Beispiel heißt *porra*?«

»Etwa das Gleiche wie verdammt. Wörtlich übersetzt Sperma, aber diese Bedeutung kennt kaum noch jemand. Eine Dame benutzt das Wort jedenfalls nicht.«

Wir grinsten uns an. Doch, sie war mir sympathisch, diese Sandra Marques.

Schon nach einer halben Stunde qualmte mein Kopf wie die heißen Quellen auf dem Kupferstich. Immerhin konnte ich schon sagen: *Sou Lena*, ich bin Lena. Das war auch noch relativ leicht auszusprechen … alles andere … nun ja, eine halbe Stunde war ja auch noch nicht viel. Sandra ging zum wiederholten Mal die Liste der Buchstaben und ihrer Aussprache durch. Warum, *porra*, wurde hier nichts so ausgesprochen, wie es auf dem Papier stand? Besonders fies waren die Nasallaute. Sandra wollte sich ob meiner Versuche, die Nasenflügel zusammenzuziehen, schier ausschütten vor Lachen.

»Kleine Pause? Möchten Sie einen Kaffee?«

Sie konnte Gedanken lesen.

»Leben Sie allein hier? Das Haus ist doch riesig.«

»Riesig und runtergekommen, ja. Und jetzt haben sie uns hinter dem Haus auch noch die Autobahn durch den Garten gebaut.«

Uns? War das schon die Antwort auf meine Frage?

»Das Haus gehört der gesamten Familie. Leider können sich meine Onkel und Tanten mit meinem Vater nicht über die Renovierung einigen.« Sie seufzte. »Irgendwann fällt uns hier noch die Decke auf den Kopf – ich meine, im wörtlichen Sinne. Aber was soll's. Über kurz oder lang zieh ich ohnehin aus.« Ein Lächeln breitete sich auf ihrem Gesicht aus. »Es gibt auf dieser Insel wahrlich schönere Plätze als ein Grundstück an der Autobahn. Machen wir weiter?«

Als ich nach Hause fuhr, hatte der Wind etwas nachgelassen. Der Regen nicht. Ich dachte an Sandra in ihrem feuchten Familiensitz. Über das Haus hatte ich mehr erfahren als über sie. Aber wir fingen ja auch erst an. Inmitten all dem Grau um mich herum war mir rosig zumute.

9

»WIR HABEN EIN PROBLEM.« Paulo saß Marco an dem kleinen Tisch in der hintersten Ecke ihrer Stammkneipe gegenüber. Der kleine Laden war gesteckt voll. Hier hinten waren sie einigermaßen ungestört.

»Das ist die Untertreibung des Jahrtausends. Noch mehr Regen und der ganze verdammte Berg kommt runter.«

Paulo sah Marco ins Gesicht, registrierte die Augenringe, den schwarzen Schatten am Kinn, die blutunterlaufenen Augen. Wahrscheinlich sah er selbst nicht besser aus. Nach zwei Tagen Kampf gegen den Berg und das Wasser waren sie beide völlig erledigt. »Ich rede nicht vom Wetter. Sie kommen nicht wieder.«

»Wer kommt nicht wieder?«

»Naldo, Chico und José. Sie sagen, sie haben eine besser bezahlte Arbeit gefunden.«

»Wo?«

»Wollten sie nicht sagen.«

»Scheiße.«

»Kannst du laut sagen. Wird ein paar Tage dauern, bis ich vernünftigen Ersatz habe.«

Marco schwieg und starrte am Zigarettenautomaten vorbei die vergilbte Wand an.

»Ich geh mal eine rauchen.«

Paulo bahnte sich einen Weg durch die Menge der Männer, die, Bierflaschen in den Händen, lauthals das Fußballspiel vom Wochenende diskutierten. Santa Clara hatte gegen die zweite Mannschaft von Benfica Lissabon verloren. Paulo hatte für diese Katastrophe jetzt keinen Kopf.

Vor der Tür zog er tief den Rauch in die Lunge. Auf der Baustelle lief zu viel schief. Er konnte es nicht genauer benennen, aber er hatte ein ganz blödes Gefühl. Letzte Woche der Unfall, als einer der Lastwagen auf dem steilen Weg zum Materialplatz ins Rutschen gekommen und Diogo über den Fuß gerollt war. Dann das Wetter. Er konnte sich nicht erinnern, je eine solche Sintflut erlebt zu haben. Jetzt diese drei Idioten, die ihn im Stich ließen. Und dazu die Hohlköpfe von der Gemeinde, die plötzlich behaupteten, er habe keinen Wasseranschluss für das Dorf beantragt. Jedenfalls sei kein Vorgang zu finden. Und die in Aussicht gestellte Kostenbeteiligung? Was für eine Kostenbeteiligung? Die Gemeinde habe eine leere Kasse. Paulo trat die Zigarette aus, zermalmte die Kippe mit seinen eisenkappenverstärkten Schuhen, bis der Filter nur noch aus platt getretenen gelben Fasern bestand, und ging zurück zu Marco. Er musste ihm noch von den Hohlköpfen berichten.

Die Tür ging auf und schlug mit einem Knall an die Wand. Unrasiert, mit wirren Haaren und blutunterlaufenen Augen schwankte Marco ins Zimmer. Er roch wie eine Schnapsfabrik. Hätte meine Mutter in aller Öffentlichkeit gefurzt, ich hätte nicht verblüffter sein können. Beinah hätte ich gelacht. Aber es war nicht komisch. Ganz und gar nicht. Ich legte mein Buch zur Seite und sagte erst einmal nichts. Marco auch nicht. Mit unsicheren Schritten kam er auf das Bett zu, ließ sich in voller Montur auf die Seite fallen und war weg. Mir blieb nichts anderes übrig, als ihm die Arbeitsstiefel auszuziehen. »Jetzt ist Schluss, mein Lieber«, teilte ich dem schnarchenden Mann in meinem Bett mit, »morgen wirst du mir sagen, was mit dir los ist.«

Der erste Tag ohne Dauerregen seit zwei Wochen.

Marco hatte verschlafen, wir saßen um neun Uhr in der Küche beim Frühstück. Ich wollte reden, er nicht.

»Oh, Lena, nicht heute, mir zerspringt gleich der Kopf.«

Wortlos schob ich ihm ein zweites Aspirin hin.

Er sah nicht viel besser aus als gestern Abend, nur die Bartstoppeln waren weg.

»Wann denn? Entweder du bist müde, oder du willst nicht reden, oder – über gestern muss ich wohl nicht viel sagen. Nein, Marco, ich will jetzt wissen, wo die Probleme liegen.«

»Warum sollte ich dich damit belasten?«

»Weil ich die Frau bin, die so gut zuhören kann? Weil wir ein Paar sind? Weil ich ein Teil vom Team bin?«

»Du bist was?«

Vielleicht war er nicht der Einzige, der etwas mehr Offenheit an den Tag legen sollte.

»Um mich geht es jetzt nicht, Marco.«

»Vielleicht ja doch …«

Ich nahm an, dass sich auf meiner Stirn gerade drei Fragezeichen materialisierten.

»Du willst Teil vom Team sein, aha. Aber weißt du, meine liebe Lena, das Team geht nicht nach ein paar Monaten nach Hause zu Mami und Papi. Für das Team ist das Projekt kein Abenteuerurlaub. Für das Team geht es hier um alles. Für MICH geht es um alles.«

Mit jedem Wort war er lauter geworden. Sein Gesichtsausdruck wütender. Und ich ein bisschen kleiner.

In meinem Kopf fuhren die Gedanken Karussell. Das hast

du nun von deiner ewigen Vorsicht, Lena. Marco vertraut dir nicht. Er hat überhaupt nicht verstanden, warum du hier bist. Wie auch, du hast ihm ja nichts gesagt. Du warst nicht vorsichtig, Helena Janssen, du warst feige. Sag's ihm jetzt. Sag ihm, dass du mit ihm glücklich bist. Sag ihm, dass du bleiben willst. Aber … will ich das wirklich?

»Marco«, setzte ich an. Und wusste nicht weiter. Meine Güte, das konnte doch nicht so schwer sein! Reden war schließlich meine Stärke. Ich räusperte mich.

»Ich war vielleicht nicht ganz ehrlich zu dir.«

Jetzt hatte er die Fragezeichen auf der Stirn.

»So sicher ist das gar nicht. Also, dass ich nach dem halben Jahr zurückgehe.« Wirklich äußerst eloquent.

Marcos Blick sagte: Da ist wieder das Känguru.

»Es klingt in deinen Ohren jetzt bestimmt blöd, aber, na ja, ich wollte halt erst einmal sehen, wie das mit uns beiden und allem anderen läuft. Ob ich mir tatsächlich vorstellen kann, hier zu leben. Ob ich das mit der Sprache hinkriege. Und da habe ich mir gedacht, wenn ich dir sage, dass ich ein Sabbatical mache, wecke ich bei dir erst mal keine Hoffnungen. Aber jetzt, also, jetzt ist alles ganz anders. Natürlich ist noch nichts entschieden. Jetzt hab ich Sandra, und das ist ein großartiger Anfang. Ich glaub, ich kann das mit der Sprache schaffen. Und ich bin so gern im Dorf und …« – los, Lena, raus damit – »und bei dir.«

Vielleicht nicht sehr romantisch formuliert, aber immerhin. Wo blieben die Geigen? Wo sein strahlendes Lächeln ob der guten Nachricht?

Marcos Züge waren nach wie vor steinhart.

»Tolles Timing, Lena.«

»Freust du dich denn nicht? Du wolltest doch, dass wir hier zusammenleben.«

»Die Frage ist nur, ob es noch was zum Zusammenleben

geben wird. Mir steht das Wasser bis zum Hals.« Er schnaubte. »Beziehungsweise eben nicht.«

»Könntest du dich ein bisschen klarer ausdrücken?«

»Wie es im Moment aussieht, zahlt die Gemeinde entgegen ihrer Zusage unseren Wasseranschluss nicht. Wenn wir überhaupt einen kriegen. Angeblich gibt es den ganzen Vorgang in deren Unterlagen nicht.«

»Aber wir haben doch Wasser auf der Baustelle.« Es kam aus dem Berg und wurde in einer großen Zisterne aufgefangen.

»Lena, da sollen mal an die fünfzig Leute duschen, Wäsche waschen und so weiter. Denk doch bitte nach.«

»Dann musst du den Antrag eben noch mal stellen.«

»Sicher. Und woher nehme ich das Geld für die Verlegung? Du hast keine Ahnung, was das kostet.«

»Aber die Rohre liegen doch schon.«

»Die im Dorf, aber nicht die zum Dorf.«

»Hattest du nicht was von EU-Fördergeldern gesagt?«

»Tja, die liegen zurzeit auf Eis. Keine Ahnung, wann die freigegeben werden.«

Und ich hatte von alldem nichts geahnt. Hatte mich um meine eigenen kleinen Probleme gedreht, als sei ich der Mittelpunkt der Welt. Hatte auf der Baustelle vor mich hin gewerkelt und meinen Träumen nachgehangen. Hatte mich mit einem Minimum an Informationen zufriedengegeben. Großartig, ganz großartig.

Ich traute mich kaum, weiter nachzufragen.

»Bedeutet das, du stehst vor der Pleite?«

Die Frage hing tonnenschwer im Raum.

»Noch nicht«, sagte Marco schließlich. »Paulo und ich suchen nach Lösungen.« Er sah in seine Kaffeetasse, als wären sie dort zu finden. Sein Blick erfasste wieder mich.

»Na, was sagt dein Sicherheitsbedürfnis jetzt? Denkst du immer noch darüber nach zu bleiben?«

»Jetzt erst recht!«

Das konnte ich nicht wirklich ausgesprochen haben, oder? Ausgerechnet ich. Andrea pflegte zu sagen, ich sei so spontan wie ein Busfahrplan. Aber ich hatte es gesagt und ich meinte es ernst. Ich würde Marco jetzt nicht im Stich lassen. Probleme gab es überall. Aber Probleme ließen sich lösen.

»Ehrlich?«

»Ehrlich.«

Ich stand auf, ging um den Tisch, legte meine Arme um seinen Rücken, schmiegte meine Wange an seine Haare und sagte leise: »Versprich mir nur, dass du deine Sorgen in Zukunft mit mir teilst.«

Er drehte sich um und ich setzte mich auf seinen Schoß.

Seine Arme schlangen sich um mich. Ich fühlte sein Herz an meiner Brust klopfen und dachte: Alles wird gut. Bestimmt. Irgendwie.

Mariana sah sich in der Garderobe um, in der sich zweiundzwanzig Frauen in Schwarz drängten, allesamt aufgeregt wie junge Gänse. Sie konnte sich kaum vorstellen, dass diese schnatternden Münder in wenigen Minuten einen harmonischen Chor bilden würden.

Inés zwinkerte ihr über die Köpfe der anderen hinweg zu. »Wird schon«, las sie ihr von den Lippen ab. Mariana hob den Daumen und sah neben Inés ihre Tochter Isabel lachen. Tomás kam in die Garderobe. Der Schwiegersohn hatte die Rolle des Inspizienten übernommen. Paulo saß mit Tiago schon im Saal, gleich in der ersten Reihe. »Noch zwei Minuten!«

»Wie voll ist es?« Mariana konnte sich die Frage nicht verkneifen. Bloß nicht vor einem leeren Saal singen müssen.

»Im Parkett ist kein Stuhl mehr frei.« Erleichtert atmete sie aus.

Sie raffte ihren langen Rock und ging hinter Tomás her. Die anderen Frauen folgten ihr. Wieder musste sie an Gänse denken, als sie eine nach der anderen auf die blau ausgeleuchtete Bühne gingen und ihre Positionen einnahmen. Die Gitarristen saßen schon auf ihren Stühlen. Marianas Platz war in der ersten Reihe, genau in der Mitte. Hüsteln und Rascheln im abgedunkelten Saal. Gegen das Licht der Scheinwerfer konnte sie nur Schatten von Köpfen erkennen. »Da ist Oma!«, rief eine Kinderstimme. Sie lächelte. Tiago. Dann wurde es ruhig. Mariana schloss die Augen. Zarte Gitarrenmusik setzte ein. Sie atmete tief ein und begann zu singen.

»Können die auch was Fröhliches?« Marco flüsterte mir ins Ohr. Was für ein Banause! Wie konnte er diesem Gesang widerstehen? Mir stand schon wieder das Wasser in den Augen und er flüsterte blöde Bemerkungen.

Ich stieß ihm den Ellbogen in die Seite und hielt einen Zeigefinger vor meine Lippen. Zum Glück saßen wir nicht ganz vorn. Hoffentlich hatte Sandra in der Reihe hinter uns ihn nicht gehört. Kurz drehte ich mich zu ihr um. Sie war mindestens genauso in die Musik vertieft wie ich – das heißt, wie ich bis eben gewesen war –, sah gebannt auf die Bühne und bewegte die Lippen. Anscheinend kannte sie das Lied, das der Chor gerade sang. Schön, das hieß, wir konnten es im Unterricht übersetzen. Ich sah wieder nach vorn. Ich freute mich enorm, dass Sandra meiner Einladung gefolgt war.

Mariana trat vor und setzte zu einem Solo an. Hier, in der Akustik des Theaters, klang ihre Stimme noch voller. Mit dem blauen Schimmer auf ihrem schwarzen Kleid, den dunklen, glatten Haaren und den geschlossenen Augen strahlte sie eine solche Sinnlichkeit aus und hatte nichts mehr mit der Frau gemein, die ich kannte.

Das letzte Lied. Frenetischer Applaus setzte ein und dauerte an, bis die Musiker nach mindestens zwanzig Verbeugungen hinter die Bühne verschwanden. Die Scheinwerfer wurden gedimmt, und ein riesiger Kronleuchter leuchtete im Zuschauerraum auf. Er hing unter einem Himmel aus glänzenden türkisfarbenen Steinen inmitten eines Kranzes aus pinkfarbenem Stuck. Ich verrenkte mir fast den Nacken beim Hochschauen, so prächtig und bunt war die Decke des Saals.

Wir gingen ins eher schlichte Foyer an die Bar. Der Raum war rappelvoll, Marco brauchte fast zehn Minuten, um für Sandra und mich Wein und für sich selbst ein Wasser zu holen. Sandra und Marco schienen einen Draht zueinander zu haben. Schon vor dem Konzert hatten sie sich angeregt unterhalten. Ich hatte Marco lange nicht so entspannt erlebt. Jetzt vertieften sie sich in eine Diskussion über die Lokalpolitik auf der Insel. Da konnte ich nicht mitreden. Ich hörte mit einem Ohr zu und registrierte mit dem anderen, dass die meisten Menschen im Raum diesen merkwürdigen Dialekt sprachen, den auch Paulo und Mariana untereinander benutzten. Portugiesisch würde ich vielleicht lernen. Aber Azoreanisch?

Aus den ganzen kehlig genuschelten Umlauten filterte mein Gehör plötzlich eine weibliche Stimme, die mit deutlich weniger Üs und Ös auskam. Sie kam mir bekannt vor. Als ich die Frau lachen hörte, war ich mir sicher: Irgendwo hier war die bunte Frau. Marco und Sandra bekamen nicht mal mit, dass ich ein Stück von ihnen wegging. Meine Augen suchten die Menge ab. Bingo. Da, ein paar Meter zu meiner Linken sah ich ihr Profil. Heute trug sie verschiedene Lilatöne, um den Kopf ein schwarzes Tuch und weiße Perlen in den Ohren. Die schwarze Brille fehlte. Sie unterhielt sich mit einem kleinen Portugiesen, dessen Bauch fast sein Hemd sprengte.

Als ob sie spürte, dass ich sie ansah, schaute sie plötzlich in meine Richtung. Vermutlich war sie sich dessen nicht bewusst, aber sie legte einen Finger an die Nase und nickte mir nach kurzem Nachdenken zu. Offensichtlich war ihr eingefallen, woher sie mein Gesicht kannte.

Ich lächelte, sie lächelte zurück. Sie sagte etwas zu ihrem Gegenüber und kam auf mich zu. Der kleine Dicke blieb allein zurück.

»Sie waren neulich bei João, richtig?«

»Stimmt genau. Sie und Ihre Familie kamen, als wir gerade gehen wollten.«

»Ich freue mich immer über ein neues, junges Gesicht in unserer Gegend.« Sie streckte mir die Hand entgegen. »Ich bin Christina Huebner.«

»Helena Janssen, angenehm.«

»Vermute ich richtig, dass Sie keine Touristin sind?«

Schwierige Frage. Was war ich eigentlich? Eine Auswanderer-Anwärterin?

»Zumindest nicht im klassischen Sinn. Im Augenblick lebe ich mit meinem Freund hier in Ribeira Grande.«

»Dann sind wir ja fast Nachbarn!« Es klang, als ob sie sich aufrichtig freute. Nett. Ich freute mich auch.

»Vielleicht können wir mal einen Kaffee zusammen trinken. Ich lebe in Porto Formoso, bei uns am Strand gibt es eine Bar, in der man direkt am Wasser sitzt.«

»Die kenne ich.«

»Umso besser. Ich muss jetzt leider los, am besten gebe ich Ihnen meine Nummer und Sie rufen mich an, wenn Sie mögen. Dann verabreden wir was.«

»Ja, gern!« Ich suchte das Handy in meiner Handtasche,

gab die Nummer ein, rief kurz durch und unterbrach die Verbindung. »Jetzt haben Sie auch gleich meine.«

»Lena? Wir wollen noch rüber ins Letitbe.«

Das war Marco. Ich nickte und stellte ihm und auch Sandra meine neue Bekannte vor. Allgemeines Händeschütteln, dann gingen wir schon in Richtung Ausgang. Vor dem Theater verabschiedeten wir uns, und Christina bog mit einem »Anrufen nicht vergessen!« nach links ab. Wir anderen machten uns auf in Richtung der Bar.

Mariana brachte ihr langes Kleid, das jetzt in einer Schutzhülle steckte, zum Auto. Der Chor würde sich gleich bei João zum Essen treffen. Sie summte vor sich hin, noch gefangen von der Musik. Was für ein Erfolg! Sie wurden mit Lob überschüttet. Ganz besonders sie. Sie kicherte. Primadonna Mariana Cabral! Na, na, sie würde doch wohl nicht der Sünde der Eitelkeit verfallen? Aber es war nun mal etwas anderes, auf der Bühne im Rampenlicht zu stehen als im Chorgestühl der Kirche. Vielleicht würde in der Zeitung über sie berichtet, man stelle sich vor! Und Inés sagte, dass jemand von der Stadtverwaltung in Ponta Delgada im Publikum gewesen sei. Schon träumte sie sich auf die Bühne des großen Teatro Micaelense. Sie müssten das Programm natürlich ausweiten. Vielleicht, wenn sie Männerstimmen dazuholen würden? Tief versunken ging Mariana wieder auf das Theater zu.

Vor dem Eingang stand eine kleine Gruppe Leute. Sie erkannte Marco und Lena. Und … das konnte doch nicht wahr sein. Die Hure hatte die Frechheit besessen, in ihr Konzert zu kommen! Das Hochgefühl zerplatzte wie eine Seifenblase. Sie spürte, wie ihr das Blut ins Gesicht stieg. Das war kein Zufall. Oder doch? Sie machte auf dem Absatz kehrt und ging zurück zum Auto.

Immerhin war es ein öffentliches Konzert gewesen. Paulo musste nichts damit zu tun haben. Sie lehnte sich an den Wagen. Vielleicht wusste die andere auch gar nicht, dass sie Paulos Frau war. Und selbst wenn? Was machte es für einen Unterschied? Das heiße Gefühl im Gesicht klang langsam ab. Es war Zufall. So oder so, sie hatte es nicht nötig, wie ein verschrecktes Schulkind wegzulaufen. Sie war Mariana Cabral, der Star des Abends. Und der würde jetzt stolz erhobenen Hauptes und mit eiskaltem Blick an dem Weib vorbeigehen. Sie trug noch ihre hohen Schuhe. Ein kleiner Tritt auf den Fuß mit dem ziemlich spitzen Absatz wäre auch nicht schlecht.

Sie waren weg.

Nur Paulo stand vor der Tür und wartete auf sie. »Wo steckst du denn? Ich hab dich gesucht. Die anderen sind schon vorgegangen.«

Er nahm ihren Arm.

»Weißt du was? Ich bin unheimlich stolz auf dich.«

Am Mittwoch nach dem Konzert brach der Sommer aus. Nicht das winzigste Wölkchen ließ sich am Himmel blicken, die Luft war nicht ganz so feucht wie sonst, und die Temperatur stieg auf wohlige dreiundzwanzig Grad. Selbst Marco startete mit einem Lächeln in den Tag. »Schade, dass du nicht mitkommst. Heute wird die Sicht oben grandios sein.«

»Man kann nicht alles haben, und ich will nun mal grandios Portugiesisch sprechen können.«

»Deine Stunde ist doch erst um fünf. Du könntest doch vom Dorf aus fahren.«

»Ich will noch lernen, oben habe ich keine Ruhe.« War ja gar nicht einzusehen, dass immer alles nach Marcos Nase ging.

»Wie du willst.« Er gab mir einen Kuss und brach auf.

Ich griff zum Telefon.

»Christina? Hier ist Helena Janssen. Aus Ribeira Grande, genau.«

Zwei Stunden später fuhr ich mit dem Jeep Richtung Porto Formoso. Die Straße durch den Ort war reichlich eng, es gab nur einen winzigen Streifen Bürgersteig, Fußgänger drückten sich an Hauswände, wenn sich zwei Wagen aneinander vorbeischoben. An einer Kreuzung bog vor mir ein Linienbus auf die Straße. Zweimal blieb er plötzlich stehen. Beim ersten Mal kam er dem Balkon eines Hauses bedrohlich nah, und ich dachte: Jetzt ist es so weit, jetzt steckt er fest – wenn nicht sogar der Balkon runterkommt. Millimeterweise schob sich der Bus durch die Engstelle. Der Fahrer hatte Nerven. Beim zweiten plötzlichen Stopp befürchtete ich schon, er hätte jemanden überfahren. Eine kleine Menschenmenge bildete sich um das Fahrerhaus, durch das offene Fenster des Jeeps hörte ich aufgeregte Stimmen. Dann, als wäre nichts gewesen, löste sich die Menge auf, ich sah den Busfahrer winken, und es ging weiter. Nur ein kleiner Plausch.

Ein schmaler Fußweg führte zum Strand. Ich war ein bisschen nervös. Als ob ich mich mit jemandem treffen würde, den ich nur aus dem Internet kannte. Grundsympathie vorhanden, Rest unbekannt. Und wenn Christina und ich uns nun nichts zu sagen hatten? Dann würde ich nach einem Kaffee eben wieder gehen. Aber wenn meine Menschenkenntnis mich nicht verlassen hatte, musste ich mir eigentlich keine Sorgen machen.

»Hier bin ich!«

Auch ohne ihr Winken hätte ich sie mit ihrem Regenbogentuch um den Kopf und dem gelbgepunkteten weißen

Sommerkleid kaum übersehen können. Über der Lehne ihres Stuhls hing eine weiße Strickjacke.

Sie stand auf, nahm die Sonnenbrille ab, mit der sie ausgesehen hatte wie Puck die Stubenfliege, und machte Anstalten, mich mit Küsschen rechts und links zu begrüßen. Zu meinem Leidwesen war das auf der Insel so üblich. Sie sah mich wohl zurückschrecken, jedenfalls gab sie mir dann doch lieber die Hand. »Ich hatte glatt vergessen, wie groß Sie sind.« Dabei war sie im Vergleich zu den Leuten von der Insel selbst ziemlich groß, bestimmt über eins siebzig. Ich hasste die Küsserei vor allem deswegen, weil ich mir immer wie Gulliver vorkam, wenn ich mich zu den Leuten hinunterbeugen musste.

Wir lachten beide. »Ich besorge uns was zu trinken, was möchten Sie? Oder darf ich du sagen? Wir sind hier eigentlich nicht so förmlich.«

Ich nickte. Mit schwingendem Rock und geradem Rücken lief sie über den Rasen zum Eingang der Bar. Die Frau hatte eine Ausstrahlung, von der ich nur träumen konnte. Die Art, wie sie den Kopf hielt, der rote Mund, ihr Gang – alles an ihr strömte Selbstbewusstsein aus. Ein paar Minuten später kam sie mit einem Tablett zurück, auf dem Michkaffee in vollen Gläsern fast überschwappte. Sie trug es aufrecht und nicht im mindesten unsicher.

»So, jetzt bin ich neugierig. Was hat dich auf unser Eiland verschlagen?«

Die arme Frau konnte ja nicht ahnen, dass sich in mir ein ganzer Fluss von Worten zu einem See aufgestaut hatte, der nur darauf wartete, über die Ufer zu treten. Ich begann bei B wie Beerdigung, trank bei D wie Dorfprojekt schnell einen Schluck Wasser und endete bei Z wie zwei Esel. Bei der Erinnerung an Marcos und meinen Abschied am Flughafen musste ich lächeln. Eigentlich, fand ich selbst, war es eine schöne und romantische Geschichte. »Ach, du bist das! Es ist natürlich Inselgespräch, dass Ausländer das Dorf wiederaufbauen wollen. Da habt ihr euch ja mächtig was vorgenommen. Wenn ich daran denke, was mich die Renovierung *eines* Hauses an Kraft und Nerven gekostet hat. Vom Geld gar nicht zu reden. Ist das nicht auch eine enorme Belastung?«

Sie las wohl lieber Fachzeitschriften als Rosamunde Pilcher.

»Schon, und im Moment läuft es gerade auch nicht so besonders gut. Erst das schlechte Wetter und jetzt Ärger mit den Behörden. Bei der Gemeinde ist ein wichtiger Antrag verschlampt worden.«

Christina lachte laut auf. »Das ist hier leider völlig normal. Und was denkst du, wann die Anlage fertig wird?«

»Keine Ahnung. Aber ich hoffe, dass zumindest das Haus, in dem wir leben wollen, bald bewohnbar ist.« Unwillkürlich entfuhr mir ein tiefer Seufzer.

»Wo wohnt ihr denn jetzt?«

Eigentlich hatte ich mir vorgenommen, nicht gleich beim ersten längeren Gespräch von meinen Problemen zu reden. Aber ein See lässt sich nicht so leicht aufhalten.

Ohne Namen zu nennen, erzählte ich von dem kleinen Zimmer und Marianas ablehnendem Verhalten mir gegenüber. Seit der Konzertprobe, und erst recht dem Konzert und meiner ausgiebig zum Ausdruck gebrachten Bewunderung für ihren Gesang verhielt sie sich etwas liebenswürdiger, war aber nach wie vor zugeknöpft.

»Darüber würde ich mir nicht den Kopf zerbrechen. Die Frauen hier sind ziemlich verschlossen und an uns Ausländerinnen so interessiert wie an einer Tüte Müll.«

Das fand ich zwar ein bisschen hart formuliert, aber dennoch tröstlich.

»Mein größtes Problem ist, dass ich noch keinerlei Idee

habe, wie ich hier auf der Insel Geld verdienen könnte. Mal vorausgesetzt, ich spreche irgendwann die Sprache. Sonst will ich ohnehin nicht hierbleiben.«

»Die lernst du schon. Ich hab's ja auch geschafft. Aber davon abgesehen wärst du nicht die einzige Ausländerin, die hier lebt, ohne Portugiesisch zu sprechen.«

»Ja, ich weiß. Aber ich hasse es, mich nicht verständigen zu können. Wir sind ja viel mit Azoreanern zusammen. Und wenn ich hier arbeiten will … Was ist mir dir, bist du berufstätig?«

»Nein, ich bin nur ehrenamtlich im Tierheim aktiv. Mein Mann ist vor sechs Jahren gestorben und hat mich gut versorgt hinterlassen.« Ihre graugrünen Augen hefteten sich auf das Meer, das heute zahm an den Strand plätscherte.

Noch keine vierzig und schon Witwe. Die Arme.

»Das tut mir leid.«

Schweigend sahen wir jetzt beide den sanften Wellen zu.

»Reiseleitung.«

»Wie bitte?«

Allem Anschein nach war ich die Einzige, die in der Schweigeminute an Christinas Verlust gedacht hatte.

»Ich nehme an, du sprichst Englisch?«

»Nicht perfekt, aber ganz ordentlich.«

»Dein Freund baut eine Anlage für Touristen. Da liegt Reiseleitung doch auf der Hand. Reden ist ja jetzt schon dein Beruf. Du könntest Eselwanderungen anbieten, Inselführungen und so weiter.«

Die Idee war gar nicht dumm. Darüber sollte ich auf jeden Fall nachdenken. Ich war gespannt, was Marco dazu sagen würde. Als ich an ihn dachte, fiel mir seine Bemerkung über die deutsche Clique wieder ein. »Hast du hier viel Kontakt zu anderen Deutschen?«

»Man trifft sich gelegentlich auf Veranstaltungen. Aber,

ehrlich gesagt, viele sind Rentner und für diese Gesellschaft fühle ich mich dann doch ein bisschen zu jung.« Sie hatte wirklich ein schönes Lächeln. »Darum habe ich mich ja auch gefreut, als ich dich entdeckt habe. Ich bin zwar ganz gern allein, aber ab und zu freut man sich doch über ein anregendes Gespräch.«

Wie wahr, wie wahr. Sie wurde mir mit jedem Moment sympathischer.

»Komm doch mal mit deinem Marco zum Essen zu mir. Übernächsten Samstag? Würde das passen?«

»Sehr gern, aber ich weiß nicht, ob Marco schon Pläne hat. Ich rede mit ihm und ruf dich an, okay?«

Wir unterhielten uns noch eine volle Stunde. Ihr Mann war nicht hier auf der Insel gestorben, erfuhr ich, sondern bei einem Reitunfall auf dem eigenen Gestüt in der Nähe von München. Danach hatte Christina alles verkauft und war nach São Miguel gezogen. »Es war ein krasser Wechsel, aber genau das, was ich damals brauchte.«

»Hast du deinen Entschluss je bereut?«

»Anfangs manchmal. Für eine alleinstehende Frau ist es hier nicht immer leicht. Aber eine Christina Huebner gibt nicht so leicht auf! Und wenn ihr zum Essen kommt, werdet ihr sehen, dass sich das Durchhalten gelohnt hat.«

Ostern und Weihnachten an einem Tag, dachte ich, als ich mich am Nachmittag auf den Weg nach Vila Franca machte. Erst Christina, jetzt Sandra. Seit dem Konzert waren Sandra und ich per du. Ich fühlte mich schon fast, als ob ich eine Freundin besuchte, die zufällig auch meine gestrenge Lehrerin war. Wir hatten uns angewöhnt, nach der Grammatikstunde noch einen Tee zu trinken. Der stammte von der Nordseite der Insel. Bei nächster Gelegenheit wollte mir Sandra die Plantage zeigen.

Auf der Terrasse vor dem Haus standen heute Tisch und Stühle, die Bücher lagen auf einem Beistelltisch bereit. »Es ist zu schön, um drinnen zu sitzen«, sagte Sandra. Auch wenn es nicht mehr ganz so warm war wie am Vormittag, gab ich ihr recht. Ich musste mich nur an das Rauschen von der Autobahn gleich hinter dem Haus gewöhnen. »Ja«, seufzte Sandra, »der Lärm ist wirklich grausam, aber ich werde ihn noch eine Weile aushalten müssen. Sollen wir doch lieber reingehen?« Ich schüttelte den Kopf, und wir fingen an zu arbeiten.

»Du lernst wirklich schnell.« Ich freute mich. Wenn mich jemand lobt, bin ich schlagartig wieder zehn Jahre alt. Die drei Abende, die ich in der Gesellschaft unregelmäßiger Verben verbracht hatte, waren also nicht umsonst gewesen. Sandra holte den Tee. Die Abendsonne schickte warmes Licht auf die Terrasse, und als sie mit dem Tablett aus dem Haus kam, schimmerte ihr Haar golden, die Ohrringe, die sie heute trug, leuchteten dunkelrot auf. Mit ihren braunen Augen und dem vollen Mund erinnerte sie mich entfernt an Sandra Bullock, nur eben in Blond.

Mir war schleierhaft, wieso sie allein lebte. Jedenfalls soweit ich wusste. Von einem Freund oder Mann war bisher nicht die Rede gewesen. Im Gegensatz zu Christina war Sandra ein eher verschlossener Typ. Sie erkundigte sich nach Marco, nach der aktuellen Situation im Dorf. Und während ich antwortete, überlegte ich, wie ich mich dem Thema Mann durch die Hintertür nähern könnte. Einfach so fragen mochte ich nicht.

»Heute Vormittag habe ich mich mit einer Witwe unterhalten, die seit ein paar Jahren auf der Insel lebt. Sie meinte, für eine alleinstehende Frau sei das Leben hier nicht leicht.«

Sandra lachte schnaubend. »So, sagt sie das? Und wieso nicht?«

»Na ja, sie hatte wohl Probleme mit Handwerkern, die sie

respektlos behandelt haben. Und ein Makler hat versucht, sie über den Tisch zu ziehen.«

»Das ist alles?«

»Zumindest hat sie nichts anderes erzählt.«

»Dann ist sie vermutlich über siebzig.«

Manchmal wünschte ich mir, Sandra würde nicht so gern in Rätseln sprechen.

»Nein, ist sie nicht. Du hast sie neulich beim Konzert gesehen, die Frau mit dem Kopftuch. Aber wieso sagst du das?«

»Wenn du hier als jüngere Frau ohne Mann lebst und zum Beispiel allein in eine Bar gehst, heißt es sofort, du bist auf Männersuche. Ganz besonders als Ausländerin. Du kannst es ja mal ausprobieren. Bestell dir einen Kaffee und warte, was passiert. Ich sag's dir: Alle im Raum – es sind natürlich nur Männer – hören auf zu reden, schlagartig, und starren dich an. Die reden erst wieder, wenn du gehst. Und zwar über dich. So schnell kannst du gar nicht gucken, wie du auf der Insel einen Ruf als Schlampe weghast.«

Ihr Ton war gallenbitter.

»Aber du bist doch keine Ausländerin.«

»Ich sehe wie eine aus, das reicht schon. Außerdem bin ich noch nicht lange hier. Meine Familie lebt seit ewigen Zeiten nicht mehr auf São Miguel, sondern in Amerika und Portugal. Ich bin eine Fremde.«

Ich dachte kurz darüber nach.

»Hört sich nach vergangenem Jahrhundert an. Dann ist es wohl auch nicht so leicht, hier einen Mann kennenzulernen?«

Jetzt lachte sie schon etwas fröhlicher.

»Das geht schon. So ein bisschen Schlampen-Image finden manche ganz anziehend.« Breites Grinsen. »Aber im Moment bin ich lieber solo. Und du? Wo hast du deinen Marco kennengelernt?«

»Auf dem Friedhof.«

Schallendes Gelächter.

Der Sommer dauerte bis 19.35 Uhr. Ich hatte gerade den Wagen geparkt und war auf dem Weg zum Haus, als mich der nächste Wolkenbruch bis auf den Slip durchweichte. Ich hätte nicht gedacht, dass irgendetwas launischer sein könnte als meine Schwester Charlotte während ihrer Schwangerschaft. Aber das Wetter hier machte ihr ernsthaft Konkurrenz. Egal, mein eigenes Launebarometer stand auf sonnig, da konnte es regnen, so viel es wollte. Ich war so glücklich an diesem Tag. So ahnungslos glücklich.

Das Treppenhaus volltropfend, lief ich zu unserem Zimmer. Kein Marco. Entweder war er mit Paulo unterwegs oder sie saßen mit Mariana in der Küche. Ich zog mich um, wischte noch die Treppe trocken und ging nach unten. Laute, gereizte Männerstimmen klangen durch die Küchentür. Fremde Stimmen, wie mir schien. Aber dann erkannte ich Marcos Bass und Paulos Bariton, beide eine Lage höher als sonst. Jetzt brüllten sie sich regelrecht an. Was war denn da los? Wie üblich verstand ich kaum ein Wort. Mariana sagte etwas, ihr Ton war besänftigend.

»*Boa noite.*« Zwei rote und ein ungewohnt blasses Gesicht fuhren zu mir herum, als ich die Tür aufmachte. Drei Münder quetschten »*Boa noite*« hervor. Dann nichts mehr. Grabesstille. Marco nahm seine Jacke vom Stuhl.

»Wir gehen.«

Ohne ein weiteres Wort zu Paulo oder Mariana schob er mich aus der Tür.

»Was ist denn los?«

»Erzähl ich dir gleich. Hol deine Jacke.«

Dies schien nicht der rechte Augenblick zu sein, ihn an die Existenz des Wörtchens »bitte« zu erinnern.

Als ich mit Jacke und Schirm auf die Straße trat, war Marco schon durch den Regen zum Auto gelaufen und wartete bei laufendem Motor auf mich. Er fuhr zu João.

Wir saßen am selben Tisch wie bei unserem ersten Besuch hier, bestellten aber nur Tee mit Zitrone.

Marco gab immer noch den finsteren Helden. Da ging sie hin, meine sonnige Stimmung.

»Also, worüber habt ihr gestritten?«

»Nicht so wichtig.«

»Worüber, Marco?«

Unwirsch wäre das Wort meiner Wahl gewesen, hätte ich seinen Gesichtsausdruck beschreiben sollen.

»Wir hatten Ärger auf der Baustelle.«

»Geht es ein bisschen präziser?«

»Die neuen Arbeiter kommen aus einem anderen Dorf als die anderen.«

»Ja, und?« Wenn er sich jedes Wort einzeln aus der Nase ziehen ließ, konnte dies noch ein langer Abend werden.

»Offenbar sind die verfeindet, es scheint mit einem verschwundenen Hund zu tun zu haben, irgendwelcher Kinderkram. Jedenfalls reden die einen nicht mit den anderen und die Arbeit leidet.«

»Da ergibt es ja richtig Sinn, wenn du dich jetzt auch noch mit Paulo streitest.«

»Ich will, dass er die Neuen wieder entlässt, aber er behauptet, er findet keine anderen Leute. Dabei ist das sein gottverdammter Job!«

Ob Marcos lauter, zorniger Stimme warf uns der Wirt einen interessierten Blick zu.

»Gibt es etwas Neues wegen des Wasseranschlusses?«

»Nein. Und inzwischen frage ich mich, wer da eigentlich geschlampt hat, die Gemeinde oder Paulo.«

»Im Ernst? Paulo würde dir doch sagen, wenn er einen

Fehler gemacht hätte. Alles andere kann ich mir nicht vorstellen.«

»Er ist kein verdammter Heiliger.«

»Das hab ich auch nicht behauptet. Aber er ist ehrlich.«

»Woher willst du das wissen?«

»So was spüre ich.«

»Aha.«

Wir rührten beide in unseren Teetassen.

»Übrigens hab ich heute Christina Huebner wiedergetroffen und sie hat uns für nächste Woche Samstag zum Essen eingeladen.«

»Wer?«

»Die Frau aus Porto Formoso, mit der wir nach dem Konzert kurz gesprochen haben.«

»Die mit dem Kopftuch?«

»Ebendie. Sie sagt, sie hat wenig Kontakt zu anderen Ausländern. Du musst mir also gar nicht mit der deutschen Clique kommen.«

Er sah trotzdem aus, als kaute er auf einer Zitrone.

»Samstag hab ich aber …«

»Nein, den nächsten. Keine Ausrede, Marco. Denk zur Abwechslung auch mal an mich. Sie ist echt nett, ich glaube, du wirst sie mögen.«

10

SIE WAR ZUFRIEDEN. Nein, mehr als zufrieden. Es lief hervorragend.

»Sehr gut, António.« Sie drückte dem ältesten der drei Arbeiter den vereinbarten Betrag in die Hand und brachte die Männer zur Tür. »Macht genau so weiter, die Idee mit dem Hund war großartig.« So viel Kreativität hatte sie ihm gar nicht zugetraut. Ein Köter weniger auf der Insel, das konnte auch nicht schaden. Den Triumphmarsch aus »Aida« vor sich hin summend, ging sie zurück zu ihrem Schreibtisch. António zufolge war die Stimmung auf der Baustelle schon ordentlich gereizt. Wenn sie die Schraube noch ein bisschen anzog … Heute hatten Paulo und dieser Marco sich vor den Arbeitern gestritten. Sehr schön, sehr schön. Mal sehen, wann dieser Schwächling Paulo das Handtuch warf.

Sie fuhr ihren Computer hoch und ging ins Internet. Der Wetterdienst sagte für die nächsten zehn Tage Regen voraus. Das war einerseits gut. Regen konnten die auf der Baustelle nicht gebrauchen. Anderseits war Trockenheit wichtig für ihren nächsten Schritt. Ach, nicht schlimm. Sie hatte Zeit. Für den Augenblick reichte es, wenn António und seine Kollegen weiter Unruhe auf der Baustelle stifteten. Der nächste Schlag wäre dann vielleicht schon der letzte.

Sie dachte kurz an Lena. Eine durchaus sympathische Frau. Unter anderen Umständen … Nun, andere Umstände gab es nicht. Pech für Lena, wenn sie sich in den falschen Mann und das falsche Dorf verliebte. Lena würde ein bisschen leiden, das war nicht zu ändern. Sie zuckte mit den Achseln. Wo gehobelt wurde, fielen Späne. Und im Augenblick war Lena eine hervorragende Informationsquelle.

Auf ihrem Bildschirm erschien jetzt die Startseite von Google. Das Internet war wirklich eine feine Erfindung. Sie tippte »Brandbeschleuniger« und begann zu lesen.

11

PAULO SETZTE DIE zerstrittenen Arbeiter in verschiedenen Häusern ein und hoffte auf Ruhe. Er selbst ging durch den Nieselregen zu Haus eins. Dort zog der Elektriker gerade die Leitungen für Küche und Bad. Außenarbeiten waren bei dem Wetter mal wieder unmöglich.

»Wie sieht's bei dir aus, Pedro?«

»In zwei Stunden bin ich durch.«

Endlich klappte auf dieser Katastrophenbaustelle mal was.

Mariana hatte gestern Abend im Bett gesagt, auf dem alten Dorf liege ein Fluch. Es sei doch völlig offensichtlich, dass hier schwarze Magie im Spiel sei. Einen winzigen Augenblick lang hatte er gedacht: Und wenn es so wäre? Dann gäbe es wenigstens eine Erklärung für den ganzen Mist.

»Hallo, Paulo, das sieht hier doch schon gut aus!« Lenas Stimme. Er mochte ihren deutschen Akzent. Sie stand jetzt neben ihm und zog sich die Kapuze ihrer Regenjacke vom Kopf. »Morgen können wir mit dem Verputzen anfangen.« Er zeigte auf die Eimer mit Kalk und Sand, die neben den Farben und Lacken bereitstanden, die Lena gekauft hatte. Sicherheitshalber machte er wischende Bewegungen. Sie schien ihn zu verstehen und lächelte ihn an.

Er mochte auch ihr Lächeln. Anfangs war sie immer wahnsinnig ernst gewesen, aber mit jeder Woche auf der Insel schien sie sich mehr zu entspannen. Schon erstaunlich, dachte Paulo. Hier kriegen die Leute im Dauergrau Depressionen – erst in der vergangenen Woche hatte sich im Osten der Insel wieder ein junger Mann erhängt –, und diese Frau blüht auf. Dabei saß sie für seinen Geschmack viel zu oft allein in ihrem Zimmer. Marco war ein Idiot. So eine junge, hübsche Frau ließ man doch nicht dauernd allein.

»Was glaubst du, wann kann ich streichen?«

Er sah die Hoffnung in ihren hellen blauen Augen. »Übermorgen, denke ich.«

»Kannst du mir mal helfen, Paulo?«

Jetzt erst bemerkte er die Pakete neben der Tür.

»Die sollen nach oben.«

Sie stieg die Leiter zum Hängeboden halb hoch, drehte sich um, lehnte den langen Rücken gegen die Sprossen und streckte Paulo die Arme entgegen. Er reichte ihr die Pakete, und Lena schob sie über den Rand auf den Hängeboden. Das letzte war das schwerste. Lena hatte es schon fast hochgewuchtet, als sie mit dem Fuß von der Leiter abrutschte und das Gleichgewicht verlor. Das Paket knallte an Paulo vorbei auf den Steinboden, etwas darin schepperte wie brechendes Glas, und in der nächsten Sekunde stürzte Lena mit einem kleinen Schrei genau auf ihn zu. Er konnte nur noch die Arme öffnen.

»Ich wäre dir sehr dankbar, wenn du deine Finger von meiner Freundin nehmen könntest.« Paulo und Lena drehten sich um. In der Tür stand Marco – mit der Ausstrahlung eines schlechtgelaunten Grizzlybären.

Im ersten Augenblick wusste Paulo nicht, was er sagen sollte. Dann bekam er den Mund auf. »Mach dich nicht lächerlich, Mann. Lena ist von der Leiter gerutscht. Ich hab sie aufgefangen. Lass deine schlechte Laune gefälligst an jemand anderem aus.« Er ließ Lena los. »Alles in Ordnung mit dir?« Als sie nickte, ging er ohne ein weiteres Wort an Marco vorbei ins Freie.

Vor dem Haus holte er seine Zigaretten aus der Tasche, realisierte erst einen Augenblick später, dass er im Regen stand, steckte sie wieder ein und stapfte wütend aus dem Dorf. Im Baucontainer, den er sich mit Marco als Büro teilte, nahm er sich eine Untertasse als Aschenbecher. Marco konnte es nicht leiden, wenn er hier drin rauchte. Paulo rauchte zwei Zigaretten nacheinander.

Wenn Marco so weitermachte, würde er ihm über kurz oder lang eine aufs große Maul hauen. Erst stellte dieser Frischling seine Kompetenz in Frage und jetzt das. Als ob er Lena anfassen würde! Einen Wimpernschlag lang erinnerte er sich an ihren Körper in seinen Armen. Aber etwas stimmte nicht. Plötzlich war die Frau, die er hielt, kleiner als Lena. Sie roch ganz anders und war auch nicht so muskulös. Er hob abwehrend die Hände. Er wollte sich nicht an das Weib erinnern, das ihn eiskalt abserviert und ausgetauscht hatte. Aber er konnte nichts dagegen tun: In seiner Hose wurde es eng.

Er drückte die Zigarette aus. Was er jetzt brauchte, war Arbeit. Harte, körperliche Arbeit. In Haus sieben musste noch eine Zwischenwand raus. Er schloss den Bürocontainer ab. Der Regen war stärker geworden. Besorgt sah Paulo auf den Hang oberhalb des Parkplatzes. Das Wasser spülte tiefe Rinnen in den Berg, Geröll und Schlamm wälzten bergab. Das sah nicht gut aus, gar nicht gut. Sie konnten nur beten, dass dieser gottverfluchte Regen aufhörte. Im Winter regnete es immer viel. Aber dieser Winter war schlimmer als alle, die er bisher erlebt hatte. Die planierte Fläche des Parkplatzes war aufgeweicht. Paulos Stiefel hinterließen im Matsch tiefe Löcher, die sich sekundenschnell mit Wasser füllten.

»Turtelst du jetzt auch schon mit Paulo?«

So bärbeißig, wie Marco aus der Wäsche schaute, meinte er die Frage tatsächlich ernst. Ich konnte mir ein Grinsen nicht verkneifen. Es war einfach zu albern. Bei aller Sympathie für Paulo – der Mann reichte mir gerade bis zur Brust. In meinem Kopf erschien ein Bild von Danny DeVito an der Brust von Heike Henkel. Ich beschloss, Marcos dumme Bemerkung einfach zu ignorieren. »Die Schüsseln sind bestimmt hin.« Ich hob das Paket vom Boden auf und schüttelte es. »Hört sich nicht gut an.«

»Dein Benehmen ist in letzter Zeit unmöglich.«

Ich seufzte. »Wovon bitte redest du?«

»Meinst du, ich bin blind? Denkst du, ich krieg nicht mit, wie du hier um die Arbeiter herumscharwenzelst, seit du ein paar Worte Portugiesisch kannst? Der Hälfte der Männer läuft ja schon der Sabber, wenn sie dich nur sehen.«

»Hast du sie noch alle?«

»Du machst mich vor den Leuten lächerlich.«

»Das muss ich gar nicht, lächerlich machst du dich gerade selbst!«

Er drehte sich um und ging. Fassungslos sah ich ihm nach. So ein Idiot von einem Macho! Vor Wut schmiss ich die Kiste mit den Schüsseln noch einmal auf den Boden.

Fünfzehn Minuten später saß ich im Jeep. Ohne jeden Plan, wo ich hinwollte. Irgendwohin. Nur weg von Marco und seinen Launen.

Ich landete auf der Küstenstraße Richtung Westen. In meinem Hirn produzierte die Wut immer neue Blitze, alle sehr hell und mit extra vielen Verzweigungen. Für die kurvige Strecke und den Regen gab ich viel zu viel Gas. Es grenzte an ein Wunder, dass der Wagen nicht ins Schleudern geriet. Erst als ich kurz vor einem Ort namens Remédios beinahe in die Pferdekarre eines Bauern gefahren wäre, die vor mir auf der Straße dahinzuckelte, kam ich zur Besinnung. Mit laufendem Motor hielt ich kurz vor einer Kreuzung am Straßenrand an und atmete tief durch. Der Bauer bog nach links ab. Erst jetzt sah ich das Fohlen, das neben dem Zugpferd trabte. Was für ein idyllisches Bild. Und welch ein Kontrast zu meinem aufgewühlten Seelenzustand. Meine Wut war noch da, köchelte aber auf kleinerer Flamme und vermischte sich mit trauriger Ernüchterung und Nachdenklichkeit. Da passte ein anderes Bild unmittelbar vor mir doch viel besser. Genauer gesagt war es ein Wegweiser, der nach rechts zeigte. »*Cemitério*« stand darauf, Friedhof. Einen ruhigeren Platz zum Nachdenken würde ich kaum finden. Ich setzte den Blinker und fuhr wieder an.

Die Toten von Remédios ruhten auf grüner Aue mit Blick auf das Meer. Für eine Weile vergaß ich ganz, warum ich hier war, und ging unter meinem Regenschirm zwischen Buchsbaumhecken durch die Reihen der Gräber. Manche waren von aufwendig geschmiedeten Gittern umgeben, die mich an antike Kinderbetten erinnerten. Über fast jedem Grab fand sich ein blumenumkränztes Foto des Verstorbenen, vor der Witterung geschützt durch eine runde Aluminiumhülle. Pietätlos dachte ich: Die sehen aus wie aufgeschnittene Eimer. Die Miniaturkapellen am Friedhofsrand entpuppten sich als Mausoleen und gehörten vermutlich vermögenden Familien. Ich entdeckte eine Bank und wischte sie mit einem Taschentuch leidlich trocken.

Der Regen machte eine Pause. Vor mir lag der Ozean wie eine riesige Schale aus angelaufenem Silber. Ab und an brach ein Sonnenstrahl durch die Wolken und das Silber glänzte für einen Moment wie frisch geputzt auf. An jedem anderen Tag hätte ich den Anblick genossen. Jetzt sprangen meine Gedanken zurück zu der aberwitzigen Szene, die Marco mir gemacht hatte. So lächerlich seine Unterstellungen waren, so tief verletzten sie mich. Wie konnte er mich so behandeln?

»Das ist nur der Stress«, versuchte ich mir einzureden. Ich sagte es sogar laut.

Was willst du denn noch alles auf seinen Stress schieben? Die zweite Stimme hörte ich nur selbst.

»Wenn Marco den Kopf frei hat, ist er ein ganz anderer Mensch!«

Der Mann, mit dem alles Spaß macht? Der, der immer ganz für dich da ist? Der, der dir die Füße massiert? Der, in den du dich verliebt hast? Wann bitte hast du den zuletzt getroffen? Und wie lange willst du warten, bis der mal wieder zum Vorschein kommt? Bis die Ferienanlage fertig ist? Meinst du, bis dahin ist von eurer Liebe noch etwas übrig? Ist das überhaupt Liebe?

Ich sah über die Reihen der Gräber auf den Horizont, der zwischen Wolken und Wasser kaum als verschwommene Linie auszumachen war. Vielleicht lag das auch an den Tränen in meinen Augen.

Jemand hüstelte. Ich schaute zur Seite. In einiger Entfernung stand ein Greis mit einem grauen Filzhut über dem zerfurchten Gesicht und musterte mich interessiert. Selbstgespräche führende Frauen in roten Regenjacken und blauen Arbeitshosen saßen wohl eher selten auf dieser Friedhofsbank. Sollte er doch gucken. Ich versank wieder in meinen Gedanken.

Musste ich meine Träume begraben? Zurück nach Hannover fliegen? Ausgerechnet jetzt, so kurz vor dem ersten Ziel?

Gestern hatte ich ein Sofa für unser Haus bestellt. In Paulos Garage stand ein alter Küchenschrank, den ich zwei Wochen lang geschliffen und lackiert hatte, bis er fröhlich gelb schimmerte. Auf dem Hängeboden lag schon die große neue Matratze, für die ich noch ein flaches Gestell bauen wollte. Ich wusste bis ins letzte Detail, wie unser Zuhause aussehen würde, wohnte im Geiste schon seit Wochen dort. Mit Benito war ich in den vergangenen Tagen auf den Wanderwegen der Umgebung unterwegs gewesen. Und ich hatte alles über São Miguel gelesen, was ich in die Finger bekam. Das Heft mit Notizen für eine Homepage war randvoll. Mein Portugiesisch wurde langsam besser. Ich war auf dem Weg, Freundinnen zu finden, mich hier heimisch zu fühlen. Es war doch alles perfekt.

Alles – bis auf Marco.

Du musst mit ihm reden. Ihm klarmachen, dass so etwas wie heute nicht wieder vorkommen darf. Er muss sein Verhalten ändern, wenn er will, dass du bleibst. Und du deins. Du hast schon viel zu lange den Mund gehalten, Helena Janssen, du darfst nicht mehr so verdammt passiv sein. Hör auf, hier rumzuheulen, das bringt dir gar nichts. Wenn du nicht zurück nach Deutschland willst, dann tu was. Noch einmal schweifte mein Blick über die Reihe der Gräber. Nein, ich wollte nicht zurück in meine alte Welt.

Ich stand auf, wischte mir mit dem Handrücken die letzten Tränen aus den Augen, putzte meine verstopfte Nase, winkte dem Alten mit dem Filzhut zu und machte mich auf den Weg zurück zur Baustelle.

Marco saß wie ein nasses Häuflein Elend auf dem Parkplatz und sah mir entgegen. Hier oben hatte es wahrscheinlich die ganze Zeit über geregnet. Was sollte das sein? Eine Büßerpose? Sobald ich ihn sah, loderte meine Wut derart heiß wieder auf, dass jeder Gedanke an ein vernünftiges Gespräch umgehend verglühte. Ich musste erst abkühlen, sonst würde ich nur Feuer spucken. Ich blieb im Wagen sitzen und rührte mich nicht.

Marco kam zum Auto, machte die Fahrertür auf.

»Lena, ich hab mich benommen wie der allerletzte Trottel. Es tut mir leid.«

Ich starrte stur geradeaus.

»Bitte, Lena.«

Langsam drehte ich den Kopf zu ihm um. In seinen langen Wimpern hingen Regentropfen, die Augen darunter wirkten fast schwarz, und ihr Blick hätte jedem Dackel zur Ehre gereicht. Ich wandte den Kopf wieder ab. Als ich nicht antwortete, lief er herum auf die Beifahrerseite und setzte sich neben mich. Ich zog die Fahrertür wieder zu.

Schweigend saßen wir nebeneinander und taten so, als liefe vor der Windschutzscheibe ein spannender Film.

»Lena, das heute – also, da ist eine alte Sache in mir hochgekommen. Aus meiner Kindheit.«

Was kam nun? Hatte Mutti ihn zu früh vom Töpfchen geholt?

»Als ich fünf war, hat meine Mutter meinen Vater verlassen, weil er sie im Suff geschlagen hat.«

Jetzt musste ich doch kurz zu ihm hinübersehen. Das Thema Familie war normalerweise tabu. Er sprach mit geschlossenen Augen.

»Zwei Jahre lang war sie mit einem anderen zusammen. Der wollte kein Kind. Weil mein Alter mir nie was getan hat, zumindest nicht körperlich, ließ sie mich bei ihm.«

Ich dachte an die stille Mutter Müller, die Marco und ich einige Male gemeinsam besucht hatten. So ein Vorleben hätte ich der Frau gar nicht zugetraut.

»Dann hatte der Alte einen Zusammenbruch, lag erst im Krankenhaus und ging anschließend in eine Entziehungskur. Meine Mutter verließ ihren Liebhaber und kam zurück, damit ich nicht ins Heim musste.«

Marcos Stimme klang so monoton, als käme sie vom Band.

»Vier Jahre ist alles gutgegangen, dann hat der Alte wieder gesoffen. Immerhin hat er meine Mutter nicht mehr verprügelt. Ich hab trotzdem immer Angst gehabt, dass sie wieder weggehen könnte. Sie selbst hat so getan, als hätte es die Zeit mit ihrem Liebhaber nie gegeben.«

»Und das soll deinen Ausraster heute erklären? Von wegen, ich hatte eine schwere Kindheit und nun muss ich mich leider danebenbenehmen?« Ich würde ihm garantiert nicht mitleidig die Wange streicheln, weil er nicht bei den Waltons aufgewachsen war.

»Ich hab irgendwie Panik gekriegt, als ich dich mit Paulo gesehen hab. Das war wie eine Stichflamme, ich dachte, ich werde verrückt. Und plötzlich war ich mir ganz sicher, dass du mit allen auf der Baustelle flirtest.« Er machte eine Pause und flüsterte: »Ich hab schreckliche Angst, dass du mich verlässt.«

»Dazu hast du auch allen Grund.«

Ich hatte nicht vor, Marco gleich zu verzeihen. Wieder starrten wir beide nach draußen in den Regen. Inzwischen war die Temperatur auf geschätzte zehn Grad gesunken. Wir konnten uns nicht ewig in dem kalten Auto anschweigen. Ich dachte an unser genauso kaltes Zimmer mit dem winzigen Heizlüfter. Paulos und Marianas Haus hatte keine Heizung. Warm wurde uns dort nur unter der Bettdecke. Auf keinen Fall.

Schließlich ließ ich den Motor an und fuhr zu der heißen Quelle bei Ribeira Grande. Es war später Nachmittag und wir hatten das Becken für uns. Das Wasser war nicht so heiß wie im Thermalbad von Furnas, aber immerhin.

Dankbar für die Wärme, ließ ich mich samt meinem total verspannten Nacken in das Wasser gleiten und seufzte wohlig. Marco lag still neben mir. Nach einigen Minuten spürte ich, wie er unter der Wasseroberfläche nach meiner Hand tastete. Er drückte sie ganz zart, beugte sich zu mir und flüsterte mir ins Ohr: »Wir kriegen das hin, Lena, ich werde mich wirklich nicht mehr derart von der Baustelle auffressen lassen und mir mehr Zeit für dich nehmen, ich verspreche es dir.«

Hatte das Wasser auch mein Inneres erwärmt? Vermutlich. Jedenfalls beschloss ich, ihm noch einmal zu glauben.

Als wir zu Hause ankamen, ging Marco zuerst ins Wohnzimmer, wo Mariana und Paulo fernsahen, und entschuldigte sich bei Paulo.

Ehe wir an diesem Tag des Streits und der Beteuerungen in unserem klammen Bett einschliefen, schmiegten wir uns eng aneinander. Mehr passierte nicht. Unser Umgang miteinander hatte etwas vorsichtig Tastendes. Als läge die Hoffnung, dass alles noch einmal so würde wie am Anfang, wie ein Schmetterlingsflügel zwischen uns. Eine zu heftige Bewegung und sie würde zerbrechen.

Samstagnachmittag. Mariana saß mit dem harten Kern der Chorfrauen in Inés' Küche, dem einzigen warmen Raum im Haus. Diese Küche war neu und Inés' ganzer Stolz. Dunkelrote Schleiflackschränke schimmerten edel, die Frauen saßen auf schwarz lackierten Stühlen mit dunkelrot-schwarz gestreiften Kissen. Nur ein Element wollte nicht so recht zum modernen Ambiente passen. In einer Ecke der Küche bullerte der weiße Ofen-Herd ihrer Großmutter. Von dem hatte sich Inés nicht trennen wollen.

Mariana erzählte den Freundinnen vom Streit zwischen Marco und ihrem Mann.

»Marco hat sich bei Paulo entschuldigt, aber ich sage euch: Diese Baustelle macht uns noch alle unglücklich. Die beiden sind im Moment die reinsten Nervenbündel. Paulo sagt, wenn es nicht bald aufhört zu regnen, kommt der Berg runter.«

Sie tauschten besorgte Blicke. Alle dachten an die Ereignisse in Faial da Terra vor wenigen Wochen. Drei Häuser waren mitten in der Nacht bei einem Erdrutsch begraben worden – und drei Männer mit ihnen.

»Im Fernsehen haben sie gesagt, dass es morgen erst mal vorbei sein soll mit dem Regen.« Mariana lächelte Emilia zu, die ihr offensichtlich die Sorge nehmen wollte. Sie selbst hatte nichts von einer Wetterbesserung gehört.

»Und ich sage noch einmal, über der Baustelle liegt ein Fluch!« Das war Inés.

Mariana sah, wie ihre Tochter Isabel, die Jüngste im Raum, die Augen verdrehte und sich Inés zuwandte. »Hör auf mit dem Hokuspokus-Gerede. Wir leben im einundzwanzigsten Jahrhundert.«

Inés ignorierte Isabel und sah Mariana in die Augen.

»Hast du nachgeguckt?«

»Was nachgeguckt?«, ging Isabel dazwischen.

»Na, ob verdächtige Päckchen da sind.« Inés antwortete Isabel, hielt den Blick aber weiterhin auf Mariana gerichtet.

»Jetzt sag bloß nicht ja, Mutter, dann kriege ich einen Anfall.«

Die Großmutter von Inés war eine gefragte Magierin gewesen. Inés zufolge hatte sie so einigen Leuten mit ihren verhexten Päckchen das Leben schwergemacht. Soweit Mariana wusste, steckten in den Päckchen mit Flüchen belegte Hühnerknochen. Und wer weiß was noch. Sie sah hinüber zu dem alten Herd und stellte sich vor, wie die alte Feiticeira darauf ihr böses Süppchen gekocht hatte. Sie lebte nicht mehr, aber es gab andere auf der Insel.

Unter dem scharfen Blick ihrer Tochter fühlte Mariana sich unbehaglich, als sie sagte: »Da ist nichts. Nicht unter dem Bett, nicht in den Schränken.«

Isabel schüttelte ungläubig den Kopf. »Nicht zu fassen, dass du diesen Unfug glaubst.«

Tat sie ja gar nicht. Nicht wirklich. Aber sicher war sicher. Und wenn sie Paulo helfen konnte, weil ein Fluch hinter den Schwierigkeiten steckte und sie ihn mit Inés' Hilfe brechen konnte, dann würde sie das tun. Also hatte sie gestern ihr gesamtes Schlafzimmer nach verdächtigen Päckchen durchsucht. Und wenn sie sich noch so komisch dabei vorgekommen war.

Emilia schaltete sich ein. »Was ist, wenn der Fluch Marco gilt und nicht Paulo?«

»Marco? Der ist doch nicht von hier.«

»Na und? Er ist ein Mensch wie du und ich, er kennt hier inzwischen viele Leute und kann sich Feinde gemacht haben.«

»Könnt ihr bitte mal mit diesem Schwachsinn aufhören!« Isabels Stimme hatte den bis dahin leicht amüsierten Unterton verloren. Das Klingeln eines Telefons unterbrach den aufkommenden Streit. Vier der sechs Frauen griffen in ihre Handtaschen. Es war Marianas Handy. Sie sah auf das Display und dachte verwundert: Paulo? Der telefoniert doch nur im Notfall.

Durch ein lautes Rauschen hörte sie seine Stimme nur schwach und abgehackt: »Passiert. Verletzt. Helikopter. Marco. Nicht. Telefon. Rabo de Peixe. Holzhandlung. Hinfahren.« Die Verbindung brach ab.

»Mutter, was ist denn, du bist ja ganz blass.« Mariana hörte Isabel, konnte aber noch nichts sagen. Ihre Hände krampften sich um das kleine Telefon, sie starrte immer noch auf das Display. Erst Isabels Hand auf ihrer Schulter riss sie aus der Erstarrung. »Es ist passiert. Der Berg. Jemand ist verletzt. Ich muss sofort nach Rabo de Peixe. Da ist Marco.«

»Wer ist verletzt, Mutter? Ist Vater etwas passiert?«

Mariana schüttelte den Kopf. »Ich glaube nicht, ich konnte ihn kaum verstehen. Er kann Marco nicht erreichen. Ich soll ihm Bescheid sagen. Das ist zumindest das, was ich verstanden habe.«

»Der Fluch! Ich habe es euch gesagt!« Der Triumph in Inés' Stimme übertönte die aufgeregten Stimmen der anderen Frauen.

»Holst du mir meinen Mantel, Isabel?«

»Ich komme mit.«

Es dauerte beinahe eine Dreiviertelstunde, ehe sie Marco gefunden hatten und mit ihm gemeinsam in Richtung Baustelle fuhren. Sie alle schwiegen, versunken in angstvolle Gedanken.

Sie hörte den Hubschrauber, ehe sie ihn sah. Er flog in Gegenrichtung über sie hinweg, kurz bevor sie das Dorf erreichten. Paulo stand allein an der Straße oberhalb der Zufahrt zum Parkplatz. Das Weiß seiner Augen leuchtete gespenstisch aus seinem lehmverkrusteten Gesicht. Dreckwasser lief ihm aus den Haaren auf das Ölzeug, dessen gelbe Farbe unter einer Schicht aus Schmutz kaum noch zu erkennen war. Er sah aus, als würde er jeden Moment zusammenbrechen. Mariana hätte ihn am liebsten umarmt, egal, wie nass und dreckig er war. Sie wechselte einen Blick mit Isabel. Der stand der Schreck über den Anblick ihres völlig erschöpften Vaters ins Gesicht geschrieben.

Alle drei stiegen aus dem Jeep, zogen sich die Kapuzen über den Kopf. Dann standen sie Paulo im Regen gegenüber.

»Wer?«, fragte Marco.

»Pedro. Er wollte gerade nach Hause, als der Berg kam. Es hat ihn im Auto erwischt, wir mussten ihn ausgraben.«

»Kommt er durch?«

»Sieht so aus.«

Gott sei Dank! Mariana betete ein Stoßgebet für den Verletzten.

»Und die anderen?«

»Ein paar Schürfwunden, sonst nichts.«
Marco atmete deutlich hörbar aus.
»Wie sieht es unten aus? Wo sind die anderen?«
»Die graben weiter, Pedros Wagen steckt noch im Schlamm. Wir haben nur ihn selbst rausgezogen. Den Laster hat es auch erwischt. Mach dich auf was gefasst, wenn du runterkommst.«
Mariana hörte den Männern zu und dachte plötzlich an Lena. Die war doch auch dauernd im Dorf.
»Ist Lena hier?«, fragte sie.
Marco antwortete. »Sie ist heute mit Sandra unterwegs.« Seiner Stimme war die Erleichterung anzuhören.

Selig sind die Unwissenden. Am Nachmittag dieses Katastrophensamstags stieg ich nichtsahnend aus Sandras Wagen, winkte ihr fröhlich nach, kochte mir kurz darauf in Marianas erfreulich leerer Küche Kaffee und begann, einen Brief an meine Lieben in Hannover zu schreiben. »Die Teefabrik gibt es seit 1883, und seit der Eröffnung hat sich so gut wie nichts geändert«, schrieb ich. »Die Leute, die dort arbeiten, machen fast alles von Hand oder mit den alten Gerätschaften. Es wirkt, als würden sie in einem Museum arbeiten. Und wenn man draußen über die Plantage geht, fühlt man sich nach China versetzt.«
Dass Sandra und ich unter einem fast schwarzen Himmel in langen Regenmänteln, Gummistiefeln und mit Schirmen durch die hüfthohen Pflanzen gestapft waren, die sich in nassen grünen Wellen über die Hänge erstreckten, verschwieg ich dezent.
»Papa, du wirst begeistert sein, wenn du das siehst.« Industriegeschichte war sein Steckenpferd. »Wir kommen jetzt gut voran auf der Baustelle. Unser Häuschen ist beinahe fertig, in drei Wochen ziehen wir ein. Wenn ihr im Sommer kommt, ist sicher auch eines der anderen Häuser so weit, dass

ihr darin wohnen könnt. Schaut schon mal nach Flügen! Am besten im Juli, dann sind die Hortensien in voller Blüte. Ich vermisse euch, seid umarmt, eure Lena.«

Ich vermisste sie tatsächlich. Solange ich meine Eltern und meine Schwester mindestens einmal in der Woche gesehen hatte, waren sie mir oft auf die Nerven gegangen. Jetzt, mit dem Abstand eines halben Weltmeers zwischen uns, fehlte die Familie mir. Aber wir telefonierten regelmäßig, und bisweilen schrieb ich ihnen kleine Briefe wie diesen und schickte Bilder. Zu meinem Erstaunen und zu meiner Freude hatte sogar mein Vater aufgehört, negative Bemerkungen über Marco oder meine Entscheidung fallenzulassen. Im Gegenteil: Er stellte interessierte Fragen und hatte inzwischen zwei Bücher über die Azoren gelesen. Und er erkundigte sich nicht mehr, wann ich nach Hannover zurückkommen würde.

Mir blieb noch eine volle Stunde des Glücksgefühls. Ich kam gerade vom Briefkasten zurück, als mein Telefon klingelte. Marco sagte nicht viel, nur dass es einen Erdrutsch gegeben habe und ich versuchen solle, ein Auto zu organisieren und zum Dorf zu kommen. »Du musst an der Straße oben parken.« Seine Stimme klang ganz ruhig. Nach dem ersten Schreck beruhigte ich mich. Wahrscheinlich war es nur ein kleiner Rutsch gewesen.

Christina wohnte näher als Sandra. Ich rief sie an, erreichte aber nur ihre Mailbox. Sandra war zu Hause. Sie machte sich sofort wieder auf den Weg zu mir nach Ribeira Grande. Zwanzig Minuten nach Marcos Anruf stieg ich erneut in ihren Peugeot.

Den ganzen Tag über hatten wir geredet und gelacht, aber jetzt schwieg sie nach einem kurzen Hallo. »Sandra, was denkst du, wie schlimm kann die Situation sein?« Sie antwortete mit Verzögerung. »Kann man schlecht sagen, es kommt drauf ein, wie viel runtergekommen ist und mit welcher Wucht.« Erst später sagte sie mir, dass sie während der gesamten Fahrt an die Toten von Faial da Terra gedacht hatte.

Marco lehnte mit schlammverkrustetem Ölzeug an einem Baum neben der Einfahrt zum Baugelände und sah uns mit leerem Blick entgegen. Er hatte blutige Kratzer auf der Stirn und den Wangen. Als ich ausstieg und auf ihn zukam, versuchte er zu lächeln, aber seine Mundwinkel spielten nicht richtig mit.

»Es sieht schlimmer aus, als es ist, reg dich nicht auf, okay?«

Jetzt bekam ich doch Angst.

»Ist jemand verletzt?«, fragte Sandra.

Daran hatte ich nicht einmal gedacht.

»Einer der Arbeiter. Pedro«, sagte er mit Blick zu mir, »er kommt durch, soweit wir wissen.«

Ich sah Pedro vor mir, wie er die Leitungen in der Küche verlegte, und bekam eine Gänsehaut.

»Wir hören mit den Räumungsarbeiten für heute auf, es wird langsam dunkel. Mariana bringt die ersten Leute schon mit dem Jeep nach Hause. Wenn ihr wollt, könnt ihr im Auto warten.«

Auf keinen Fall. Auch Sandra schüttelte den Kopf.

Langsam gingen wir den betonierten Weg abwärts. Nach vielleicht vierzig Metern öffnete sich der Blick auf den Materialplatz und den Hang darüber. Mir blieb fast das Herz stehen. Wo sich bis gestern Baumriesen, Farne und Büsche den Berg hinaufgezogen hatten, war nur noch eine breite Schneise aus schwarzbraunem Schlamm, in dem kreuz und quer Stämme lagen, als hätte jemand eine Schachtel überdimensionaler Streichhölzer über dem Berg ausgekippt. Ein bestimmt zwölf Meter langer Baumstamm ragte mit anklagend in die Luft gestreckten Wurzeln über das Dach des Baucontainers hinaus, der von einer bestimmt einen Meter hohen Schlammschicht umgeben war. Der gesamte Platz war ein Meer aus Schlamm mit größeren und kleineren Wellen. Aus einer besonders hohen Verwerfung links neben dem Container lugte das Dach des roten Lastwagens heraus, den Marco und Paulo für größere Besorgungen nutzten. Die Fahrzeuge der Belegschaft waren über den Platz verteilt, als hätte ein wütendes Kind seine Spielzeugautos durcheinandergeworfen. Ein Wagen voller Modder stand dort, wo der Weg auf den Parkplatz stieß. In diesem Auto hatte Pedro gesessen, erzählte Marco. Mir wurde schlecht.

Plötzlich heulte eine Motorsäge in der Stille auf. Paulo stand auf einer Leiter und begann, die unteren Wurzeln des Baumriesen abzusägen, die die Tür zum Container versperrten. Drei weitere von unseren Leuten versuchten, den Schlamm rund um den Container zu beseitigen.

»Wir haben noch Glück gehabt«, sagte Marco. Wenn er damit Pedro meinte, der hätte tot sein können, hatte er sicher recht. Aber sonst?

»Die Freifläche hier hat den Rutsch aufgehalten, das Dorf hat nichts abgekriegt. Allerdings ist der Weg nach unten fürs Erste dicht.«

»Benito!«

»Es geht ihm gut, ich hab mich vorhin nach unten durchgeschlagen.« Marco fuhr sich mit der Hand über eine der Schrammen auf seiner Wange. »Der hat ganz ruhig im Stall gestanden und gefressen. Kein Grund zum Weinen, Lena, es hätte wirklich schlimmer kommen können.«

Ich sah an ihm vorbei und wusste nicht, was unerträglicher war, der Anblick der Zerstörung oder die Gedanken, die in einer Endlosschleife durch meinen Kopf kreisten: Wie viele Rückschläge denn noch? Wann hat das endlich ein Ende?

Plötzlich wurde mir bewusst, dass es nicht mehr regnete.

»Ja«, sagte Marco mit bitterem Lachen, »leider ein paar Stunden zu spät.«

Von diesem Tag an regnete es wochenlang schlimmstenfalls für eine halbe Stunde. Was für ein schlechter Scherz der Götter.

12

DER FLACHE FELSBROCKEN, auf dem sie vor Wochen gesessen hatte, erschien durch ihr Fernglas als heller Fleck inmitten der aufgerissenen Erde. Die Büsche, die sie vor Blicken geschützt hatten, gab es nicht mehr. Ebenso wenig wie den alten Wanderweg. Selten hatte sie ein schöneres Bild gesehen als diesen verwüsteten Berg, dachte sie nicht zum ersten Mal. Nur schade, dass der Rutsch oberhalb des Dorfes zum Stillstand gekommen war. Aber auch so hatte die Natur ihr auf das Wundervollste in die Hände gespielt.

Sie lehnte sich an einen meterdicken Baumstamm. Ihr jetziger Standort an einem der unversehrten Berghänge war nur kletternd zu erreichen und sehr viel weiter weg vom alten Dorf. Selbst durch ihr starkes Glas wirkten die Menschen zwischen den Häusern wie Däumlinge. Es war egal. Sie sah, was sie sehen musste. Der Weg zum Dorf war jetzt, gut eine Woche nach dem Rutsch, wieder offen. Die Arbeiten gingen weiter.

Sie dachte an den Anruf, den sie am Vortag von diesem fetten Dummkopf von Bürgermeister bekommen hatte. »Ich kann den Antrag auf Wasseranschluss für das Dorf nicht länger zurückhalten, das fällt zu sehr auf. Dieser Paulo Cabral steht hier dauernd auf der Matte und fragt nach. Der Chef vom Wasseramt war eben bei mir. Morgen geht die Genehmigung raus.«

»Was ist mit den Zuschüssen?«

»In dem Punkt bleibe ich hart. Ich wüsste eh nicht, woher ich die nehmen sollte. Ich bin ja schon froh, wenn ich die wichtigsten Gemeindeprojekte zu Ende bringen kann.« Seine Stimme hatte von bürgermeisterhart zu schleimbeutelweich gewechselt. »Wann soll ich nachher bei dir sein?«

Was für ein Idiot. Als ob sie noch mal mit dem Widerling ins Bett gehen würde. Männer begriffen einfach nicht, dass ihre Halbwertzeit von ihrer Nützlichkeit abhing. Sie hatte eine Unterleibsentzündung vorgeschoben. Ganz abservieren würde sie ihn mit etwas Verzögerung. Nicht dass der fette Jammerlappen noch anfing zu reden.

Durch das Fernglas erkannte sie Marco und Lena, die irgendetwas an dem Haus direkt an der Mauer anbrachten. Was, konnte sie nicht erkennen. Sie lächelte. Was immer es war, lange würden sie keine Freude daran haben.

Es war Zeit für den nächsten Schritt.

13

DREI WOCHEN NACH dem Desaster standen wir an einem Sonntagmittag vor Christinas Haustür. Wir hatten die Verabredung zweimal verschoben, dies war der erste Tag, den wir nicht mit Schlammschippen und Bäumezersägen verbrachten.

Christinas Haus hatte auf den ersten Blick nichts Spektakuläres. Es war schmal, weiß und schlicht, mit den typischen Eckverzierungen aus schwarzem Basalt, halbhohen schmiedeeisernen Gittern vor den Sprossenfenstern, einem roten Ziegeldach und einem kleinen umzäunten Vorgarten. Als letztes in einer Reihe ähnlicher Häuser lag es in einer steilen Sackgasse am Meer. Ein schmaler Kiesstreifen am Haus führte vermutlich in den Garten. Ich hatte mir Christina in pompöserer Umgebung vorgestellt.

»Lena, Marco, kommt rein, kommt rein! Schön, dass es endlich klappt!« Sie empfing uns rotmundig lächelnd in einem moosgrünen Seidenkaftan, der sanft ihre Figur umspielte. Aber nicht deshalb starrten wir sie an, als hätte sie plötzlich ein schiefes Gesicht. Auf dem Kopf trug sie – Haare.

Noch auf dem Weg nach Porto Formoso hatte Marco gefragt: »Wieso trägt Christina eigentlich dauernd Kopftücher? Ist sie irgendwie krank?« Die Frage hatte ich mir natürlich auch längst gestellt. Aber zu fragen traute ich mich nicht, obwohl wir uns inzwischen einige Male getroffen hatten.

Jetzt präsentierte sie sich uns mit einem asymmetrischen Kurzhaarschnitt. Über raspelkurze dunkelblonde Seitenpartien waren längere weißblonde Strähnen gekämmt. Sie lachte angesichts unserer verblüfften Mienen: »Gefällt's euch? Ich hab endlich eine Friseurin gefunden, die mich gerettet hat.« Während wir ihr durch einen langen schlichten Flur ins Innere des Hauses folgten, erzählte sie von einem Horrorfriseurbesuch ein paar Wochen zuvor: »Ich sah aus wie nach einer Begegnung mit der Heckenschere. Am liebsten hätte ich die Friseurin verklagt. Aber: Ab ist ab, daran kann keine Klage etwas ändern.«

Ihre Haartracht war nicht die einzige Überraschung des Tages. Unvermittelt standen wir in einem langgestreckten hohen Raum, der über drei Ebenen abfiel bis zu einem von massiven Holzbalken umrahmten Panoramafenster. Durch das Fenster sahen wir auf einen Garten mit Holzterrasse, dahinter lag der Ozean im Sonnenlicht. Sie hat das Meer einrahmen lassen, dachte ich. Es war wirklich so, als betrachtete man ein Gemälde.

Auf der untersten Ebene, mit direkter Aussicht auf das Wasser, stand ein flaches, breites Bett mit einem Himmel aus feinem Stoff. Wir standen und staunten. Hinter uns hörten wir Christina in der Küchenzeile auf der obersten Ebene mit Gläsern und Eiswürfeln hantieren. »Ist euch ein leichter Weißwein mit Eis recht?«

Sogar Marco nickte.

»Ich denke, bei dem Traumwetter heute essen wir auf der Terrasse.«

Ich sah mich weiter um. Die verschiedenen Ebenen erinnerten mich an das Haus von Andrea und Peter. Aber ansonsten gab es keine Ähnlichkeit. Kräftiges Grün und Blau an den Wänden, eine davon hing voller Fotos in den unterschiedlichsten Rahmen. Die Sitzlandschaft in der Mitte des Raumes war mit rotem Stoff bezogen und strotzte nur so vor bunten Kissen. An vier Stellen des kathedralenartigen Raumes reckten sich goldglänzende Säulen zur Decke.

Die Wand über der Sitzlandschaft schmückte ein großformatiges Porträt von Christina in Acryl. Jedenfalls sah die Frau auf dem Bild ihr ähnlich. Allerdings war sie jünger und hatte lange Haare. Christina brachte uns den Wein und wir stießen an. »*A nossa saúde*«, auf unsere Gesundheit.

»Bist du das?«, fragte ich und deutete auf das Bild.

»In meinen jungen Jahren.«

Lange Haare standen ihr eindeutig besser als kurze.

Ich ging mit dem Glas in der Hand zu der Fotowand. Die meisten der Bilder zeigten Katzen. Wie aufs Stichwort erschien ein riesiger rotgetigerter Kater und strich Christina um die Beine. Sie erklärte, wer die wenigen Menschen zwischen den Katzen waren. »Das sind meine Eltern, das meine Großeltern, und das dort ist mein Cousin mit seinem Sohn – ein furchtbares Kind.« Es waren die beiden Blonden, mit denen Christina seinerzeit ins Restaurant gekommen war. Es gab kein einziges Bild von ihrem verstorbenen Mann. Merkwürdig.

»Kommt, ich zeige euch das Grundstück.«

Der Garten war rechts und links durch dichte Hecken vor Blicken geschützt und endete an einer kniehohen Natursteinmauer, die etwa alle zwei Meter von tönernen Amphoren mit Hängepflanzen geschmückt wurde. An einer Stelle fehlte die Amphore, dort wuchs ein offenbar schon sehr alter Rosenstamm mit roten Blüten.

Wenn ich sage, der Garten »endete«, dann ist das wörtlich zu nehmen. Hinter der Mauer ging es bestimmt zehn Meter steil abwärts. Vorsichtig hielt ich mich an einer der Amphoren fest, lugte nach unten und blickte auf einen mit kleineren und größeren Felsen gespickten Strand. »Mein privates Badeparadies«, sagte Christina. »Dort geht es runter.« Sie zeigte auf eine Öffnung am Ende der Mauer, aus der die Holme einer Leiter ragten. »Die Leiter ist eigens für mich angefertigt worden und fest an der Klippe verankert. Wenn ihr wollt, schwimmen wir vor dem Essen noch eine Runde.«

Um nichts in der Welt würde ich dieses steile Ding hinunterklettern.

»Wir haben kein Badezeug mit«, sagte Marco. Es klang bedauernd.

»Badezeug? Wozu? Hier sieht uns kein Mensch. Ich hole Handtücher.«

Weg war sie.

»Du willst da wirklich runter?«

»Klar, ist doch traumhaft, findest du nicht?«

Schon eher alptraumhaft. »Mich kriegst du nicht auf diese Leiter. Außerdem ist das Wasser doch noch saukalt.«

»Siebzehn Grad um diese Jahreszeit, mein großer kleiner Feigling.« Er lachte und gab mir einen Kuss. Eine Viertelstunde später rannte er tief unter mir mit nacktem Hintern in die Brandung. Christina, auch sie von jeglichem Stoff befreit, schwamm schon hinter der Brandungslinie. Marco warf sich ins Wasser, drehte sich um und winkte mir ausgelassen zu.

»Die Handwerker von der Insel haben doch keine Ahnung. Wenn ich hier nicht jeden Schritt überwacht hätte …« Christina verdrehte die Augen. »Ihr glaubt gar nicht, was es für ein Kampf war, bis die überhaupt kapiert hatten, dass so ein Haus nicht zusammenbricht, wenn man es entkernt.«

Christina die Große allein gegen die Mafia, dachte ich. Das war der Tenor all dessen, was sie sagte, seit wir uns zum Essen an den Tisch gesetzt hatten. Sie unterbrach den Sermon nur, um die eine oder andere Fachsimpelei in Baufragen mit Marco einzuschieben. »Vielleicht kannst du dir nachher mal kurz das Bad angucken, ich hab da ein Problem mit Schimmel, das ich nicht in den Griff kriege.«

Ich selbst hätte genauso gut auf dem Mars sein können, niemand hätte mich vermisst. Vielleicht hätte ich dort auch die Christina getroffen, die ich bisher kannte. Hier bei uns am Tisch befand sich diese angenehme Seele jedenfalls nicht.

»Könnte ich bitte Salz haben?«, unterbrach ich ihre Tirade. Es gab gegrillte Dorade mit Salat und Ofenkartoffeln. Der Fisch war schön saftig, aber für meinen Geschmack ein bisschen fad. Sie wandte den Kopf von Marco zu mir, zog die Augenbrauen zusammen und bedachte mich mit einem Blick, der mich eigentlich hätte tot umfallen lassen müssen. In der nächsten Sekunde hatte sie ihre Mimik wieder unter Kontrolle und sagte mit zuckersüßer Stimme: »Natürlich, ich hol es dir.«

»Hast du das gesehen, Marco?«

»Was denn?«

»Wie sie mich gerade angesehen hat, als ich nach dem Salz gefragt habe? Als hätte ich eine Todsünde begangen.«

»Du übertreibst.«

Nein, das tat ich nicht. Aber ehe ich ihm widersprechen konnte, erschien Christina mit einem Salzfässchen in der Hand und einem süßen Lächeln im Gesicht. »Du weißt aber schon, dass zu viel Salz nicht gut für den Blutdruck ist?«

Ich sagte: »Ja, danke«, und dachte: Du kannst keine Kritik vertragen, meine Liebe, das ist ja wohl sonnenklar.

Wir verabschiedeten uns nach dem Kaffee.

»Bleibt doch noch, wir könnten noch mal schwimmen gehen«, versuchte Christina uns zu überreden.

»Nein, danke, für heute reicht es.« Marco lächelte zwar, aber mir war so, als ob er mitnichten nur das Bad im Meer meinte. »Also, noch mal vielen Dank für das Essen.«

Ich atmete einmal kräftig aus, als sich die Tür hinter Christina geschlossen hatte. Marco fragte grinsend: »Ist die immer so aufgedreht? Ich meine, sie ist ja ganz nett, aber ein bisschen anstrengend.«

»Pssst! Vielleicht kann sie uns hören. Die Fenster stehen auf Kipp.« Auf der Straße drehte ich mich noch einmal zum Haus um. Von Christina war nichts zu sehen, auch nicht an einem der Fenster. Aber ich sah etwas anderes. Vom Wendehammer am Ende der Straße kam eine Frau in mittleren Jahren. Auf der Höhe von Christinas Haus blieb sie für den Bruchteil einer Sekunde stehen, verzog das Gesicht zu einer Grimasse und spuckte in hohem Bogen in den Vorgarten.

»Marco, da hat gerade eine Frau in Christinas Vorgarten gespuckt, so richtig mit Wonne.«

Er zuckte mit den Schultern. »Tatsächlich? Na ja, Ausländerfeindlichkeit gibt's überall.«

Wir fuhren zu einem Terrassenrestaurant am Strand von Ribeira Grande. Bei dem schönen Wetter wollten wir noch nicht nach Hause. Vor dem scharfen Seewind, der inzwischen aufgekommen war, schützten salzverkrustete Scheiben aus Plexiglas. Wir hielten die Gesichter in die Sonne, schauten jungen Surfern zu, die elegant auf den Wellen ritten, und wunderten uns, dass die einheimischen Gäste mit dem Rücken zum Meer saßen.

»So wie heute hab ich Christina noch nie erlebt«, beantwortete ich Marcos Frage mit einiger Verspätung. »Daran bist wahrscheinlich du schuld.«

»Ich?«

»Zu viel Testosteron in unmittelbarer Nähe. Schließlich ist sie eine einsame Witwe.«

»Einsame Witwen hab ich mir immer anders vorgestellt.« Er lachte. »Aber im Ernst, Sandra ist mir sympathischer. Sie hat mich übrigens angerufen.«

»Sandra? Wieso denn das?«

»Bei ihrem Haus ist ein Stück vom Dach runtergekommen. Ich fahre morgen früh mal hin und gucke, ob ich es in Ordnung bringen kann.«

»Lieb von dir. Hast du Christina eigentlich mit ihrem Schimmelproblem helfen können?«

»Da muss ein Teil der Wand aufgestemmt werden. Keine große Sache.«

»Lass mich raten: Sie möchte, dass du das machst.«

»Jepp.«

»Und?«

»Wie gesagt, keine große Sache. Sobald ich Zeit habe, mach ich das schnell. Aber falls du noch mehr Freundinnen mit reparaturbedürftigen Häusern hast, möchte ich sie lieber nicht kennenlernen.«

Wir lachten uns an.

Er nahm meine Hand und streichelte leicht mit dem Daumen über meinen Handrücken. Ich schloss die Augen und genoss seine Zärtlichkeit ebenso wie die Ruhe, die er ausstrahlte. Seit er vor zwei Tagen die Genehmigung für den Wasseranschluss aus dem Briefkasten gezogen hatte, war der Mann die Zuversicht selbst. Sogar die Tatsache, dass die Gemeinde nichts dazuzahlen würde und er einen Kredit hatte aufnehmen müssen, konnte seiner guten Laune nichts anhaben. Er war fest davon überzeugt, das von jetzt an alles glatt laufen würde.

Und ich? Ich wollte so gern glauben, dass Marcos Optimismus berechtigt war. Der Winter war offenbar vorbei, in ein paar Tagen würde ich im Haus endlich streichen können, nächste Woche sollten die restlichen Möbel kommen. Es stimmte: Es ging aufwärts. In jeder Hinsicht. Noch immer spürte ich Marcos streichelnde Hand auf meiner. Warum nur hatte ich immer noch so ein ängstliches Gefühl?

»Was machst du denn da?« Erst durch Marcos Frage wurde mir bewusst, dass ich mir an den Kopf klopfte. Anderes Holz stand gerade nicht zur Verfügung.

14

MARIANA FAND NACH langem Suchen einen kostenfreien Parkplatz am Rand der Altstadt. Gar nicht weit weg von dem Kleidergeschäft ihrer Freundin Daniela, das in einer Gasse etwas abseits vom Zentrum lag.

»Lass uns doch erst einmal in ein paar andere Läden schauen«, hob Isabel an, kaum dass Mariana vorgeschlagen hatte, dorthin zu gehen. »Du könntest auch mal woanders einkaufen. Danielas Sachen sehen immer so tantig aus.«

»Aber die Qualität ist eins a!«

»Ja, deshalb trägst du einen Rock von ihr auch zehn Jahre lang.«

Sie ließ sich von Isabel zu einer der neuen Boutiquen ziehen, die sie normalerweise nur von außen sah. Viel zu teuer und viel zu schick für sie.

»Nun komm schon.« Isabel verschwand im Laden. Also gut, gucken kostete ja nichts.

Glänzende Blusen und Kleider in kräftigen Farben wurden von sanftem Licht bestrahlt, eine Verkäuferin blickte sie erwartungsvoll an. Mariana wandte sich ab, ging zu einem Regal mit Pullovern in verschiedenen Türkistönen, befühlte die Stoffe. »Meine Mutter sucht ein Kleid, aber nichts Schwarzes«, hörte sie Isabel sagen. »Und nichts Auffälliges«, ergänzte Mariana schnell. Die blutjunge Verkäuferin musterte sie, ging zielsicher zu einem Kleiderständer und zog ein Kleid hervor. »Dieses hier würde Ihnen wunderbar stehen.« Mariana lachte schallend. »Ich hab nicht vor, mich als Ampel zu verkleiden.«

Sie lachte noch, als sie längst wieder auf der Straße standen. »Rot, Gelb, Grün – wer trägt denn so was?«

»Der Schnitt war große Klasse, dir fehlt einfach der Mut.«

»Ich hab ja gar nichts gegen Farbe, aber eine würde mir erst mal reichen.« Mariana hakte ihre Tochter unter. »Komm, wir gehen einen Kaffee trinken.«

Sie wollte sich ihre gute Laune nicht verderben lassen. Am Wochenende würde sie mit Paulo im Teatro Micaelense in der ersten Reihe sitzen und der berühmten Fado-Sängerin Ana Moura zuhören. Nach dem Konzert waren sie zu einem Empfang eingeladen. Mariana hoffte darauf, den künstlerischen Leiter des Theaters zu treffen.

Vor dem großen Café an der Largo da Matriz standen die Korbstühle draußen. Sie setzten sich in den Schatten einer üppigen Kastanie und beobachteten die Touristengruppen, die sich an der Kirche São Sebastião um ihre Reiseführer scharten.

»War das eben nicht Marco?« Mariana drehte den Kopf. Isabel tat es ihr nach. »Marco? Um diese Zeit in der Stadt? Kann ich mir nicht vorstellen.« In diesem Moment sah Mariana ihn noch einmal. Er ging gerade an dem Pavillon der Blumenverkäuferin vorbei und bog in die kleine Gasse davor ab. Sie sah eben noch sein markantes Profil. Erst im letzten Augenblick, ehe er ganz aus ihrem Blickfeld verschwunden war, registrierte sie die Frau an seiner Seite. Und diese Frau war nicht Lena. Diese Frau war SIE.

»Hast du das gesehen?«

»Was denn?«

»Die Frau neben Marco, die Blonde. Das war doch nicht Lena.«

Isabel schüttelte den Kopf. »Nö. Mir ist keine Frau aufgefallen.«

Mariana war sich sicher. Na gut, fast sicher. Der Moment war so kurz gewesen.

»Wollen wir los? Wenn wir heute noch ein Kleid für dich finden wollen, sollten wir mal …«

Erst am Abend dachte Mariana noch einmal an ihre Beobachtung. Wahrscheinlich hatte sie sich etwas eingebildet. Es wurde Zeit, dass dieses blonde Gespenst endlich aus ihrem Kopf verschwand. Und selbst wenn: Was Marco tat oder nicht tat, ging sie nichts an.

Am Kleiderschrank hing ihr neues Kleid. Mariana kicherte. Rot! Paulo würde staunen, wenn er sie darin sah.

Paulo ging von Haus zu Haus. Sie lagen in ihrem Zeitplan inzwischen etwa drei Monate zurück, aber es stimmte schon, was Marco sagte: Es hätte schlimmer sein können. Er war erstaunt, wie gut Marco die neue Krise weggesteckt hatte. »Weißt du, Paulo«, hatte er ein paar Tage nach dem Unglück zu ihm gesagt, »der Berg war neben den organisatorischen Problemen immer meine größte Sorge. Jetzt ist das Schlimmste passiert, und das Dorf steht noch. Der Hang direkt oberhalb der Häuser hat gehalten. Und Pedro wird wieder ganz gesund, ich hab heute Morgen noch mal mit seiner Mutter gesprochen. Ich hab das Gefühl, wir sind auf die Probe gestellt worden und noch mal davongekommen. Du wirst sehen, jetzt geht es wirklich vorwärts!«

Derzeit wurde im Dorf vor allem an den Fassaden gearbeitet. Seit er die drei Unruhestifter hatte ersetzen können, liefen die Arbeiten wieder rund. Und die Gemeindearbeiter hatten tatsächlich mit der Verlegung der Wasserrohre begonnen.

Wie immer beendete er seinen Rundgang an Haus eins. Schon von draußen hörte er den Generator knattern. Lena war am Schleifen. Als sie ihn bemerkte, blickte sie auf. Über der Staubmaske sah er nur ihre lachenden Augen. Der Arbeitsanzug und ihre Haare sahen aus, als sei sie in eine Mehltonne gefallen. Auf dem Boden lag eine dicke Schicht Sägemehl und Späne. Lena schob sich die Maske in die Haare und machte die Flex aus. »Ich feg nachher noch zusammen.«

»Wenn du willst, bring ich dir den Kompressor, damit kannst du den Staub von den Wänden blasen.«

»Das wäre super, danke.« Sie griff sich eine Wasserflasche vom Tisch und trank einen tiefen Schluck.

Paulo schaute sich in dem Häuschen um. Abgesehen vom Staub sah es hier drinnen schon fast nicht mehr nach Baustelle aus. Lena hatte ihre Farben und Lacke ordentlich in ein Regal gestellt. Davor stand der Benzinkanister für den Generator. Paulo hob ihn an. Noch fast voll. Gut. In einer Ecke lag ein Stapel zusammengefalteter Kartons. Sie war seinem Blick gefolgt. »Die brauch ich morgen zum Unterlegen beim Streichen.«

»Du bist eine tolle Frau.« Die Bemerkung rutschte ihm einfach so raus. Er konnte spüren, wie ihm die Röte ins Gesicht schoss. »Ich meine, ich kenne nicht viele Frauen, die handwerklich so geschickt sind.«

»Danke, Paulo. Das hab ich von meinem Opa. Der war Tischler und hat mir viel gezeigt. Ist aber lange her.« Sie zog die Maske wieder über Mund und Nase. »Ich mach dann mal weiter.«

Er ging, bevor er noch mehr Blödsinn von sich geben konnte. Oder womöglich Marco auftauchte und wieder was in den falschen Hals bekam. Im Moment wirkte sein Chef zwar tiefenentspannt, aber bei Marco wusste man nie.

Mariana glaubte, dass es zwischen Marco und Lena kriselte. Es war zwar schon eine Weile her, dass sie das gesagt hatte, und er interessierte sich nicht groß für Frauengerede, aber wenn es stimmte, wollte er nicht Anlass für noch mehr Ärger geben.

Er traf Marco im Baubüro, wo er am Schreibtisch vor einem Stapel Rechnungen saß und vor sich hin summte.

»Hast du die Euromillionen gewonnen?«

Marco grinste. »Schön wär's, wieso?«

»Seit wann bist du gut drauf, wenn du Rechnungen sichtest?«

Marco sah auf, schien aber nichts mehr sagen zu wollen. Paulo setzte sich an den Schreibtisch ihm gegenüber und nahm sich die Materialbestellungen vor.

Später kamen nach und nach die Jungs, um sich für den Tag abzumelden. Dann stand Lena in der Tür, sie hatte sich umgezogen, aber in den Haaren hing noch immer Holzstaub. »Ich mach auch Schluss für heute.«

Er hatte ganz vergessen, ihr den Kompressor zu bringen.

»Nicht weiter schlimm, ich mach das morgen. Kommst du schon mit, Marco, oder fährst du mit Paulo?«

Ein paar Minuten später war Paulo allein. Er nahm seine Jacke, fühlte nach dem Zigarettenpäckchen, schloss den Container ab und machte sich auf seine letzte Runde über die Baustelle. Der Werkzeugschuppen war noch offen. Er klickte das starke Vorhängeschloss ein. An Haus drei lehnte eine vergessene Leiter. Schlamperei. Paulo schätzte Ordnung auf der Baustelle. Aber er hatte jetzt auch keine Lust mehr, sie wegzuräumen. Er ging weiter zur Mauer und steckte sich eine

Zigarette an. Ohne den Lärm der Bauarbeiten, ohne Menschen war es so friedlich hier oben. So ruhig. Eine schwarze Katze strich ihm um die Beine. Lästige Viecher. Er scheuchte sie weg. Kurz darauf sah er die Katze noch einmal. Sie lief unter der Leiter hindurch und verschwand in einer der noch hohlen Fensteröffnungen von Haus drei. Schwarze Katzen brachten Unglück, behauptete Mariana. Unter einer Leiter hindurchgehen auch. Paulo grinste. Was sie wohl erst zu einer schwarzen Katze unter einer Leiter sagen würde?

Noch immer grinsend, drückte er die Zigarette aus, warf sie über die Mauer und machte sich auf den Heimweg.

»Siehst du die Wolke da drüben? Die sieht ja verrückt aus.« Meine Kamera war voll von Wolkenbildern. Ich hatte noch nie so viele verschiedene Formationen gesehen wie über dieser Insel. Das Wolkenexemplar heute Morgen stieg dunkelgrau und fast säulenartig zwischen helleren, bauschigeren Wolken in den Himmel. Ich ärgerte mich, dass ich die Kamera nicht dabeihatte. Aber zur Baustelle nahm ich sie nur noch mit, wenn ich besondere Fortschritte festhalten wollte. Marco sah in die Richtung, in die ich zeigte. Seine Stirn legte sich in Falten. »Das ist keine Wolke. Da brennt was.«

»Hier oben, bei der Luftfeuchtigkeit?«

»Vielleicht ein Bauer, der Abfälle verbrennt.«

Wunderbare letzte Minuten der Unwissenheit.

Je näher wir der Baustelle kamen, desto stärker und dunkler wurde der Rauch. Entsetzt starrten wir auf die aufsteigende Säule. »Marco, da liegt das Dorf!« Er nickte bloß.

Als wir aus dem Auto stiegen, durchsetzte scharfer Brandgeruch die Luft. Doch von hier oben konnten wir nur den Rauch sehen, nicht, was da brannte. Ich sah Angst in Marcos

Augen, die gleiche Angst, die mir die Knie zittern ließ. »Bleib du hier«, wies er mich an, die Stimme bemüht ruhig. »Ruf Paulo an. Er soll sich beeilen.« Wir waren früh losgefahren, außer uns war noch niemand da. Marco ging mit schweren Schritten zum Pfad. Ohne die Augen von der Rauchsäule zu nehmen, suchte ich Paulos Nummer. Meine Stimme wollte kaum gehorchen. »Im Dorf brennt etwas, komm, so schnell du kannst.« Dann ging ich Marco nach.

Mit jeder Biegung des Weges wuchs meine Furcht. Bitte keins der Häuser, bitte keins der Häuser. Nicht unser Haus. Bitte nicht unser Haus. Da war der kleine Wasserfall, jetzt kamen noch zwei Kurven. Ein Schrei, der mir das Blut in den Adern gefrieren ließ, zerriss die Luft. Dann ein lautes Geräusch. Etwas barst. Ich begann zu rennen.

15

ZU SCHADE, dass sie nicht näher dran sein konnte. Sie hätte die Hitze des Feuers gern auf der Haut gespürt, die verschiedenen Gerüche in sich aufgesogen. So konnte sie den Duft von brennendem Holz, Lacken und Farben nur erahnen, das Knacken und Knistern des Feuers nur in ihrem Kopf hören. Ah! Die ersten Flammen schlugen durch das Dach. Sie konnte sich nicht sattsehen. Und wie sie da unten alle herumwieselten! Wie sie Schläuche ausrollten, Wassereimer füllten, das nächststehende Haus bespritzten. Wie fleißige Zwerge. Niedlich.

Sie nahm ein Brötchen und die Thermoskanne aus dem Rucksack, setzte sich auf eine kleine Fläche aus dichtem Moos und lehnte den Rücken an den Baum hinter ihr. Ihr Job war getan, jetzt war Zeit, die Früchte der Arbeit zu genießen. Das hier war besser als jeder Thriller. Ab und zu schaute sie durch das Fernglas.

Sie hatte den Tag gut gewählt. Der Himmel war leicht bewölkt, und es war nahezu windstill. Schließlich wollte sie ja nicht ihr ganzes Dorf abfackeln. Wie sie schon diesem Trottel von Therapeuten damals erklärt hatte: Sie war weder dumm noch krank oder verrückt. Nur zielbewusst. Dissoziative Persönlichkeitsstörung? Sie? Lächerlich.

Sie sah wieder durch das Glas. Lena hing über der Mauer zum Meer und übergab sich. Na komm, Mädel, ist doch nur ein Haus. Nach ein paar Monaten hast du das alles hier vergessen. Sie beobachtete, wie Marco zu Lena ging, sie aufrichtete, ihr den Mund abwischte, sie in den Arm nahm. Lena presste sich an seine Brust. Rührend. Wieder musste sie lächeln. Marco hatte in der Tat eine schöne breite Brust. Und bald würde sie selbst die einzige Frau sein, die sich daran schmiegte.

Marco war ein Extra, das sie ursprünglich nicht eingeplant hatte, ein süßer Bonbon. Sie hatte ja nicht ahnen können, wie gut der Mann aus der Nähe aussah. Und wie leicht er zu haben war. Ein paar zufällige Berührungen im Bad hatten gereicht und er war angesprungen wie eine gut geölte Maschine, frei nach dem Motto: Gelegenheit macht Liebe. Oder zumindest Sex. Ihr war durchaus klar, dass sie im Moment für ihn nicht mehr war als das: eine Gelegenheit. Eine Abwechslung. Nicht mehr lange, mein Lieber, du wirst schon sehen.

Unten stürzten die Dachziegel reihenweise ins Innere des Hauses. Wie orangefarbene Leuchtstäbe überspannten nun die brennenden Balken des Dachstuhls die Mauern. Wunderschön.

Dieser Tag musste Marco finanziell den Rest geben. Nach allem, was sie von Lena wusste, stand ihm das Wasser ohnehin bis zum Hals. Und wer konnte sein Projekt retten? Genau. So wie sie ihn einschätzte, würde Marco sehr schnell begreifen, welche Frau er jetzt an seiner Seite brauchte.

Erst als vom Feuer nur noch Rauch und Glut übrig waren, verließ sie ihren Platz am Baum.

16

ICH KNIFF MEINE vom Rauch brennenden Augen fest zusammen, hielt mir die Ohren zu. Suchte nach einem weißen Ort in meinem Inneren, an den ich mich verkriechen konnte. Ich wollte das Bild der qualmenden Trümmer nicht länger ertragen. Aber da war noch immer der Geruch. Er drang durch alle Poren, lag auf den Schleimhäuten. Der Gestank von schmorender Isolierfolie, von verbranntem Lack, von brennendem Holz. Ich wurde ihn genauso wenig los wie Benitos Schreien, das, auch drei Stunden nachdem Marco buchstäblich in letzter Sekunde die Stalltür aufgebrochen und das völlig panische Tier herausgezerrt hatte, noch in mir widerhallte.

Ich musste weg von hier. Wenigstens für einen Augenblick. Das Feuer war unter Kontrolle. Rußgeschwärzte Mauern ragten auf, wo noch gestern weiße Wände in der Sonne geleuchtet hatten, die blauen Fenster, die Tür – nur noch verkohltes Holz. Noch immer glommen die Dachbalken, noch immer gab es kleinere Brandherde.

Ich stolperte mehr, als dass ich lief, sah kaum, wohin. Weit kam ich nicht, fand mich am äußersten Ende der Mauer wieder, die das Dorf zum Meer hin begrenzte. Ich blinzelte, bis ich einigermaßen klar sehen konnte. Der Ozean lag da, so weit, so blau, so unverschämt glänzend, als wäre dies ein Tag wie jeder andere. Als wäre nicht in meinem Rücken ein Traum in Rauch aufgegangen. Mein Geist gaukelte mir das Bild der alten Bäuerin vor. Ihre runzelige Haut verzehrt vom Feuer, die Augen wie verglühende Kohlen. Plötzlich drehte sich mir der Magen um. Ich spuckte über die Mauer.

»Geht's wieder?« Marco war mir nachgekommen. Ich ließ zu, dass er mir mit dem Ärmel seines Hemdes den Mund abwischte und mich an seine rußverschmierte Brust drückte. Lange sagte keiner von uns ein Wort. Bis ich flüsterte: »Wer tut so etwas?«

Ich glaubte nicht an ein Unglück, an eine weggeworfene Zigarette oder ähnlichen Unsinn. Ein Haus aus Stein, in dem sich kaum etwas befand, brannte doch nicht einfach so nieder. Und deine Holzreste, Lena, die ganzen Späne? Die Lacke, das Benzin für den Generator, die Pappen? Nein, das alles entzündete sich nicht von allein. Die Feuerwehr, die mit ihren Fahrzeugen das Dorf nicht hatte erreichen können, wollte einen Sachverständigen schicken. Aber ich brauchte keinen Beweis. Für mich stand fest: Jemand hatte unser Haus angezündet. Aber wer? Und warum?

»Wer, Marco?«

Er antwortete nicht. Ich hob den Kopf von seiner Brust und sah ihn an. Mit Gesichtszügen, so hart wie mit einem Meißel geschlagen, starrte er ins Nichts.

»Marco?« Langsam wandte er mir den Blick zu, einen Blick voller Schmerz und Wut. Die Stimme dagegen war so tonlos, als fühlte er nichts.

»Geht's dir besser?«

Ich nickte.

»Dann geh ich wieder rüber.«

»Ich bleib noch einen Augenblick hier, okay?«

»Sicher.«

Ich drehte mich wieder zum Meer.

Plötzlich spürte ich eine Hand auf meiner Schulter. War

Marco zurück? Irritiert drehte ich mich um und sah Mariana vor mir stehen. In ihren großen dunklen Augen standen Traurigkeit und Mitgefühl. Sie sagte kein Wort, sondern breitete die Arme aus, wie eine Mutter, die ihr Kind trösten will. Das Wasser stieg mir in die Augen, bevor wir uns wirklich berührten. Bis zu diesem Moment hatte ich mir jede Träne verboten. Aber ausgerechnet in den Armen von Mariana, mit der Wange auf ihrem Haar und ihren streichelnden Händen auf meinem Rücken, heulte ich mir schier die Seele aus dem Leib.

Spät am Abend saßen wir vier in ihrer Küche. Isabel und Tomás, die mit Mariana zur Brandstelle gekommen waren, hatten wegen Tiago nicht bleiben können. Ich war froh, ihre mitleidigen Blicke nicht mehr sehen zu müssen. Hohläugig und müde, ohne jeglichen Appetit, aßen wir ein einfaches Abendbrot. Obwohl wir geduscht und unsere Sachen in den Müllcontainer an der Straße gebracht hatten, roch es in der Küche nach Rauch. Vielleicht würde der Geruch uns ewig anhaften. Ganz sicher die Erinnerung daran.

»Es hat keinen Sinn.« Paulos Stimme klang gleichzeitig frustriert und wütend. »Egal, was wir tun, uns fliegen immer neue Knüppel zwischen die Beine. Gib auf, Marco, das alte Dorf bringt dir nur Unglück.«

»Aufgeben? Wie stellst du dir das vor? Mein gesamtes Geld steckt da drin. Außerdem schlägst du gerade vor, dass ich dich arbeitslos mache, dich und die andern.«

»Lieber arbeitslos als tot«, sagte Mariana.

»Wer weiß, was als Nächstes passiert. Wann das nächste Haus brennt.«

»Ich lasse mich weder einschüchtern noch vertreiben, Paulo.«

»Zahlt bei Brandstiftung eigentlich die Versicherung?« Ich

fand, eine Dosis Sachlichkeit konnte dem Gespräch nicht schaden.

Marco überhörte meine Frage. Sein Blick war fest auf Paulo geheftet. »Komm schon, Mann, wir können doch jetzt nicht hinschmeißen. Und noch ist doch gar nicht sicher, ob da wer gezündelt hat. Wer sollte uns sabotieren? Dafür gibt es doch gar keinen Grund.«

Paulo sah ihm nicht ins Gesicht, sondern starrte auf die Tischdecke. »Mit dem ganzen Projekt ist was faul, das spür ich schon lange.«

»Komm mir jetzt bloß nicht mit irgendwelchen Schwingungen.«

Paulo sah wieder auf. »Wie lange kannst du noch durchhalten, Marco? Meinst du, mir ist nicht klar, was jede Verzögerung kostet? Glaubst du, ich weiß nicht, dass du kaum noch die Gehälter bezahlen kannst?«

Das hörte ich zum ersten Mal.

»Ich rede mit der Bank. Paulo, Mann, lass mich jetzt nicht im Stich!«

»Darum geht's nicht. Wenn du weitermachen willst, bin ich dabei. Aber ich frage mich, ob du nicht besser aussteigst, solange du noch kannst.«

Mariana warf mir einen Sag-du-doch-mal-was-Blick zu. Erst jetzt fiel mir auf, dass Marco mich mit keiner Silbe in dieses Gespräch einbezog. Als ginge es hier nur um ihn und Paulo. Als ginge mich die Zukunft des Dorfes nichts an. Schon wollte ich den Mund aufmachen und protestieren, als sich in meinem Kopf die Stimme meiner Oma bemerkbar machte: Erst denken, dann sprechen.

Wir standen alle noch unter Schock. Was hier und jetzt gesagt wurde, war allenfalls ein Stimmungsbild, geprägt vom Schrecken des Tages. Marco war durch das Feuer angegriffen und verletzt. So wie ich selbst und auch Paulo. Niemand in diesem Raum hatte Zeit gehabt, das Geschehen zu verarbeiten. Persönliches war jetzt fehl am Platz. Marco und ich würden später miteinander sprechen. Unter vier Augen.

»Jetzt nicht«, gab ich Mariana zu verstehen. »Wie du meinst«, signalisierte sie zurück. Seltsam, zum ersten Mal redeten wir wirklich miteinander und brauchten nicht mal Worte.

Mitten in das Schweigen hinein, das sich in der Küche ausgebreitet hatte, schrillte das Telefon. Mariana stand auf und ging ins Wohnzimmer. Kaum hatte sie den Raum verlassen, fing auch mein Handy an zu piepen. Sandra schickte eine SMS: »Wie furchtbar. Ich denke an euch.« Die nächste Nachricht kam von Christina: »Ihr Armen! Ruf an, wenn du reden willst.«

Der Inselfunk hatte bestens funktioniert. Aber ich wollte heute mit niemandem außer mit Marco reden. Leider war ich mit diesem Bedürfnis allein. Marco brütete mit düsterer Miene vor sich hin und sagte kaum ein Wort.

Später, im Bett, kuschelte ich mich an seinen Rücken. Er war steif wie ein Brett. Ich flüsterte in die Dunkelheit. »Marco, sprich mit mir, bitte. Wir fühlen uns doch beide schrecklich, vielleicht hilft es, wenn wir darüber reden.« Nichts. Irgendwann gab ich auf.

Knapp eine Woche nach dem Brand stand ich in der Ankunftshalle des Flughafens und versuchte, meine Freundin Andrea umzubringen. Jedenfalls behauptete sie das. »Hey, du erdrückst mich!« Nur ungern ließ ich sie los. »Gott, was freu ich mich, dass du da bist!«

»Das ist das allererste Mal, dass mich jemand Gott nennt«, grinste sie, »nur weiter so.« Was hatte ich sie und ihre große

Klappe vermisst. Sie war noch keine zwei Minuten hier und schon musste ich lachen. Ich fühlte mich, als hätte sie mir ein Halluzinogen verabreicht. Plötzlich sah meine derzeit kohlschwarze Welt wieder bunt aus. Natürlich hatte ich ihr schon am Telefon erzählt, was passiert war, und sie hatte versucht, mich aufzumuntern. Aber kein Telefonat konnte die gleiche Wirkung haben wie eine Andrea in natura. Ich umarmte sie gleich noch einmal.

»Und wo ist nun dieses Paradies mit Pool, von dem du so geschwärmt hast? Ich brauche dringend einen Prosecco mit Meerblick.«

Ausgerechnet dort, wo ich mit Marco meine erste Woche auf der Insel erlebt hatte, würde auch sie ihren Urlaub verbringen. Bei ihrer Buchung hatte natürlich keine von uns ahnen können, dass ich gerade jetzt so meine Schwierigkeiten mit der Erinnerung an ungetrübtes Glück haben würde.

»Zwanzig Minuten von hier.«

Wir luden ihr Gepäck in den Jeep. Ach was, Lena, dachte ich während der Fahrt. Eine Portion Paradies kannst du gerade ganz gut gebrauchen. Von Prosecco gar nicht zu reden. Ich wusste schon kaum noch, wie so etwas schmeckte.

»Würden Sie bitte etwas leiser sein, die anderen Gäste beschweren sich.« Ich hielt mir schnell die Hand vor den Mund, um nicht schon wieder laut loszuprusten. Oder dem Hotelangestellten die Zunge herauszustrecken. Der sah mit seinem schwarzen Anzug und dem weißen Hemd zwischen den ganzen Bikinis und Badehosen einfach zu komisch aus. Und dieser konsternierte Gesichtsausdruck! Zum Totlachen. Möglicherweise war ich ein ganz kleines bisschen blau. Andrea ließ sich einfach rückwärts in den Pool plumpsen. Mitsamt ihrem Glas. Ich schaffte ein »'tschuldigung« und plumpste ihr nach.

»Kennss du meine Bludgruppe?«, giggelte Andrea. »Ich

hab Prosecco. Wenn du heute noch 'ne Tranfusion brauchst, kann ich dir spenden.«

»Frau Dr. Dettmer, du biss total betrunken.«

»Isses nich grossardig? Urlaub, weit und breit kein Peder, nur Promille.«

»Probleme in Allohol zu ertränken iss nicht gut, sagt Marco.«

»Da hat die alde Spaßbremse recht. Können alle schwimmen, die blöden Probleme.« Kicher, kicher. Das kollektive Aufatmen sämtlicher Hotelgäste, als wir beide kurz darauf auf unsere Badeliegen krabbelten und einschliefen, habe ich mir wahrscheinlich nur eingebildet.

Keine Ahnung, wie lange wir unter einem roten Sonnensegel träumten, ehe mein Bewusstsein sich wieder meldete. »Marco!« Der hatte inzwischen womöglich eine Vermisstenanzeige aufgegeben. Ach Quatsch, dann hätte er ja angerufen. Mein Telefon hatte seit Stunden nicht geklingelt. Jedenfalls hatte ich nichts gehört. Ich holte es aus der Tasche und sah sicherheitshalber nach.

Nein, Marco hatte nicht versucht, mich anzurufen. Wahrscheinlich konnte er sich denken, dass wir Weiber erst einmal stundenlang reden wollten. Von stundenlangem Trinken ging er womöglich nicht aus. Mist, ich konnte nicht nach Hause fahren. Ich sage nur: Blutgruppe Prosecco. Bis wieder Null Rhesus negativ durch meine Adern kreiste, würde es noch einige Stunden dauern. Mühsam suchte ich meine noch ziemlich wattigen Gedanken zusammen und schrieb Marco eine Nachricht. »Andrea geht's nicht gut, bleibe bei ihr im Hotel. Kuss, Lena.« Und das war nicht mal gelogen. »Kopfschmerzen« war das nächste Wort, das ich von meiner besten Freundin hörte.

Mehrere Liter Mineralwasser und ein alkoholfreies Abendessen im hoteleigenen Restaurant später konnte man uns wieder für erwachsene, einigermaßen nüchterne Frauen halten. Dennoch bedachte uns ein älteres Ehepaar, das ebenso wie wir noch in der kleinen Bar des Hotels saß, mit skeptischen Blicken. Wir ignorierten sie.

»Ist denn inzwischen geklärt, ob es Brandstiftung war?«

»Der Sachverständige will sich nicht festlegen. Der Kanister mit dem Benzin hat geleckt, aber keiner weiß, warum. Paulo sagt, nachmittags war der dicht. Er hat den Kanister noch in der Hand gehabt. Und sie haben tatsächlich den Rest einer Zigarettenkippe gefunden. Aber keiner von unseren Leuten raucht in den Häusern. Nie.«

»Und Marco?«

»Der raucht gar nicht.«

»Nein, ich meine, wie geht er damit um? Was will er jetzt machen?«

»Er hat übermorgen ein Gespräch mit der Bank. Die soll seinen Kredit aufstocken. Und dann will er möglichst schnell eins von den anderen Häusern für uns fertigmachen. Damit wir die langen Fahrten nicht mehr haben und auch, damit jemand dort oben lebt und die Baustelle kontrollieren kann.«

»Hey, Lena, nicht weinen.«

Ich konnte nicht an mein abgebranntes Traumhaus an der Mauer denken, ohne dass mir die Tränen kamen. Andrea reichte mir ein Taschentuch. »Schätzchen, ich hab schon vor Wochen ein Bett für dich bezogen. Gleich nach diesem üblen Erdrutsch.«

»Was?« Ich sah sie an.

»Du kannst jederzeit bei uns wohnen, wenn du zurückwillst.«

»Wie kommst du darauf, dass ich nach Hannover zurückwill? Ich lauf doch jetzt nicht weg, nur weil es gerade schwierig ist. Für wen hältst du mich?«

»Weil es gerade schwierig ist? Mir scheint, für Marcos

Projekt ist das Wort Schwierigkeit erfunden worden. Es geht doch nicht um Weglaufen, Lena. Es geht darum zu erkennen, wann man auf das falsche Pferd gesetzt hat.«

An ihre Torpedosätze musste ich mich erst wieder gewöhnen.

»Mensch, Lena, du warst doch sonst immer so vernünftig.«

»Das bin ich immer noch. Wir hatten einfach viel Pech und gerade jetzt braucht Marco meine Unterstützung.«

Morgen würde ich sie mit ins Dorf nehmen. Wenn sie diesen zauberhaften Ort sah und was wir trotz allem schon geschafft hatten, würde sie begreifen, warum Aufgeben nicht in Frage kam. Es gab nur ein Problem, und das hieß Marco. Dessen Ausstrahlung war derzeit alles andere als zauberhaft. Ich könnte auch sagen: Er machte Julian in seinen depressivsten Phasen Konkurrenz. Nicht nur sein Kopf steckte in einer schwarzen Wolke, sondern der ganze Mann. Seit dem Brand wollte er nicht einmal mehr mit mir schlafen. Dabei war Sex für ihn ungefähr so wichtig wie Atmen. Es war, als hätte das Feuer sich von seiner Energie gespeist und auch ihn als Ruine zurückgelassen. Wenn wir nicht miteinander redeten und keinen Sex hatten, dann blieben … nun … Ich schob den Gedanken beiseite. Hör auf zu dramatisieren, Lena, alles, was er braucht, ist eine gute Nachricht von der Bank. Die brauchen wir beide. Dann kann er auch wieder lächeln. Was wir nicht brauchen, ist dummes Gerede von falschen Pferden.

»Lass uns das Thema wechseln, ja? Erzähl, was machen die Mädels vom Zumba-Kurs? Und was hältst du von einer Flasche Wein zum krönenden Abschluss?« Glücklicherweise kannte ich eine sichere Methode, um den Torpedobomber zumindest vorübergehend zu entschärfen. Der Kellner brachte uns Rotwein. Das ältere Ehepaar verließ die Bar.

Paulo hatte Lena seit Tagen nicht so gelöst gesehen. Sie zog ihre Freundin förmlich von einem Haus zum anderen, präsentierte jedes einzelne voller Stolz, immer mit den Fotos vom ursprünglichen Zustand in der Hand. Selbst Marco wurde von Lenas Überschwang angesteckt. Paulo sah ihn tatsächlich zweimal lächeln.

Von weitem beobachtete er, wie die Frauen schließlich zur Mauer gingen. Beobachtete, wie sie Arm in Arm schweigend vor der Ruine standen. Wie bei einer Beerdigung. Marco hatte sich schon zurückgezogen. Er mied den Ort, an dem sein Haus gestanden hatte.

Paulo dachte kurz darüber nach, wie unterschiedlich er und Marco reagierten: Er selbst beendete seinen abendlichen Rundgang auch jetzt noch bei Haus eins. Er konnte einfach nicht anders.

So auch an diesem Tag, als er endlich allein auf der Baustelle war. Minutenlang starrte er auf die rußschwarze Wunde in der Landschaft, spürte wieder die ungeheure Hilflosigkeit jenes Morgens, als er zum Brand gekommen war. Wie an jedem Abend seitdem klumpten sich in seinem Magen dieselben Fragen zusammen. Konnte es tatsächlich ein Unglück gewesen sein? Konnte er ein Leck im Benzinkanister übersehen haben? War es seine eigene Kippe, die man gefunden hatte? Aber er hatte doch nicht im Haus geraucht. Oder hatte sich womöglich eine offene Dose Hartöl entzündet, die Lena mit einem Baumwolllappen darin hatte stehenlassen? Laut dem Sachverständigen war das zumindest eine Möglichkeit.

Es gab keine Antworten. Die Unklarheit machte ihn noch verrückt.

Hinter der Ruine graste Benito. Esel müsste man sein, dachte Paulo, und ging zu ihm, um ihm das Fell zu kraulen. Benitos Mähne wies kahle, verbrannte Stellen auf. »Und trotzdem hast du das alles längst vergessen, hm?« Der Esel suchte in Paulos Hosentasche nach Leckerchen. »Da ist nichts, Dummer, ich bin doch nicht Lena.« Benito senkte den Kopf wieder zu Boden und zerrupfte ein dickes Büschel Gras. Wenn der nicht bald einen neuen Stall bekam, würde er sich noch überfressen. Er war sowieso schon ganz schön fett. Ein leises Geräusch, fast wie das Klingeln einer dünnen Kette, ließ Paulo aufhorchen. Da war es noch einmal, ganz zart. Paulo sah nach unten. In Benitos Grasbüschel lag etwas Glänzendes. Mühsam bückte er sich. Du müsstest selbst abnehmen, dachte er und drückte den Kopf des Esels zur Seite. Verwirrt betrachtete er seinen Fund. Wie um Himmels willen kam ein Ohrring auf seine Baustelle? Das Ding kam ihm sogar vage bekannt vor. Hatte nicht Isabel solche Ohrringe? An den Ohren seiner Tochter baumelte oft buntes Klimperzeug. Er steckte den Ohrring ein und hatte ihn im nächsten Augenblick auch schon vergessen.

»Gemütlich ist anders«, maulte Andrea und versuchte, mit ihrem Badehandtuch auf dem breiten Basaltstein eine bequeme Position zu finden. »Könnten die hier nicht Matratzen auslegen?« »Hier« war die Ferraria in Ginetes. Ein sehr spezieller Ort. Um uns herum gab es nichts als schwarzes Gestein, blaues Wasser und weiße Gischt.

»Da kommst du zu spät, die hatten das hier vor drei Jahren neu angelegt, mit Holzterrassen und allem Drum und Dran. Ich hab Bilder gesehen. Aber dem Atlantik hat's nicht gefallen, er hat alles wieder weggespült.«

Nur eine höher gelegene kleine Bar aus Holz und Glas mit Toiletten und Umkleidekabinen war von der Anlage übrig geblieben. Und das, was die Natur selbst geschaffen hatte: ein warmer Naturpool im Meer, in dem wir eben gebadet hatten, geheizt von den Quellen unter uns.

Vom Dorf aus waren wir Richtung Sete Cidades aufgebrochen. Andrea hatte nur zehn Tage Urlaub, und ich wollte ihr so viel wie möglich von der Insel zeigen. Aber über dem Krater hing eine breite weiße Wolkenmasse. Die Sicht auf den blauen und den grünen See war garantiert gleich null. Ich gebe zu, der versprochene Farbenflash war dies hier unten nicht, aber dieses Fleckchen war auf ganz eigene Weise faszinierend.

»Werte verwöhnte Freundin, ich hab noch eine Überraschung für dich. In dem Gebäude neben dem Parkplatz gibt es Wellness bis zum Abwinken. Mit Hamam und allem.« Ein breites Lächeln war mein Lohn.

So hatte ich lange nicht freiwillig geschwitzt. Neben mir im Türkischen Bad lag Andrea auf einem Marmortisch und schnurrte unter der Massage. Ich persönlich fand ja, dass diese Tische auch nicht wesentlich bequemer waren als die Steine am Meer. Aber ich musste zugeben, dass sich mein frisch schaummassierter und fachgerecht gepeelter Körper anfühlte wie neu.

»Irgendwie beruhigt es mich, dass es hier auch ein bisschen Luxus unter Menschen gibt, falls du mal was anderes brauchst als Natur und Marco«, meinte Andrea, als wir wieder im Jeep saßen. Der ganze Wagen roch nach Rosenöl.

»Ich brauch zwar in der Regel nichts anderes, aber stimmt schon.«

»Weißt du, ich finde es ja auch wunderschön bei euch da oben im Dorf. Aber ehrlich gesagt, ich hätte Angst vor der Einsamkeit.«

»An dem Punkt waren wir zwei schon immer verschieden.«

»Auch wieder wahr.«

»Abgesehen davon sperrt mich da oben ja niemand ein. Wenn ich Gesellschaft brauche, treffe ich mich mit Sandra oder Christina.«

»Lern ich deine hiesigen Freundinnen eigentlich kennen? Nichts gegen die Landschaft, aber Leute finde ich schon auch spannend.«

Daran hatte ich überhaupt nicht gedacht. Sandra war zu einer Fortbildung auf dem Kontinent, und bei Christina hatte ich mich für die Zeit von Andreas Besuch abgemeldet. »Ich kann Christina ja mal anrufen.«

Marco wartete im Letitbe auf uns. Zum krönenden Abschluss des Tages hatten wir gutes Essen gepaart mit goldenem Sonnenuntergang bestellt. Und schon versank Helios gar feierlich und rosig am Horizont. Manchmal klappte es eben doch mit den Wünschen ans Universum. Leider nur mit den kleinen. Marco grummelte schon wieder vor sich hin und war so unterhaltsam wie die deutsche Versammlungsstättenverordnung. Die aufmunternde Wirkung von Andreas Lob für sein Werk war offenbar nicht länger haltbar als frisches Hackfleisch bei dreißig Grad im Schatten.

»Wie hältst du das aus?«, fragte sie, nachdem ich ihn zu Hause abgesetzt hatte und sie zu ihrem Hotel fuhr.

»Schlecht. Ehrlich gesagt weiß ich nicht, was ich noch machen soll. Ich komme überhaupt nicht an ihn ran. Wenn er nicht bauen und machen kann, ist er wie ein Duracell-Hase ohne Batterien. Dann geht gar nichts mehr.« Ich seufzte. »Manchmal denke ich, er ist mehr mit seiner Baustelle zusammen als mit mir.«

»Kenne ich irgendwoher.«

Unser gemeinschaftliches Seufzen geriet so laut, dass wir beide lachen mussten.

Vor der Einfahrt zum Hotel nahm Andrea mich fest in die

Arme. Falls sie noch Torpedos im Rohr hatte, schoss sie sie zu meiner Erleichterung nicht ab.

Marco schlief tief, fest und unruhig, als ich mich neben ihn legte. Ich merkte, wie mir die Augen zufielen. Für noch mehr Grübeln war ich zu müde.

Lange konnte ich noch nicht geschlafen haben, als laute Stimmen mich weckten. Ich hörte Mariana, dann leiser Paulo, dann wieder Mariana. Sie stritten sich. Leider verstand ich kein Wort.

»Du hast wieder was mit ihr, du Sohn einer Hure!«

»Was?« Paulo fuhr aus dem Schlaf. »Bist du von allen guten Geistern verlassen, Frau, was schreist du denn so rum? Du weckst ja das ganze Haus auf.«

»Das ist mir scheißegal!«

Er blinzelte ein paarmal. Mariana stand schwer atmend vor seinem Bett, wütend wie eine Furie. Fast meinte er, aus ihren Augen schlügen Blitze. Wieso war überhaupt das Licht an, mitten in der Nacht? Kam Mariana jetzt erst von ihrer Chorprobe? Er verstand überhaupt nichts.

Marianas rechte Hand schoss nach vorn. Zwischen spitzen Fingern hielt sie ihm den Ohrring vors Gesicht, den er auf der Baustelle gefunden hatte.

»Wie kannst du mir das antun, du verfluchter Lügner? Ich und die Kinder, wir sind das Wichtigste für dich, ja? Du hast nur eins vergessen – deinen verdammten Schwanz!«

»Jetzt reicht's aber! Wie redest du denn mit mir?« Brüllen konnte er auch. Er hatte seine Frau noch nie so aufgelöst erlebt. Oder sie solche Worte benutzen hören.

»So wie ich schon längst hätte mit dir reden sollen!«

Sie warf den Ohrring auf die Bettdecke. »Wann hat das wieder angefangen?« Er zwang sich zur Ruhe.

»Mariana, ich habe keine Ahnung, wovon du überhaupt sprichst.« Er nahm den Ohrring. »Den hab ich gefunden. Gehört der nicht Isabel?«

Mariana schluchzte auf und lief aus dem Zimmer.

Er fand sie zusammengesunken und weinend auf einem der Sofas im fast dunklen Wohnzimmer. Nur die kleine Lampe neben dem Telefon brannte. Um ihr ins Gesicht sehen zu können, musste er in die Knie gehen.

»Jetzt mal ganz langsam. Wovon redest du? Ich weiß es wirklich nicht.«

»Verkauf mich nicht auch noch für dumm! Von der Frau, mit der du schläfst. Von der Frau, deren Ohrring ich in deiner Hose gefunden habe.«

Das Begreifen kam tröpfchenweise.

Deshalb war ihm das Ding so bekannt vorgekommen.

Er war ein Idiot.

Mariana kannte Christina.

Sogar ihre Ohrringe.

Sie wusste von Christina und ihm.

Er war ein geschiedener Mann.

»Seit wann weißt du …?«

»Schon lange. Aber ich dachte, es wäre vorbei.«

Ihre traurige Stimme schnitt ihm ins Herz. »Das ist es auch! Ich hab nichts mehr mit ihr, seit Monaten habe ich sie nicht gesehen, ich schwöre es vor Gott!«

»Versündige dich nicht noch mehr.«

»Mariana, bitte, du musst mir glauben, der blöde Ohrring lag hinter Marcos und Lenas abgebranntem Haus. Diese … diese Sache ist längst Geschichte, und ich wünschte mir, sie wäre nie passiert. Ich …«

Er wollte ihr sagen, dass er sie liebte.

»Ich muss mal pinkeln.« Außerdem taten ihm die Knie weh.

Mariana starrte auf den dunklen Fernsehschirm, in dem sich schemenhaft ihre Silhouette spiegelte. In der Gästetoilette rauschte die Spülung. Paulo kam zurück, setzte sich neben sie, streckte mit einem Seufzen die Beine aus und sah stumm geradeaus. Jetzt sitzen wir hier wie zwei Schauspieler in einer Seifenoper, die ihren Text vergessen haben, dachte Mariana. Auf der Straße kläffte ein Hund.

17

»SOLL ICH NICHT doch lieber mitgehen? Andrea kommt gut auch einen halben Tag ohne mich aus.« Marco schüttelte den Kopf und zerrte schon wieder an seiner Krawatte.

»Immer noch zu eng?«

»Die Dinger sind grundsätzlich zu eng.«

»Ruf gleich an, wenn du eine Antwort hast, ja?«

»Mach ich.«

Er gab mir einen flüchtigen Kuss und stieg aus dem Jeep. Vor der Bank straffte er die Schultern. Dann hatte ihn der Eingang verschluckt.

»Du weißt doch: Keine Nachricht, gute Nachricht!«

Über Andreas angestrengtem Lächeln sah ich ihren mitleidigen Blick ganz genau. Und ich wusste auch, was sie wirklich dachte: Mistkerl.

Gut drei Stunden lang waren wir um den Krater von Sete Cidades gewandert. In der ersten Stunde hatte ich mich noch mit ihr an der blühenden Landschaft freuen können. In der zweiten kontrollierte ich sechsmal mein Handy. Kein Wort von Marco. In der dritten Stunde war ich die Sorge in Person. Er ging nicht ans Telefon. Jetzt, eine weitere halbe Stunde später, saßen wir im Auto und ich war reif für die Couch.

»Wahrscheinlich sitzt Marco glückselig mit Paulo in einer Kneipe und begießt den neuen Kredit.«

Ja, sicher, und vergisst darüber alles andere. Mich zum Beispiel. Egal, was Andrea sagte, ich wusste es besser. Keine Nachricht war garantiert eine schlechte Nachricht. Und Marco hatte Angst, es mir zu sagen.

Ich rief Paulo an.

»Er ist hier.«

»Wo hier?«

»Im Dorf. Sitzt seit Stunden auf der Mauer und grübelt.«

»Hat er was gesagt?«

»Musste er nicht.«

»Ich bin gleich da.«

Ich musste Andrea nichts erklären. »Soll ich mitkommen?«, bot sie an.

»Danke, mach du lieber einen Stadtbummel, wir telefonieren später.« Ich setzte Andrea am alten Stadttor von Ponta Delgada ab. Auch die beste Freundin der Welt konnte mir jetzt nicht helfen.

Während der Fahrt zum Dorf gingen mir die ganze Zeit Paulos Worte vom Abend des Brandes durch den Kopf. Kaum noch Geld für die Gehälter, jede weitere Verzögerung kostet, aufgeben, solange es noch geht. Waren wir am Ende? Und wenn? Es konnte doch nicht alles umsonst gewesen sein. Alle Anstrengung, alles Aushalten, aller Kampf. Der Gedanke, die Insel vielleicht verlassen zu müssen, schien mir unerträglich.

Tränenblind stellte ich den Wagen ab. Wo war die verdammte Küchenrolle? Ich fand sie auf der Ablage über dem Fahrersitz, wischte mir das Gesicht trocken und übte vor dem Rückspiegel ein zuversichtliches Lächeln.

Ich probierte es an Paulo aus, der mir über den Platz entgegenkam und aussah, als hätte er nächtelang nicht geschlafen. War ja klar, dass ihn die schlechte Nachricht auch mitnahm. Mach schon, Lena, verbreite Zuversicht. »Paulo, schau doch nicht so. Schließlich ist nicht die Welt untergegangen. Wir finden schon einen Weg.«

Der Satz war zwar eigentlich für Marco gedacht. Aber je öfter ich ihn aussprach, desto überzeugender klang ich. Hoffte ich. Paulo lächelte gequält zurück.

»Sicher. Er ist immer noch unten.«

Erst jetzt fiel mir auf, dass außer Paulos altem Renault und dem roten Laster keine Wagen auf dem Parkplatz standen. »Wo sind denn alle?«

»Marco hat sie nach Hause geschickt.«

Ich nickte, nahm meinen Mut zusammen und machte mich an den Abstieg.

Auf der Mauer saß niemand. Einen furchtbaren Augenblick lang dachte ich: Er ist gesprungen. Aber dann sah ich Marco durch die Öffnung, die einmal die Tür unseres Hauses gewesen war. Er saß im Schneidersitz mitten in den verkohlten Resten, die Hände vor das Gesicht geschlagen. Der Anblick traf mich bis ins Mark.

»Marco.«

Langsam hob er den Kopf. Seine großen dunkelblauen Augen zeigten einen so tiefen Ausdruck der Verzweiflung, dass mir all meine Plattitüden im Hals stecken blieben und ich kein Lächeln mehr zustande brachte. Mit vorsichtigen Schritten, als könnte ich ihn wie ein verletztes Vögelchen aufschrecken, ging ich auf ihn zu, wollte ihn umarmen, wortlos trösten, streichelnd aufmuntern.

»Kommst du den Versager bestaunen?«

Oha.

Ich blieb stehen, genau dort, wo einmal die Türschwelle gewesen war, und lehnte mich an die verrußte Mauer. Mit Trost und Mitgefühl würde ich hier rein gar nichts erreichen.

»Selbstmitleid ist eine feine Sache, findest du nicht? Suhl dich ruhig noch ein bisschen. Das reinigt.«

»Wie schön, dass du die Situation witzig findest.«

»Das tu ich keineswegs, Marco. Aber Gerede von Versagen bringt uns bestimmt nicht weiter.«

»Uns bringt sowieso nichts mehr weiter.«

»Vielleicht erzählst du mir einfach mal, was die von der Bank gesagt haben. Und dann würde ich gern gemeinsam mit dir überlegen, was wir jetzt machen können.«

»Nichts.«

»Marco!«

Er seufzte tief, ehe er mit Grabesstimme sagte: »Für einen weiteren Kredit über fünfzigtausend brauche ich einen Bürgen. Und den hab ich nicht. Mehr gibt es nicht zu erzählen. Diese Arschlöcher! Ich kann einpacken.«

Fünfzigtausend? Das war doch gar nicht so viel. Jedenfalls im Verhältnis zu dem gesamten Projekt.

»Eingepackt wird noch lange nicht. Wir schlafen erst einmal eine Nacht drüber und dann sehen wir weiter. Und nun steh schon auf, damit ich dich in den Arm nehmen kann.«

Er schlurfte wie ein alter Mann aus der Ruine. Ich schlang die Arme um ihn. Mir war, als umarmte ich einen Stein. Ein Zittern ging durch seinen Körper und er schluchzte auf. Ich war froh über die Tränen, die auf mein T-Shirt tropften, und hielt ihn ganz fest, bis er endlich den Kopf hob und mit nassen Augen sagte. »Tut mir leid, Lena, du musst mich für den letzten Schwächling halten.«

»Lass uns gehen, Dummkopf.«

Auf dem Pfad nach oben blieb er plötzlich stehen und drehte sich um. Ich folgte seinem Blick. Wir standen genau an der Stelle, von der aus das Dorf aussah, als sei es aus dem Himmel in ein grünes Körbchen gefallen. Ich sah neue Tränen in Marcos Augen steigen. Mit aller Kraft hielt ich meine eigenen zurück. Kam ja gar nicht in Frage, dass wir hier standen, als müssten wir Abschied nehmen. Wir würden schon einen Weg finden. Ich würde einen Weg finden.

Inés brachte Kaffee und Wasser. Mariana sah auf die blau blühende Hortensienhecke, die den Garten umgab. War es wirklich schon mehr als ein Jahr her, dass sie hier gesessen und sich die Ratschläge ihrer Freundin angehört hatte? Sei lieb, sei attraktiv. Ihr kam es vor, als hätte Inés die Worte erst gestern gesagt. Und was hatte der Rat ihr genützt?

»Was schnaubst du denn so? Übrigens siehst du heute aus wie ausgespuckt, meine Liebe. Was ist los?«

»Er hat wieder was mit ihr angefangen.« Sie konnte nichts dagegen tun, dass ihre Stimme zitterte.

»Sag bloß! Bist du sicher?«

»Er hatte einen Ohrring von ihr in der Tasche.«

»Von ihr? Woher willst du das wissen?«

»Das ist ein auffälliges Stück. Ich hab sie damit gesehen.«

»Und den hat er in der Tasche? Wie dämlich. Weiß er schon, dass du ihn gefunden hast?«

»Allerdings!«

»Und was sagt er?«

»Er streitet es ab. Angeblich hat er sie seit Monaten nicht gesehen. Und den Ohrring will er im alten Dorf gefunden haben. Er behauptet allen Ernstes, er hätte in einem Grasbüschel gelegen, an dem Lenas Esel gerupft hat.«

Inés zog die Stirn kraus »Lenas Esel? So viel Phantasie hätte ich deinem Mann gar nicht zugetraut.«

Paulo war in der Tat nicht gerade der Erfindungsreichste. Was hatte Isabel mal zu ihm gesagt, als sie in der Familie Witz oder Wahrheit gespielt hatten? »Du hast die Phantasie eines ausgestopften Fasans.«

»Also, wenn da wieder was geht, dann erst seit kurzem«, sagte Inés nachdenklich.

Mariana zuckte mit den Achseln. Was machte das für einen Unterschied?

»Meines Wissens hat sie gerade was mit dem Bürgermeister von Vila Moreira. Das hab ich von Ana Rita. Du weißt schon, die, die bei der Gemeinde arbeitet. Das kann natürlich auch vorbei sein. Trotzdem merkwürdig.«

»Was soll daran merkwürdig sein? Offensichtlich kann die Dame ja nicht genug kriegen.«

»Schon. Aber sonderbar ist, dass ich nichts davon weiß. Diana hätte mir doch erzählt, wenn Paulo wieder in der Gegend aufgetaucht wäre.«

Die Tatsache, dass ihr sonst so dichtes Informationsnetz womöglich nicht funktionierte, schien Inés deutlich mehr zu erschüttern als Marianas Kummer. »Gab es denn sonst noch Anzeichen, außer dem Ohrring?«

»Nein, nichts. Dabei hab ich wirklich gedacht, ich würde merken, wenn das noch mal passiert.«

»Hattet ihr in letzter Zeit oft ... also, ging es euch zusammen gut? Mit allem?«

Mariana spürte, wie ihr die Hitze ins Gesicht stieg. »Hm, schon.« Deshalb war Paulos erneuter Betrug auch besonders grausam.

Inés tippte sich mit dem Finger an die Lippen und fixierte den Himmel, an dem es nichts weiter zu sehen gab als ein paar fedrige Wolken. »Vielleicht lügt er wirklich nicht«, sagte sie langsam und richtete den Blick wieder auf Mariana. »Vielleicht hat er den Ohrring tatsächlich gefunden.«

Mariana sah ihre Freundin skeptisch an. Sagte sie das nur, damit es ihr besserging? Nein, so war Inés nicht. Die Hoffnung durchfuhr sie wie ein kleiner Stromstoß. Aber wenn Paulo nicht gelogen hatte, wie kam dann der Schmuck auf die

Baustelle? Die Hure – Mariana brachte ihren Namen nicht einmal in Gedanken über die Lippen – hatte mit dem Dorf doch nichts zu tun.

Ein paar Minuten vergingen, ohne dass eine von ihnen etwas sagte.

»Hat sie doch!« Mariana schlug sich mit der Hand vor die Stirn.

»Wer hat was?«

»Die Hu– … die wollte doch das Dorf kaufen. Weißt du noch, als damals plötzlich andere Interessenten auftauchten? Bevor Marco das Geld hatte?«

»Das höre ich zum ersten Mal. Ich weiß nur von irgendwelchen Amerikanern.«

Richtig, sie hatte damals niemandem davon erzählt, nicht mal Inés. Sie setzte die Freundin ins Bild.

»Ich bin zu Florinda gegangen und hab dafür gesorgt, dass sie keine Chance hatte.«

»Du hast der alten Florinda erzählt, dass Paulo fremdgegangen ist?«

»Natürlich nicht, aber das ist doch auch völlig egal. Denk mal nach.«

»Worüber jetzt im Einzelnen?«

»Das passt doch alles zusammen: Sie hat das Dorf für sich gewollt und nicht gekriegt. Du sagst, sie hatte was mit dem Bürgermeister. Und plötzlich hält die Gemeinde ihre Zusagen nicht mehr ein. Jetzt liegt ihr Ohrring auf der Baustelle, und zwar genau hinter dem abgebrannten Haus.«

»Du willst sagen, dass sie …?«

»Genau. Es gibt keinen Fluch. Sie ist der Fluch.«

Paulo setzte sich in seinen Wagen. Hier konnte er nichts mehr tun. Heute nicht und in Zukunft wohl auch nicht. Aus der Traum von der sicheren Arbeit auf Jahre hinaus. Was für ein Scheißtag nach einer Scheißnacht. Seine Arbeitshose spannte über dem Oberschenkel. Der Umriss des Ohrrings drückte durch den Stoff. Aus einem Impuls heraus hatte er ihn am Morgen wieder eingesteckt. Er fummelte ihn aus der Hosentasche und legte ihn auf die Ablage.

Mariana hatte heute früh kaum ein Wort mit ihm gesprochen. Ihm ging die Frage nicht aus dem Kopf, wie sie von seiner Affäre erfahren haben konnte. Er war so vorsichtig gewesen. Aber im Grunde war es gleichgültig. Er saß tief im Mist und hatte nicht den Hauch einer Idee, wie er da wieder rauskommen sollte. Sie würde ihm nie glauben, dass er das Glitzerteil gefunden hatte. Hätte er das Ding doch liegen lassen! In den Kristallen auf der Ablage fing sich das Licht und ließ bunte Flecke über die helle Stoffbespannung an der Beifahrertür wandern.

In seiner Brusttasche vibrierte das Telefon. Er sah auf das Display. Mariana rief an. Sein Herz klopfte schneller. Kam jetzt das Aus? Die Angst, sie zu verlieren, trieb ihm den Schweiß aus den Poren.

»Sie ist der Fluch, Paulo!«

»Bitte was?«

Zwanzig Minuten später saß er immer noch im Auto auf dem Parkplatz und schüttelte ungläubig den Kopf. Was eine eifersüchtige Frau sich alles zusammenreimen konnte! Nicht zu fassen.

Marianas aufgeregte Stimme klang ihm noch im Ohr. Er hatte sie reden lassen, viel zu erleichtert, dass sie ihm plötzlich glaubte, um ihr zu widersprechen. Sollte sie sich ruhig eine Räubergeschichte zusammenphantasieren, wenn ihr das half. Wenn es ihm half.

Schon diese Geschichte mit dem Kaufversuch, den Mariana verhindert haben wollte, konnte er kaum glauben. Nun gut, sie würde nichts erfinden, was er leicht überprüfen konnte. Er brauchte ja nur Florinda zu fragen. Aber wieso hatte er nichts davon gewusst? Damals hatte er doch noch mit ihr … Wieso hatte sie ihm nichts davon gesagt?

Als ob ihr viel geredet hättet. Und wenn, ging es immer nur um ihr Haus. Du weißt rein gar nichts über sie.

Aber alles andere war nun wirklich kompletter Unsinn. So eine zarte Frau würde doch keinen Brand legen. Völlig undenkbar.

Zarte Frau, Paulo? Was ist mit der schmallippigen Lady aus Stahl, die dir den Laufpass gegeben hat, als sie dich nicht mehr brauchte?

Blieb noch der Bürgermeister. Er mochte den Mann nicht besonders, aber deshalb traute er ihm noch lange nicht zu, für ein bisschen Sex anderer Leute Arbeit zu blockieren.

Dir hat sie immerhin die Arbeit für ein Badezimmer aus dem Kreuz geleiert. Und wer weiß, was du nicht noch alles für sie getan hättest, wenn sie dich nicht abserviert hätte.

Wieder schüttelte er den Kopf. So durch und durch böse war kein Mensch. Schon gar keine Frau. Und wie ist der Ohrring hinter das abgebrannte Haus gekommen? Es gab bestimmt eine ganz einfache Erklärung. Und nur einen Weg, das Rätsel zu lösen. Er drehte den Autoschlüssel im Schloss um.

»Du?«

Sie hatte eine neue Frisur. Die wunderbar weichen langen Haare, an die sich seine Hände so gut erinnern konnten, waren verschwunden. Unter dem grünen Kleid, oder was auch immer das war, was sie anhatte, zeichneten sich ihre Brüste ab. Sie trug keinen BH. Paulo schluckte trocken.

»Ich muss dich was fragen.«

»Komm rein.«

»Ich würde lieber hier draußen bleiben.«

»Ach, bist du nicht mehr in Sorge, dass dich jemand sehen könnte? Oder hast du plötzlich Angst um deine Tugend?«

»Also gut.«

Am Küchentresen blieb er stehen, versuchte, nicht auf das breite Bett unten im Raum zu sehen.

Christina setzte sich auf das rote Sofa und zog die Beine unter den Po. »Nun sag schon, was verschafft mir die Ehre?« Paulo blieb, wo er war, und zog den Schmuck aus der Tasche. »Den hier hab ich gefunden. Der gehört doch dir?«

»Ach.« Sie stand wieder auf und kam auf ihn zu. »Stimmt, den hab ich schon vermisst.«

»Ich hab ihn oben im alten Dorf gefunden, da, wo ich jetzt arbeite. Und ich frag mich, wie der da hinkommt.«

»Na, wie schon? Ich werde ihn dort verloren haben.«

»Was hast du da oben zu suchen?«

»Ich hab mich mal umgesehen. Ist ja ein interessantes Projekt, das du da hast.«

»Ich hab gehört, dass du selbst Interesse daran hattest.«

»Ich? Als ob ich so viel Geld hätte.«

»Und wann warst du oben?«

»Ich weiß zwar nicht, was dich das angeht, aber an irgendeinem Wochenende. Letzten Monat, wenn ich mich recht erinnere. Oder ist das schon länger her? Keine Ahnung.« Ehe er sichs versah, hatte sie ihm den Ohrring aus der Hand genommen und ging damit zu der Kommode, in der sie ihren Schmuck aufbewahrte. Dann stand sie wieder vor ihm. »Danke fürs Zurückbringen. Hilfst du mir mal? Ich muss mich umziehen.« Sie drehte sich um. Die kleine Tätowierung einer Fledermaus in ihrem Nacken sah er zum ersten Mal. Seine Finger, schon ausgestreckt, um ihr den Knopf am Kleid zu öffnen, zuckten zurück. Stand die Fledermaus nicht für das Böse?

»Wie man hört, ist dein frommes Frauchen der aufgehende Stern der hiesigen Musikszene«, sagte Christina und streifte sich mit einer einzigen fließenden Bewegung das Kleid von den Schultern. Der seidige grüne Stoff rutschte an ihrem Körper entlang und blieb zu ihren Füßen liegen. Im nächsten Augenblick drehte sie sich um und umschlang seinen Hals. Er konnte die steifen Warzen ihrer nackten Brüste durch sein Hemd fühlen.

»Na, eine kleine Erinnerung an alte Zeiten gefällig?«

O Gott.

Ihm war, als müsste er eine Zentnerlast von sich drücken, als er ihre Arme von seinem Nacken löste und sie von sich schob.

Noch im Wagen hatte er ihr höhnisches Lachen im Ohr.

18

ALS PAULO VERSCHWUNDEN WAR, zog sie sich wieder an und mixte sich einen Cocktail. Männer! Idioten allesamt. Einen Moment lang hatte sie tatsächlich gedacht, Paulo brächte sie mit dem Brand in Verbindung. Aber der Mann war ja naiver als ein Dreijähriger. Brachte er ihr doch tatsächlich den Ohrring zurück! Sie hatte kurz nach dem Brand eine halbe Nacht lang mit der Taschenlampe nach dem verdammten Ding gesucht.

Langsam ging sie mit dem Drink in der Hand durch ihr Haus, strich mit der Hand über die Säulen, ließ den Blick über die bunten Wände wandern, prostete ihrem Porträt zu. Es wurde bereits dunkel, als sie sich an ein dickes Kissen auf ihrem Bett lehnte und den Kater streichelte, der sich darauf räkelte.

Nein, es gab keinen Grund zur Sorge. Sie zog die Nachttischschublade auf und nahm den Rahmen mit Georgs Bild heraus. Die rechte Ecke zierte ein Trauerflor. Sie strich darüber und lächelte verzückt. Noch so ein Idiot, der ihr nichts zugetraut hatte. Nun, Georg hatte seine Lektion gelernt. Er lag unter dem Rasen, sie war hier, und niemand hatte auch nur einen Verdacht gehegt, als er unterzuckert vom Pferd fiel. So wie auch jetzt niemand sie verdächtigen würde. Der Rahmen verschwand wieder in der Schublade. Sie bekam immer, was sie wollte.

Auf dem Meer bildeten Fischerboote in der Dämmerung eine Lichterkette. Der Blick durch das Panoramafenster war wirklich phantastisch. So wie ihr Haus. Es war perfekt. Perfekt und unendlich langweilig. Es befriedigte sie nicht mehr. Sie brauchte etwas Neues, Größeres. Niemand anderes als sie konnte dem alten Dorf den Glanz geben, den es verdiente. »Weißt du«, erklärte sie dem Kater, »eine Frau braucht Herausforderungen.« Das dicke Tier schnurrte. »Herausforderungen und guten Sex.« Sie griff zum Telefon.

19

FÜNF VERPASSTE ANRUFE auf meinem Handy. Andrea hatte ich komplett vergessen. Ich rief sie an, kaum dass wir in Ribeira Grande angekommen waren.

»Lena, hast du Marco gefunden? Ist so weit alles in Ordnung?«

»Ja, hab ich. Nein, ist es nicht. Und entschuldige, dass ich mich erst jetzt melde. Wo bist du?«

»Im Hotel. Ich hab mir ein Taxi genommen.«

Ich sah auf die Uhr. Kurz vor sechs. Marco stand unter der Dusche. Er hatte sich gefangen, aber sein Gemütszustand war so trübe wie ein verregneter Novembertag in der Norddeutschen Tiefebene.

Andrea erwartete ganz sicher, dass wir uns heute noch sahen und ich sie auf den neusten Stand brachte. Genauso sicher würde Marco heute lieber Kim Jong-un treffen als meine beste Freundin. Dies war nicht der Abend für Smalltalk. Und ein offenes Gespräch zwischen Torpedo-Andrea und Mürrisch-Marco über seine finanzielle Zwangslage? Unvorstellbar. Allein lassen wollte ich ihn gerade heute aber auch nicht.

»Lena, bist du noch dran?«

Marcos Jeans klingelten.

»Ja, wart mal kurz.« Die Dusche rauschte nicht mehr. »Marco, dein Telefon!«

Er kam im Bademantel aus dem Bad, nahm sein Handy aus der Hosentasche, sah auf das Display, runzelte die Stirn und ging aus dem Zimmer.

»Andrea, wärst du sehr böse, wenn wir uns heute nicht sehen könnten? Ich weiß, das ist blöd, wenn du allein im Hotel hockst, aber …«

Marco kam zurück und unterbrach mich.

»Ich muss noch mal weg.«

Wie bitte?

»Andrea, sorry, ich ruf gleich noch mal an.«

»Was soll das heißen, du musst noch mal weg? Wohin denn? Wer hat denn angerufen?«

Er zögerte kurz. »Ein Bekannter aus Ponta Delgada. Kennst du nicht. Vielleicht kann der noch was drehen.«

»Was meinst du damit? Ist dein Bekannter bei der Bank?«

»Nicht direkt. Ich erklär es dir später, okay?«

Nein, ganz und gar nicht.

»Ich komme mit.«

»Das geht nicht.«

»Wieso nicht?«

»Weil ich es sage.«

Er schlüpfte in Unterhosen, Jeans und Sandalen, zog sich einen Pulli über den Kopf, gab mir, die ich verdattert und sprachlos auf dem Bett saß, einen schnellen Kuss, sagte: »Warte nicht auf mich«, und war weg.

Fassungslos saß ich da und hörte meinem klopfenden Herzen zu. Wie konnte er bloß! Nur langsam ebbte der Aufruhr in meinem Inneren ab und machte Platz für klare Gedanken. Wo wollte er hin? Keinen Augenblick glaubte ich, dass quasi aus dem Nichts ein potentieller Bürge oder anderer Kreditgeber aufgetaucht war. Da war was faul. In meinem Kopf gaben sich Kredithaie und Drogenhändler ein Stelldichein. Vor kurzem erst hatte ich einen Artikel gelesen, in dem es um die Azoren als europäisches Einfallstor für Drogen ging.

Das Telefon riss mich aus meinen Gedanken. Andrea, natürlich.

»Süße, ich will mich ja nicht anhören wie eine nörgelnde Ehefrau, aber so allmählich wundere ich mich doch ein bisschen.«

»Marco ist gerade zu irgendeinem obskuren Termin gefahren. Es geht angeblich um den Kredit. Aber ich hab ein ganz doofes Gefühl«, platzte ich heraus.

»Und wo bist du?«

»Na, zu Hause.«

»Ich komm zu dir. Wie heißt noch diese Bar bei euch in der Nähe? Da treffen wir uns.«

Eine knappe Dreiviertelstunde später saßen wir im Letitbe und Andrea versuchte, mich zu beruhigen.

»Nun mach dich mal nicht verrückt. Es gibt bestimmt eine ganz harmlose Erklärung. Um wie viel Geld geht es überhaupt? Fünfzigtausend Euro? Das ist doch gar nicht so viel.«

»Wenn man sie nicht hat, schon.«

Andrea fuhr sich mit der Hand durch die Haare. Eine typische Geste, wenn sie nachdachte. Ob sie vielleicht …? Andrea und Peter waren keine armen Leute. Warum war ich nicht früher auf den Gedanken gekommen? Das würde ich ihr nie vergessen. Ich konnte Marco jetzt gleich anrufen, ehe er sich und uns womöglich unglücklich machte. Ein kleines Lächeln stahl sich in mein Gesicht.

»Seine Mutter müsste doch Geld haben. Wenn er geerbt hat, dann ja auch sie.«

Zu früh gefreut.

»Er sagt, seine Mutter kommt nicht in Frage.«

»Und warum?«

»Ist halt so.«

Ich nahm meinen Mut zusammen. »Du würdest nicht vielleicht …? Es geht ja nur um eine Überbrückung. Das Geld von der Brandschutzversicherung muss jeden Moment kommen.«

»Ach, Süße, das kannst du vergessen. Peter legt unser Geld langfristig fest und nur in sicheren Anlagen. Der würde mir was husten.«

Hätte ich mir denken können.

»Kann ich dich etwas fragen? Aber nicht sauer werden.«

Ich ahnte, was kommen würde. »Lass mich raten: Es geht um das falsche Pferd.«

»Na ja, mir stellt sich schon die Frage, ob ihr nicht besser aufgebt. Versteh mich nicht falsch, es ist wirklich traumhaft im Dorf. Aber vielleicht ist das Projekt einfach eine Nummer zu groß für Marco. Vielleicht findet ihr einen Investor, der das Ganze übernimmt. Manchmal ist ein Ende mit Schrecken nun mal besser.«

»Du hast doch selbst gesagt, dass die Summe gar nicht so hoch ist.«

»Und wie weit kommt ihr damit? Was, wenn noch einmal etwas schiefgeht? Wie sieht denn die Gesamtfinanzierung aus?«

»Weiß ich nicht.«

Andreas Augen wurden groß wie Tennisbälle.

»Das ist nicht dein Ernst.«

»Marco bezieht mich in dem Punkt nicht ein. Ich kann ihn ja schlecht dazu zwingen, schließlich sind wir nicht verheiratet.«

»Mensch, Lena!«

Sie sah mich mit einem Blick an, den ich nicht ganz deuten konnte. Traurig? Mitleidig? Vielleicht so, wie man jemanden ansehen würde, der an Demenz leidet und es selbst noch nicht weiß.

»Das ist doch keine Beziehung!« Sie holte tief Luft. »Lena, ich weiß, du willst das nicht hören. Aber nach allem, was ich mitkriege, hängst du dein Herz an einen total selbstbezogenen Mann, der dich von einem Kummer in den nächsten stürzt, zumacht, wenn es Probleme gibt, und dich nicht mal wissen lässt, auf welcher finanziellen Grundlage eure Zukunft basiert. Das kannst du dir doch nicht bieten lassen! Ehrlich, Lena, ich versteh dich einfach nicht.«

»Du musst ja wissen, wovon du sprichst. Mit Egoisten kennst du dich schließlich bestens aus.«

»Da hast du leider recht. Aber Peter und ich sind jetzt nicht das Thema.«

»Seltsam, dass du so gern über meine Beziehung sprichst, aber mauerst, wenn es um deine geht.«

Sie seufzte. »Ich mauere nicht. Der Unterschied ist doch der: Ich weiß bei Peter, woran ich bin. Weißt du das bei Marco? Den Eindruck hab ich jedenfalls nicht.«

»Du hast Marco von Anfang an nicht gemocht!«

»Darum geht's doch nicht. Außerdem bin ich diejenige, die dich ermutigt hat, hierherzugehen, schon vergessen? Ich hatte so gehofft, dass du mit Marco glücklich wirst.«

»Das bin ich!«

»Warum guckst du dann so traurig?« Sie legte ihre Hand auf meine. »Ich will dir doch nichts Böses. Aber ich glaube, dass du dir etwas vormachst.«

Ich nahm eine Serviette und wischte mir über die Augen. »Von einem Ort wie dem Dorf habe ich immer geträumt. Von einem Ort, an dem ich mich aufgehoben fühle, wirklich zu Hause. Manchmal denke ich, mir hat immer ein Teil gefehlt, nur, dass ich es gar nicht wusste. Und nun ist dieses Teil da und ich bin endlich ganz.« Ach, verflucht, ich konnte es nicht richtig erklären. Ob ich ihr sagen sollte, dass ich meinen ganz persönlichen magischen Ort gefunden hatte? Besser nicht. Sie sah mich jetzt schon an, als wäre ich ein exotisches Tier. »Zum allerersten Mal habe ich das Gefühl, nicht nur zu reden, sondern wirklich etwas zu tun. Nicht anderen zu helfen, sondern mir. Wenn ich an einem der Häuser arbeite oder den Garten umgrabe, wenn ich mit Benito unterwegs bin, dann bin ich in jeder Sekunde glücklich. Warum kannst du das nicht begreifen?«

»Und mit Marco? Du willst mir doch nicht erzählen, dass du mit ihm auch jede Sekunde glücklich bist?«

»Er ist nicht einfach, das geb ich ja zu. Der Druck, die Probleme, das macht ihm eben alles zu schaffen. Mir selbst ja auch. Wir haben unsere Schwierigkeiten, aber wer hat die nicht?« Nein, ich war nicht so glücklich mit ihm, wie ich gern gewesen wäre. Nicht so, wie ich es in den guten Phasen mit Julian gewesen war. Das war mir durchaus bewusst. Aber jetzt war einfach nicht der richtige Zeitpunkt, um über unsere Beziehung nachzudenken. Wie sagte schon Scarlett O'Hara: Morgen ist auch noch ein Tag.

Andrea seufzte. »Womit wir wieder bei der fehlenden Kohle wären. Vielleicht könnte ich dich besser verstehen, wenn das Dorf wenigstens deins wäre.«

Sie hatte ja keine Ahnung, wie oft ich mir das schon gewünscht hatte. Natürlich nicht das ganze Dorf, aber wenigstens ein bisschen davon. Ich wäre nicht nur Marcos Freundin, sondern seine Geschäftspartnerin. Und er könnte keine einsamen Entscheidungen mehr treffen.

»Hast du schon mal mit deinen Eltern darüber geredet? Kommen sie nicht auch bald her?«

»Ende Juli.« Ich mochte gar nicht daran denken. Meinen Eltern hatte ich die Fortschritte im Dorf weiterhin in rosigen Farben geschildert. Von dem Feuer hatte ich ihnen natürlich erzählt, das hatte ich schlecht verschweigen können. Meine Mutter hatte sogar mit mir geweint. Aber von unseren anderen Problemen wussten sie nichts. Sie würden aus allen Wolken fallen, wenn sie erfuhren, wie schlecht es gerade um Marcos und meine Zukunft stand.

Davon abgesehen fand ich mich mit dreiunddreißig ein bisschen zu alt, um zu Mami und Papi zu laufen, wenn ich in Schwierigkeiten war.

Andrea las mal wieder meine Gedanken: »Das ist nicht der Moment für falschen Stolz, Lena. Ruf sie an. Mehr als nein können sie ja nicht sagen. Deiner Schwester und deinem Schwager haben sie doch auch Geld für ihren Hausbau gegeben, warum also nicht dir?«

Ich sah auf die Uhr. In Deutschland war es jetzt zehn. Heute-journal-Zeit. »Meinst du wirklich?«, fragte ich Andrea. Sie nickte. Wenn ich es jetzt nicht tat, würde ich den Mut wieder verlieren. Ich nahm mein Telefon aus der Tasche, sagte: »Drück mir die Daumen«, und verzog mich an den einzig ruhigen Ort der Bar, die Damentoilette.

Marco kam kurz nach mir nach Hause. Ich versuchte, an seinem Gesicht abzulesen, ob er Erfolg gehabt hatte. Aber ich las nichts als Müdigkeit.

»Und? Wirst du mir jetzt erzählen, was für ein Termin das war?«

»Gleich.« Er ging ins Bad, kurz darauf hörte ich die elektrische Zahnbürste surren. Es kam mir vor, als putzte er seine Zähne doppelt so lange wie sonst. Wahrscheinlich lag das an meiner eigenen Aufregung. Wenn er keine guten Neuigkeiten hatte – ich schon! Aber erst einmal galt es zu erfahren, wo er gewesen war. Endlich kam er ins Bett und starrte an die Decke.

»Also?«

»Es gibt da einen Investor, der sich für das Dorf interessiert.«

»Dein Bekannter?«

»Nein, ein Freund von ihm. Er will nicht, dass sein Name bekannt wird. Stilles Investment halt. Deshalb musste ich allein zu dem Termin fahren.«

»Marco, sei ehrlich – ist da was Illegales im Gange?«

»Was? Nein! Wie kommst du auf so was?«

»Was soll ich denn sonst denken, wenn du mich von einer Minute zur anderen allein hier sitzenlässt und so geheimnisvoll tust? Und jetzt willst du mir nicht erzählen, wer diese nebelhafte Person ist. Ich bin doch nicht irgendwer. Mir wirst du ja wohl sagen, mit wem du gesprochen hast.«

»Glaub mir, Lena, es geht nicht.«

»Warum?«

Er antwortete nicht, sondern starrte wieder mit zusammengekniffenen Lippen an die Decke. In meinem Kopf sagte Andrea: »Das darfst du dir doch nicht bieten lassen.« Ich holte Luft.

Plötzlich drehte Marco sich zu mir um und zog mich mit einer Heftigkeit in seine Arme, die mich völlig überraschte. Das war schon keine Umarmung mehr. Er klammerte sich an mich wie ein Ertrinkender. Ich spürte seinen Herzschlag, hörte sein schweres Atmen an meinem Ohr, dann ein Schluchzen. »Frag bitte nicht mehr.«

Ups. Um was auch immer es hier ging, es schien ihm schwer auf der Seele zu liegen. Ich konnte es nicht ertragen, wenn Marco weinte. Sanft streichelte ich ihm über den Rücken. Warum hackte ich auch wegen eines dubiosen Investors auf ihm rum, statt ihm endlich von dem Telefonat mit meinen Eltern zu erzählen?

»Und wenn es noch einen Investor gäbe?«, fragte ich leise. »Einen ganz und gar nicht stillen?«

Sekunden versickerten, in denen seine Anspannung spürbar nachließ und seine Schultern aufhörten zu zucken. »Du machst jetzt keine Scherze, oder?« Seine Stimme war klein und verschnieft.

»Sicher nicht.«

»An wen denkst du?« Er hob den Kopf, und ich konnte den Hoffnungsschimmer in den feuchten großen Augen sehen.

»Eine einzelne Dame, die du flüchtig kennst. Blond, ziemlich groß und nicht auf den Mund gefallen.«

Marcos Mienenspiel zu beobachten war ein bisschen wie Daumenkino gucken. Es wechselte von Hoffnung über Verwirrung zu Erstaunen. Einen Lidschlag lang meinte ich, sogar Angst darin zu sehen.

»Ich versteh nicht.«

»Na, ich!«

Jetzt stand eindeutig Verblüffung in seinem Blick.

»Du? Du hast doch gar kein Geld.«

»Ich nicht, aber meine Eltern. Und die wollen darüber nachdenken, ob sie uns helfen.«

»Das können wir wohl gleich wieder vergessen. Dein Vater kann mich nicht leiden.«

»Aber er findet gut, was wir hier schon geleistet haben. Davor hat er Respekt. Ich hab eben mit ihm gesprochen. Und er hat nicht gleich nein gesagt.«

Jetzt war da wieder dieser Schimmer in den schönen blauen Augen.

Mariana hätte vor Wut in eine Palme beißen mögen. Wie konnte Paulo nur so dumm sein? Anstatt zur Polizei zu gehen, brachte er dieser Frau den Ohrring zurück. Das einzige Beweisstück, das sie hatten!

»Nun reg dich nicht so auf«, sagte Inés und knabberte an einem mit Pudding gefüllten Blätterteigtörtchen. Sie lehnte an der Verkaufstheke mit Kuchen, hinter der Mariana arbeitete. »Wenn sie zugegeben hat, dass sie im Dorf war, wäre es eh kein Beweis gewesen. Hängt ja schließlich kein Schild ›Privat‹ dort oben, da kann jeder hin.« In dem kleinen Supermarkt-Café war gerade nicht viel los. An einem der Tische stritt sich ein Ehepaar, neben Inés stand eine übergewichtige junge Frau, deren pink leuchtendes T-Shirt über dem kapitalen Busen spannte. Die konnte warten. Inés hatte natürlich recht. Mit oder ohne Ohrring konnte sie rein gar nichts beweisen. Alles, was sie hatte, war ihr Verdacht. Es war zum Haareausreißen. »Die kann doch nicht einfach damit durchkommen!«

»Ist sie doch schon. Ich hab gehört, dass die Bank Marco den Saft abgedreht hat. Das war's dann wohl, oder?«

Mariana schwieg.

»Hallo, wird man hier auch mal bedient?«

»Nun mal nicht so ungeduldig, junge Frau, Sie sehen doch, dass wir uns unterhalten.«

»Frechheit!« Die Dicke ging. Auch gut.

»Ich hätte große Lust, der Hure das eigene Haus abzufackeln.«

»Nun mach mal einen Punkt.«

»Irgendwas müssen wir doch tun können, verdammt.«

Inés kicherte plötzlich. »Hab ich dir eigentlich erzählt, was Filipa gemacht hat?«

»Welche Filipa?«

»Die Friseurin aus Maia, du weißt schon, die Frau von Dídio, dem Elektriker. Das ist der, den die Zicke gleich nach Paulo in ihr Bett geholt hat.«

»Nein, hast du nicht erzählt.«

»Filipa hat einen Salon in Ponta Delgada. Und ausgerechnet da kommt die Lady rein und will sich die Haare schneiden lassen. Kaum hatte Filipa sie auf dem Stuhl, ist ihr die Schere ausgerutscht. Ganz aus Versehen, versteht sich. Danach war nicht mehr viel da vom blonden Wallehaar.«

Die beiden Frauen grinsten sich an.

»Nicht schlecht«, sagte Mariana, bückte sich immer noch grinsend und begann, Kaffeetassen in die Spülmaschine zu räumen. Eine Weile war nur das Klappern des Geschirrs und das immerwährende Piepen der Supermarktkassen im Hintergrund zu hören. Sie füllte Spülmittel in die Maschine, drückte die Einschalttaste und richtete sich wieder auf. Inés war in den Anblick der Kuchenauswahl vertieft. »Wie sind die Nusstörtchen?«

Mariana antwortete nicht. Sie war mit ihren Gedanken noch bei der Szene im Friseursalon. Zu schade, dass sie selbst keine solche Möglichkeit hatte. Obwohl …

»Weißt du was, meine Liebe? Vielleicht können wir der Hure offiziell nichts anhaben. Aber es müsste doch mit dem Teufel zugehen, wenn wir ihr das süße Leben nicht ein bisschen versauern könnten. Wie schnell schaffst du es, den Chor zusammenzutrommeln?«

Inés verstand sofort. Ihr Grinsen reichte bis zu den Backenzähnen. »Wenn es nicht alle sein müssen? Bis heute Abend.«

Wir hatten für Benito einen neuen Unterstand gezimmert. Es war mehr ein Schuppen als ein richtiger Stall, aber wenigstens konnte er sich nicht mehr an dem fetten Weidegras überfressen und sich eine Kolik oder Hufräude einfangen. Wie an jedem Tag strich ich mit der Hand über die Brandnarben an seinen Flanken und schmiegte mich an ihn. »Keine Sorge«, flüsterte ich in eines seiner langen Ohren, »ich lass dich nicht allein.«

Ich legte ihm ein Halfter an. »Na komm, mein Dicker, jetzt gibt's eine Runde Bewegung.« Die brauchte ich selbst. Wenn ich noch lange untätig auf den Anruf meiner Eltern warten musste, wurde ich verrückt. Andrea hatte sich im Hotel mit einem Ehepaar aus Bielefeld angefreundet und war kurz entschlossen mit ihnen zu einem Zweitagesausflug zur Nachbarinsel Santa Maria aufgebrochen. Keine Ahnung, ob die Leute wirklich so nett waren, wie sie sagte. Vielleicht hatte sie auch einfach keine Lust mehr auf eine nervöse Lena, die nur noch ein Thema kannte. Ich hatte ja selbst keine Lust mehr auf mich. »Klingle!«, beschwor ich mein Telefon, prüfte, ob es geladen war, und wollte es eben in meinem Rucksack verstauen, als es tatsächlich losschmetterte. Benito scheute. »Respect« von Aretha Franklin. Meine Mutter. Endlich.

»Ich übergebe an deinen Vater«, sagte sie feierlich. Und dann sprach ich mit meinem Anwalt. Jedenfalls fühlte es sich so an. Als ob mein Strafverteidiger mir erklärte, unter welchen Umständen Kaution für mich gestellt würde. Gut, ich übertreibe und habe in meinem früheren Leben womöglich zu viele amerikanische Spielfilme gesehen, aber genau so empfand ich das Gespräch. Mein alter Herr gab sich riesige Mühe, auf keinen Fall auch nur ein emotionales Wort zu verlieren. Es war mir herzlich egal. Für mich klang seine sachliche Stimme wie Musik.

Können Esel sich wundern? Zum Beispiel, wenn sie plötzlich einen Kuss auf ihr Samtmaul bekommen? »Wir kriegen das Geld, wir kriegen das Geld«, sang ich Benito vor. Er scharrte mit den Hufen.

Nein, ich rief Marco nicht gleich an. Erst einmal musste ich verdauen, was mein Vater gesagt hatte. Benito und ich liefen los. Achtzigtausend Euro. Mein Erbe. Als Schenkung.

Unter bestimmten Bedingungen. Genau genommen war es nur eine: Marco sollte das Geld nicht in die Finger bekommen. Selbstverständlich hatte Papa sehr konkrete Vorschläge, wie das zu machen war. Und ich muss sagen, einer davon gefiel mir sehr.

Vier Stunden später saß ich Marco in einem kleinen Restaurant gegenüber. Wir waren nach Caloura gefahren. Ich fand, eine besonders schöne Nachricht bedurfte eines besonders schönen Ortes. Bunte Fischerboote lagen hochgezogen am Strand dieser winzigen Bucht. Fischer flickten Netze, dazwischen spielten Kinder, andere planschten in einem kleinen Pool, der direkt ins Meer gebaut worden war. Der große Andrang der Touristen zur Mittagszeit war vorbei; ein müder Kellner brachte uns Tee. In der Luft hing der Geruch von gebratenem Fisch.

»Jetzt hast du es aber lang genug spannend gemacht.« Marco wusste bisher nur, dass es Neuigkeiten gab, aber nicht, welche. Ich gestehe, dass ich die Situation genoss.

»Was würdest du zu achtzigtausend Euro sagen?«

»Achtzigtausend? Von deinen Eltern? Im Ernst? Mensch, Lena!« Sein eben noch genervt verzogenes Gesicht strahlte wie die Sonne persönlich.

»Natürlich geben sie das Geld nicht dir, sondern mir.«

»Natürlich.«

»Also, hör zu, ich denke mir das so: Fünfzigtausend lege ich an und übernehme die Bürgschaft für deinen neuen Kredit. Im Gegenzug machen wir einen Partnerschaftsvertrag. In Zukunft will ich, dass du mich in alles einbeziehst, auch in die Finanzen. Und die anderen dreißigtausend stecken wir in den Wiederaufbau unserer Ruine. Das Haus wird auf meinen Namen umgeschrieben. Alles andere bleibt deins. Was sagst du?«

Eine Wolke schob sich vor die Sonne. »Ich weiß gar nicht, ob das geht, Lena. Ich kann doch nicht eines von den Häusern aus dem Projekt lösen.«

»Wer etwas will, findet Wege. Wer etwas nicht will, findet Gründe.«

Schade, dass Andrea mich nicht hören konnte.

20

KEINE MILCH. Wenn sie etwas nicht leiden konnte, dann war das Kaffee ohne Milch. Zu blöd, wieso hatte sie bloß vergessen, Milch zu kaufen? Jetzt musste sie noch mal los. Sie griff nach dem Autoschlüssel. Unsinn, Milch gab es auch in dem kleinen Laden um die Ecke, dafür musste sie nun wirklich nicht bis in die Stadt fahren.

Zehn Minuten später stand sie mit einer Packung H-Milch in der Hand an der Kasse des Mini-Mercado. Eine alte Oma vor ihr brauchte ewig, um ihre Äpfel und Orangen und wer weiß was noch in Tüten zu packen. Endlich war sie fertig und zahlte. Christina wollte eben die Milchpackung auf das kurze Laufband an der Kasse legen, als sie einen kleinen Stoß im Rücken fühlte. Sie drehte sich um. Hinter ihr stand eine Frau mit halblangen rötlichen Haaren und Brille. »Na, hören Sie mal!«, brauste Christina auf. Die Frau sah sie einen Moment lang an, verzog die Mundwinkel zu einem verächtlichen Lächeln und stolzierte an ihr vorbei zur Kasse. Sprachlos sah Christina zu, wie das dreiste Weib seine eigenen Einkäufe auf das Band zu packen begann und dabei entspannt mit der Kassiererin plauderte.

»Hallo, so geht das aber nicht!« Dreist sein konnte sie auch. Sie legte ihre Milchtüte oben auf den kleinen Berg von Lebensmitteln, den die andere inzwischen aufgeschichtet hatte. »Ich bin ja wohl zuerst dran!«

Die Kassiererin, eine Frau um die vierzig mit verhärmtem Gesicht, zog ungerührt eine Packung Kekse unter der Milch hervor, tippte den Betrag ein und erzählte der anderen Kundin nebenbei von einem Arztbesuch. Als wäre Christina gar nicht existent. Das gab es doch nicht! Christina griff wieder nach der Milch, hielt sie der Kassiererin direkt vor die Nase. Die stand auf und sah ihre andere Kundin an. »Zweihundert Gramm in feinen Scheiben?« Und schon spazierte sie mit schwingenden Hüften in den hinteren Bereich des Ladens zur Fleischtheke. Christina knallte die Milchtüte wieder auf das Laufband und ging.

Draußen auf dem Bürgersteig spielte ein Dreikäsehoch mit einem Jo-Jo. Er sah auf. »Tante, warum schüttelst du denn den Kopf? Du bist ganz rot im Gesicht.« Sie ignorierte das Gör. In diesem Geschäft war sie zum letzten Mal gewesen, das stand fest. So was Unverschämtes. Sie ging ins nächste Café. Würde sie ihren Milchkaffee heute eben hier trinken. Der Kaffee kam nach einer kleinen Ewigkeit. Inmitten des Milchschaums schwamm eine fette tote Fliege. Zu genervt, um sich bei der höchstens fünfzehnjährigen Bedienung zu beschweren, angelte sie das Tier mit dem Löffel heraus.

Es war einfach nicht ihre Woche. In der Nacht von Sonntag auf Montag war der Strom ausgefallen und sie hatte es erst am späten Vormittag bemerkt. Die Hälfte ihrer eingefrorenen Lebensmittel hatte sie wegwerfen müssen. Am Mittwoch war sie mit dem Absatz in einem Gully hängengeblieben, gestürzt und hatte sich das Knie aufgeschlagen. Sie befühlte das Pflaster auf ihrem Knie. Eine Pechsträhne, na gut. Mehr Sorgen aber machte ihr, dass Marco sich noch nicht gemeldet hatte. Wieso brauchte der so lange für seine Entscheidung? Sie hatte gleich am Tag nach ihrem Gespräch – bei der Erinnerung an den Abend musste sie unwillkürlich wohlig lächeln – mit seinem Anruf gerechnet und jetzt waren schon vier Tage vergangen. Oh, verdammt, sie hatte ihr Handy noch nicht wieder auf Ton geschaltet. In letzter Zeit bekam sie manchmal mitten in der Nacht Anrufe, ohne dass jemand ein Wort sagte. Seitdem stellte sie das Gerät nachts auf stumm. Sie nahm das Telefon aus ihrer Jackentasche. Auf dem kleinen Bildschirm leuchtete eine Nachricht auf: »Bitte SIM-Karte überprüfen.« Verdammt noch mal.

Zurück in ihrem Haus, kontrollierte sie als Erstes den Anrufbeantworter. Er blinkte. Ja! Mit einem Lächeln im Gesicht drückte sie auf den Knopf zum Abspielen.

»Hi, Christina, ich bin's, Lena. Dein Handy ist aus, ich hoffe, du hörst das hier ab. Heute Nachmittag bin ich mit meiner Freundin am Strand von Moinhos. So gegen fünf. Vielleicht hast du Lust dazuzukommen? Ich würd mich freuen. Tschüs.«

Lust, Lena zu sehen? Klar, ungefähr so viel wie auf eine Wurzelbehandlung. Sie löschte die Nachricht. So, so, der kleine Feigling hatte seiner künftigen Ex-Süßen also noch nichts gesagt. Sie schaute aus dem Panoramafenster. Warum? Was hielt ihn ab? Sie würde ihm nicht nachlaufen. Andererseits hatte sie so ein dummes Gefühl. Gab es etwas, das sie nicht wusste? Sie wählte Marcos Handynummer. Nach zehnmaligem Klingeln meldete sich die Mailbox. Sie legte auf. Vielleicht war es doch keine schlechte Idee, sich mit Lena zu treffen. Möglicherweise hatte sie Neuigkeiten in ihrem Nähkästchen.

21

ANDREA FUHR SICH mit den Händen durch ihre nassen Locken. »Das Wasser ist einfach herrlich. Nur schade, dass der Sand hier nicht so schön weiß ist wie auf Santa Maria.« Der Tag war perfekt für den Strand. Fünfundzwanzig Grad in der Luft, neunzehn Grad im Wasser und dazu milde Wellen. Wir waren weit geschwommen und lagen jetzt im feinen, warmen Sand der Bucht von Moinhos. Es war ziemlich voll, aber wir hatten ein stilles Plätzchen hinter zwei Felsen gefunden.

»Ich kann mir überhaupt nicht vorstellen, morgen wieder in Hannover zu sein.«

»Keine Sehnsucht?«

Sie wandte sich mir zu, schüttelte den Kopf und seufzte. »Thomas und Anette gehen mir nicht aus dem Kopf. Du weißt schon, die beiden Bielefelder.«

Ich war wohl ein bisschen schwer von Begriff. Wo bitte war der Zusammenhang zwischen ihrem Mangel an Heimweh und zwei Mittvierzigern aus Ostwestfalen-Lippe?

»Die beiden sind fast zwanzig Jahre zusammen und geben sich immer noch kleine Küsschen zwischendurch. Manchmal fand ich es ein bisschen peinlich, aber irgendwie auch schön. Ich weiß gar nicht mehr, wann Peter mich das letzte Mal in der Öffentlichkeit geküsst hat.«

»Das ist ja nun auch wirklich nicht jedermanns Sache.« Meine schon mal gar nicht.

»Um ehrlich zu sein, weiß ich nicht mehr, wann Peter mich überhaupt zuletzt geküsst hat. Von dem Wangenhuscher am Flughafen mal abgesehen.«

»Du meinst, ihr schlaft nicht mehr miteinander?«

»Seit Monaten nicht.«

Ich wusste nicht, was ich sagen sollte. Als Ratgeberin für erotische Probleme in einer langjährigen Ehe fühlte ich mich in etwa so geeignet wie eine Nonne. Glücklicherweise redete Andrea gleich weiter.

»Weißt du, ich hab mich immer mit allem arrangieren können …«

»… weil du ja weißt, was du an Peter hast.« Ich konnte mir einfach nicht verkneifen, den Satz für sie zu beenden.

»Ja. So bin ich eben. Ich sehe lieber die ganze Mauer als die zwei schiefen Steine darin. Aber vielleicht ist das falsch.«

»Was für eine Mauer?«

»Ach, das ist so eine buddhistische Geschichte von einem Mönch, der eine tolle Mauer baut, dann darin zwei schiefe Steine entdeckt und statt der tollen Mauer nur noch den Makel sieht. Was natürlich verkehrt ist.«

»Und wieso soll deine Sichtweise jetzt falsch sein?« Mir gefiel das Bild. So ähnlich war das mit Marco und mir.

»Jetzt frage ich mich, ob in meiner Mauer nicht viel mehr Steine schief sind und ich mir seit Jahren nur einrede, dass die ganze Mauer schön ist. In Wirklichkeit ist sie kurz vorm Zusammenbrechen.«

»Und das denkst du wegen der knutschenden Bielefelder?«

»Quatsch, die kommen nur dazu. Es hat auch mit dem zu tun, was du neulich gesagt hast. Dass es einfacher ist, kritisch über eure Beziehung zu reden als über meine eigene.«

Hört, hört. »Und was hast du nun vor, wenn du nach Hause kommst? Willst du Peter eine Paartherapie vorschlagen?«

»Er wird mich auslachen.«

»Ich würde es auf einen Versuch ankommen lassen.«

»Ja, das sollte ich wohl. Und jetzt komm, ich hab Durst.«

Zwanzig Minuten später hatten wir uns umgezogen und saßen bei frisch gepresstem Orangensaft in der Strandbar. Ich sah auf mein Telefon. Fünf nach fünf. Keine Nachricht von Christina. Vielleicht hatte sie den Anrufbeantworter nicht abgehört. Machte nichts, die Welt würde kaum untergehen, wenn Andrea sie nicht kennenlernte.

»Hat Marco eigentlich schon geklärt, ob das geht mit dem Haus?«

»Er hat mit Fernando gesprochen. Das ist sein und Paulos Steuerberater, der kennt sich mit Firmenrecht und so was aus, sagt Marco, und prüft jetzt die Verträge. Die kriegen das schon hin. Du weißt ja: Wer etwas will …«

»Wenn du wüsstest, wie schön es ist, dich wieder lachen zu sehen.«

Christina ging den schmalen Weg hinunter, der zum Strand führte. Linker Hand lag die Bar. Am Rand der Terrasse blieb sie stehen und schirmte mit der Hand die Augen vor der Sonne ab. Weiter hinten, nah an der niedrigen Natursteinmauer, die den Bereich der Bar vom Strand trennte, saß Lena mit einer dunkelhaarigen Frau am Tisch und lachte. Lachte! Christina kam die Galle hoch. Sie brauchte all ihre Selbstbeherrschung, um in ihrem eigenen Gesicht ein Lächeln zu installieren, bevor sie zu den beiden hinüberging.

»Lena, schön, dich zu sehen – und noch dazu so fröhlich!« Der Satz hatte ihr in der Kehle gesteckt wie eine Gräte, aber sie brachte ihn in normalem Ton heraus.

»Hey, das ist ja toll, dass du da bist! Ich dachte schon, du hättest meine Nachricht nicht abgehört. Andrea, das ist meine Freundin Christina, von der ich dir erzählt hab. Und das ist Andrea aus Hannover. Setz dich doch, Christina, was willst du trinken?« Lena stand auf.

»Angenehm.« Christina gab der Frau die Hand. »Milchkaffee bitte und ein Wasser mit Kohlensäure.«

»Bringst du mir bitte einen Weißwein mit? Heute ist mein letzter Urlaubsabend, den will ich nicht trocken verbringen.« Lenas dralle Freundin hatte das Grinsen eines Kobolds. Mit ihrer Stupsnase, den großen runden Augen und den strubbeligen Haaren sah sie auch wie einer aus. Christina hätte wetten mögen, dass die halblangen Locken große Ohren verbargen. Und dieser giftgrüne Schlabberpulli, den sie trug – absolut geschmacklos. »Schon der letzte Tag? Wie schade. Und, war's ein schöner Urlaub?«

»Die Insel ist ein Traum! Inzwischen kann ich sogar verstehen, dass Lena trotz allem hierbleiben will.«

»Trotz allem?«

Das Koboldgesicht verschloss sich. Jetzt sah diese Andrea aus wie ein Kind, das sich verplappert hat.

»Ach, Sie meinen sicher die Probleme mit Marcos Projekt. Ganz furchtbar, wie viel Pech die beiden hatten.«

»Allerdings. Ich drücke ihnen die Daumen, dass es jetzt endlich aufwärtsgeht.«

»Was geht aufwärts?« Lena stellte ein Tablett mit den Getränken auf den Tisch.

»Wir sprachen gerade über die Probleme mit dem Projekt, die hoffentlich hinter euch liegen. Darauf stoßen wir an, oder?« Andrea hob ihr Weinglas.

Christina hob ihren Kaffee in Richtung des Kobolds, Lena stieß mit ihrem Wasserglas an. Das war doch wirklich zu albern. Worum ging es hier eigentlich?

»Habe ich etwas verpasst? Hat es mit dem Kredit geklappt?« Christina zwang sich weiterzusprechen. »Das ist ja großartig.«

»Nein, leider nicht. Aber meine Eltern helfen uns. Es muss noch ein bisschen was geklärt werden, aber bald kann es weitergehen.« Ein Smiley war nichts gegen Lenas Lächeln.

»Ich wusste gar nicht, dass du reiche Eltern hast.«

»Nicht reich, sie haben vor einiger Zeit das Haus meiner Großmutter verkauft. Und jetzt bekommen meine Schwester und ich unser Erbe vorab als Schenkung.«

»Glückwunsch.« Wie viel konnte das sein? Genug, um Marco auf die sichere Seite zu bringen? Wie sollte sie das rauskriegen? Einfach fragen ging wohl kaum – war aber auch gar nicht nötig. Lena redete auch ohne Anstoß weiter. »Ich bürge für Marcos Kredit, und dann ist noch ein bisschen Geld über, um mit dem Wiederaufbau unseres Häuschens anzufangen.«

Also kein Vermögen. Danke, du Schäfchen. »Wie gesagt, ich freu mich für dich.«

Knapp eine Stunde ließ sie das folgende Blabla über Andreas Eindrücke von São Miguel über sich ergehen, dann verabschiedete sie sich.

»Entschuldigt bitte, ich muss noch beim Tierheim vorbeifahren.« Endlich saß sie in ihrem Wagen.

Noch war nicht alles vorbei. Sie musste lediglich ihr Angebot erhöhen. Und Marco erreichen.

»Du magst sie nicht.«

»Aber wieso denn? Ich finde Christina sehr … beeindruckend.«

»Du hättest dich mal hören sollen. So redest du sonst nur, wenn Peter seine Wichtig-Gäste eingeladen hat.« Ich ahmte sie nach. »Und diese HÜBSCHEN Krater hier überall, so IMPOSANT!«

Wir mussten beide lachen.

»Nun sag schon, was gefällt dir nicht an ihr?«

»Ich hab sie doch kaum kennengelernt.«

»Andrea, ich kenn dich lange genug, erzähl mir keinen vom Pferd.«

Ich hatte das Wort Pferd noch nicht ganz ausgesprochen, als mir ein Gedanke kam: War Andrea vielleicht stutenbissig? So nach dem Motto: Du sollst keine Götter haben neben mir? Aber das passte doch nicht zu ihr.

»Sie kam mir einfach ein bisschen … ach, ich weiß auch nicht, ein bisschen unecht vor. Als ob sie eine Sache sagt und eine andere denkt. Aber wahrscheinlich ist das Quatsch. So, und jetzt muss ich dringend etwas essen, sonst singe ich dir gleich was vor.«

Wir hatten im Restaurant ihres Hotels einen Tisch reserviert. Andrea wünschte sich einen letzten Frauenabend im Garten Eden mit Pool. Marco war alles andere als böse gewesen. »Am besten schläfst du dort«, hatte er gesagt, »ihr wollt doch bestimmt was trinken.«

Leicht verkatert kam ich am nächsten Tag gegen Mittag nach Hause. Andrea wollte in Ruhe packen; ich würde sie am Abend zum Flughafen bringen. Damit blieb mir genug Zeit, um Benito zu versorgen. Dummerweise hatte ich gestern vergessen, meine Jeans und feste Schuhe schon mitzunehmen. In Kleid und Sandalen konnte ich schlecht den Stall ausmisten.

Bereits im Flur hörte ich Mariana singen. Nichts Schwermütiges diesmal, ich tippte auf einen Schlager. Ihre Stimme kam aus dem Wohnzimmer, die Tür stand offen. Ich sah hinein. Sie hatte den großen Esstisch ausgezogen und deckte ihn mit Kaffeegeschirr ein. All die vielen Stühle standen am Tisch, und noch drei aus der Küche. Der kleine Tisch vor den

Sofas war ebenfalls gedeckt. Hatte sie womöglich Geburtstag und niemand hatte mir etwas gesagt? »*Olá, Lena.*« Sie lächelte mich an, offensichtlich bestens gelaunt.

»Gibt es was zu feiern?«

»Nein, nein, nachher kommen ein paar Freundinnen vom Chor. Nur eine kleine Besprechung.« Sie stellte die letzte Tasse an ihren Platz und rückte eine Vase in die Mitte des Tisches. »So, fertig. Trinkst du einen Kaffee mit mir?«

»Einen Kamillentee, wenn du hast. Mein Magen ist heute ein bisschen empfindlich.« Um genau zu sein, hatte mir der Prosecco am Vorabend ein Sodbrennen ersten Ranges beschert.

»Bist du traurig, weil deine Freundin nach Hause fliegt?«

Andrea war einmal kurz hier gewesen, sie hatte natürlich wissen wollen, wo und bei wem ich wohnte. »Was für sympathische Leute«, hatte sie hinterher gesagt, »und das ist deine Miesmuschel?« – »Das war meine Miesmuschel.« Seit dem Brand war Mariana nie wieder unfreundlich zu mir gewesen. Wir waren nicht gerade die dicksten Freundinnen, aber es gab auch keine Feindseligkeit mehr.

»Ein bisschen schon. Andererseits bin ich auch froh, wenn der Alltag wieder losgeht und ich nicht mehr so viel reden muss.«

»Wisst ihr schon etwas Neues? Paulo fragt sich, wann die Arbeit weitergeht.«

»Nicht nur Paulo. Nein, wir wissen nichts Neues. Marco hat heute wieder einen Termin mit Fernando.«

Mein Vater hatte einen Vertragsentwurf ausgearbeitet und geschickt, und Sandra hatte ihn in einer Nachtschicht für mich übersetzt. Wir warteten nur noch auf den Startschuss.

»Ich bete jeden Tag für gute Nachrichten«, sagte Mariana. Damit war sie nicht allein.

Im Dorf ging ich zuerst zur Ruine. Ich wollte das Häuschen genau so wieder herrichten, wie es gewesen war. Schon der alten Frau zuliebe, die irgendwann einmal darin gewohnt hatte. Auch wenn das sentimentaler Quatsch war. Als ich hinter mir plötzlich schwere Schritte hörte, schrak ich aus meinen Gedanken.

Ich drehte mich um und stand einem älteren Herrn in Wanderkleidung gegenüber. Seine starken dunklen Augenbrauen über dem Vollbart am kantigen Kinn ließen mich spontan an Hemingway denken. *»What happened here?«*, fragte der Fremde mit Blick auf das ausgebrannte Haus. Blöde Fragen verdienen blöde Antworten. »A *fire?«* – *»Sure, but how could it burn? I mean, this is not California.«* Warum sollte ich mit irgendeinem hergelaufenen Ami über die Ursache des Brandes sprechen? Was interessierte ihn das überhaupt? Es war wohl der Respekt vor dem Alter, der mich trotzdem antworten ließ. Die Brandursache sei nicht geklärt, sagte ich, wünschte ihm eine angenehme Wanderung und machte mich auf in Richtung Eselschuppen.

Hemingway war nicht abzuschütteln. Wie selbstverständlich lief er neben mir her und gab im Vorbeigehen Kommentare zu den anderen Häusern ab – »Sehr schön«, »Gute Arbeit«, »Wirklich liebevoll gemacht« und schließlich: »So ähnlich hab ich es mir immer vorgestellt.« Das machte mich denn doch neugierig.

»Sie kennen das Dorf?«

Er nickte. »Schon seit Jahren. Ein sehr spezieller Ort.« Sein Gesicht bekam einen weichen Ausdruck. »Das Dorf hat eine ganz eigene Magie, finden Sie nicht?«

Ich konnte nur nicken.

»Wissen Sie, was mit den Häusern passieren soll, wenn sie fertig sind?«

»Es wird eine Ferienanlage.«

Er runzelte die Stirn und erinnerte mehr denn je an den Schriftsteller. »Damit war wohl zu rechnen. Schade.«

Ehe ich fragen konnte, was er mit der Bemerkung meinte, kam er mir mit einer weiteren Frage zuvor. Warum die Baustelle stillliege? Das würde ich einem Wildfremden ganz sicher nicht erklären. »Weiß ich auch nicht, ich versorge hier nur den Esel.« Damit öffnete ich die Tür zum Schuppen, holte Benito an die frische Luft und brachte ihn zu einem eingezäunten Stück Wiese. Ich nahm eine Forke in die Hand. »Sie entschuldigen mich.«

Ein paar Minuten sah er mir noch bei der Arbeit zu, dann drehte er sich mit einem kurzen *»Bye«* um und wanderte davon. Eigenartiger Typ.

Die Arbeit tat mir gut. Nichts war mehr zu hören als das Rascheln des Strohs und das Zwitschern der Vögel. Bis Gewitterdonner durch die Stille knallte. Der Alarmton meines Handys. Schon so spät? Im Rekordtempo mistete ich den Stall zu Ende aus, verteilte frische Streu, brachte den Esel wieder hinein und hetzte zurück nach Ribeira Grande. Aus dem Wohnzimmer drangen Frauenstimmen und Gelächter. Von Marco und Paulo keine Spur. Ich zog mich wieder um und fuhr zum Hotel. Andrea stand mit ihren Koffern schon an der Auffahrt.

Auf dem Weg zum Flughafen erzählte ich ihr von dem Amerikaner und seiner seltsamen Bemerkung. »Was soll denn an einer Ferienanlage verkehrt sein? Von nichts kommt schließlich nichts.«

»Na ja«, meinte sie, »die Vorstellung von einer Horde betrunkener Skandinavier in einem verträumten Dorf ist ja nicht nur schön.«

»Ich glaube nicht, dass sich solche Gäste ausgerechnet bei uns einmieten.«

»Aber ausschließen kannst du es nicht.«

Vor meinem geistigen Auge erschien ein gestrenger Kellner und sagte: Würden Sie bitte etwas leiser sein, die anderen Gäste beschweren sich.

Ich musste lächeln. »Nee. Kann ich nicht.«

Paulo trank einen großen Schluck Bier. »Also ehrlich, nichts gegen Frauen, aber mehr als drei auf einem Haufen und du kannst als Mann nur verrückt werden. Bin ich froh, dass ich das Gegackere nicht mehr höre.«

»Heute haben sie wenigstens nicht gesungen«, sagte Marco.

»Mir ist das Singen lieber. Dass erwachsene Frauen so albern sein können!«

Sie saßen an ihrem Stammplatz in der Ecke neben dem Zigarettenautomaten. Paulo überlegte kurz. Wie lange war er nicht mit Marco hier gewesen? Bestimmt zwei Wochen. Er hatte sich im ersten Moment gewundert, dass Marco mitkommen wollte. Aber nur bis zur nächsten Lachsalve aus dem Wohnzimmer. Sie konnten ja kaum ihr eigenes Wort verstehen.

»Wie ist es mit Fernando gelaufen?«

»Er muss noch ein paar Sachen prüfen, aber im Prinzip gut.«

Porra. Paulo hatte keine Lust, Marco die Informationen einzeln aus der Nase zu ziehen. Bisher wusste er nur, dass Lenas Eltern Geld ins Projekt stecken wollten. Und auch das hatte ihm zuerst Lena erzählt und nicht etwa Marco.

»Wenn es nicht klappt, würd ich's gern wissen.«

»Klar. Sag mal, kennst du eine Christina aus Porto Formoso, eine Deutsche?«

Paulo verschluckte sich an seinem Bier. »Wieso?«

»Kennst du sie nun oder nicht?«

»Flüchtig.«

»Was ich dir jetzt sage, bleibt unter uns, okay? Kein Wort darüber zu irgendwem!«

»Ist ja gut, Mann, ich rede schon nicht.«

»Sie hat angeboten, als stiller Investor ins Projekt einzusteigen.«

Ach du Scheiße.

»Was guckst du denn so komisch?«

Paulo musste sich räuspern. »Wer, ich?«

»Sitzt sonst noch jemand am Tisch?«

»Ich verdau nur, was du gesagt hast. Also hast du jetzt gleich zwei Investoren, oder wie?« Verflucht, war das schwer, normal zu sprechen, wenn im Kopf ganze Batterien von Alarmglocken schrillten.

»Gegen die Summe, mit der sie einsteigen will, ist das Angebot von Lenas Eltern eine Bagatelle. Damit wäre ich meine Sorgen nicht nur kurzfristig los, verstehst du?«

Paulo konnte nur nicken. »Als ob ich so viel Geld hätte«, hörte er Christinas Stimme in seinem Kopf. Verlogenes Dreckstück. Paulo zwang sich zu einem ruhigen Ton. »Was meint Lena dazu?«

Anstatt zu antworten, sagte Marco: »Ich glaub, ich trink jetzt auch ein Bier. Noch eins für dich?« Er drehte sich in Richtung Theke und machte dem Wirt ein Zeichen.

»Sag mir nicht, dass sie nichts davon weiß!«

Marco hatte den Blick auf die Tischfläche gerichtet, zupfte dünne Papierservietten aus einem Spender und zerknüllte sie. Schließlich sah er kurz auf und presste durch die Zähne: »Das Angebot gilt nur, wenn ich mich von Lena trenne.«

»WAS?«

Mindestens zehn Köpfe drehten sich in ihre Richtung.

»Sprich leise, Mann.«

Paulo atmete tief durch, beugte sich vor und kam Marcos Gesicht so nah, wie es der Tisch zwischen ihnen zuließ.

»Wenn du das machst, kannst du dir einen anderen Bauleiter suchen.« Seine Stimme zischte. »Allein, dass du darüber nachdenkst, ist … dermaßen armselig, dass ich kotzen könnte.« Paulo stand auf. »Ich hab dich für einen anständigen Kerl gehalten, aber da hab ich mich wohl getäuscht. Eine Frau wie Lena hast du gar nicht verdient.«

»Du bist in Lena verknallt. Das weiß ich schon lange.«

Paulo sah auf Marco hinunter. »Du bist nicht nur armselig, du bist auch noch so dumm wie der Stuhl, auf dem du hockst.«

Damit ließ er ihn sitzen.

Mehr als zufrieden mit dem zweiten Hexenjagd-Treffen, wie sie es für sich nannte, räumte Mariana Gläser und Tassen in die Spülmaschine. Sie summte vor sich hin. Die Mädels waren einfach großartig. Allein die Nummer mit der Milch! Ein glücklicher Zufall, dass Emilia dort gewesen war, als die Hure in Sofias Laden kam. Sie dachte an den Stromausfall und die gesperrte SIM-Karte. Auch nicht schlecht. Nächste Woche war Margarida dran. Sie arbeitete bei der Telefongesellschaft und hatte Zugriff auf das Festnetz. Und sie selbst? Sie war sich noch nicht sicher, welche der Ideen auf der Liste, die sie zusammengestellt hatten, die richtige für sie wäre. Der tote alte Fisch im Radkasten des Hurenautos gefiel ihr zum Beispiel gut. Oder doch lieber Schlamm im Briefkasten? Sie würden den Druck langsam steigern, da waren sich alle einig. Kurz glaubte sie, eine Stimme zu hören. Kam Lena schon zurück? Mariana blickte auf die Küchenuhr.

Ein Stück rechts von der Uhr stand auf einem eigenen schmalen Wandregal ihre Marienstatue mit einem kleinen Trockenblumenstrauß und einer Kerze. Der Blick im Gesicht der Muttergottes kam ihr heute streng vor. Einen Moment lang fühlte Mariana sich unbehaglich. Dann warf sie der Heiligen Jungfrau einen trotzigen Blick zu und murmelte: »Auge um Auge, Zahn um Zahn. Das steht schon in der Bibel.«

Aufgewühlt lief Paulo in Richtung Meer. Er musste laufen, musste seinen Ärger, seine Beklommenheit loswerden. Unmöglich, jetzt einfach nach Hause zu gehen, wo wahrscheinlich immer noch der Chor tagte. Wo er vielleicht Lena begegnen würde. Die Gedanken in seinem Kopf zuckten wie ein Nest voll unruhiger Schlangen. Er wollte zu Christina fahren, sie zur Rede stellen, das Böse aus ihr herausschütteln, bis sie schrie. Er wollte das Weib nie wieder sehen. Er wollte sie schlagen. Er wollte Marco schlagen. Er musste es Lena sagen. Auf keinen Fall. Das brachte er nicht übers Herz.

Paulo trat gegen eine rostige Mülltonne, die scheppernd umfiel. Am Strand ließ er sich auf einen Felsen sinken und zündete sich eine Zigarette an. Hinter einem Wolkenschleier tauchte der halbe Mond das leise rauschende Meer in ein fahles Licht. Die Schlangen in seinem Kopf kamen zur Ruhe.

Mariana hatte recht gehabt. Es konnte gar nicht anders sein. Was sollte er denn jetzt tun? Bei der Polizei würde man ihn auslachen. Er musste Marco alles über Christina erzählen. Ihn vor ihr warnen. Aber dazu war es reichlich spät. Wenn er Marco gleich von Marianas Verdacht erzählt hätte, dann hätte dieser Dummkopf vielleicht nicht mit ihr geschlafen. Denn dass Marco mit ihr schlief, war für Paulo so sicher wie das Amen in der Kirche. Er kannte die Frau schließlich. Und jetzt? Jetzt würde Marco ihm kaum noch glauben. *Porra!*

Als er nach Hause kam, war es fast Mitternacht. Mariana schaute einen alten Spielfilm. Sie sah auf, als er ins Wohnzimmer kam. »Wie siehst du denn aus? Ist etwas passiert?« Sie stellte den Ton leiser. Paulo setzte sich zu ihr. »Ich muss dir was erzählen.«

Zwei Stunden später, Paulo war erschöpft ins Bett gegangen, zog Mariana leise die Haustür hinter sich zu. Im Auto dachte sie die ganze Zeit an Lena. War es wirklich richtig, ihr nichts zu erzählen? Aber Paulo hatte ihr das Versprechen abgenommen, den Mund zu halten. Zumindest vorerst. Sie beide konnten sich nicht vorstellen, dass Marco Lena wirklich wegen der Kanaille verließ. Oder wegen des Geldes. Wenn Marco nein sagte, wenn die Frau nicht bekam, was sie wollte, würde sie ihn fallen lassen wie eine heiße Kartoffel. Und für Lena wäre alles wie immer. Mariana konnte sich noch gut daran erinnern, wie sehr sie sich gewünscht hatte, Inés hätte ihr damals nichts von Paulos Fremdgehen erzählt.

Nach einer knappen Stunde war sie zurück. Jetzt schlüpfte auch sie unter die Bettdecke und schlief den Schlaf der Gerechten.

22

INCENDIÁRIA! PUTA!

Die großen Lettern glänzten schwarz auf dem weißen Lack des Geländewagens. *Brandstifterin! Hure!* Die Sauerei bedeckte fast die gesamte Kühlerhaube. Christinas Herz setzte für einen Moment aus. Ohne nachzudenken, rieb sie hektisch mit dem Ärmel ihres Jogginganzugs auf der Schrift herum. Zwecklos. Das Schwein musste einen Folienstift benutzt haben. Sie hätte schreien können. Ein Auto fuhr vorbei; der Fahrer sah geradeaus auf die Straße und beachtete weder sie noch ihren Wagen. Es war acht Uhr früh. Lange würde es in der Straße nicht mehr ruhig bleiben. Verdammt, warum hatte sie keine Garage, in der der Wagen verschwinden konnte, bis sie das Zeug abgekriegt hatte? Was tun?

Sie lief ins Haus, zog die schwere Tagesdecke vom Bett und warf sie über den Wagen. Besser, die Nachbarn hielten sie für verrückt, als … Niemand durfte lesen, was da stand. Sie war Christina Huebner, eine Frau mit untadeligem Ruf. Allmählich beruhigte sich ihr Puls. Ein Windstoß fuhr unter die Decke, sie drohte vom Kühler zu rutschen. Wieder lief sie ins Haus, holte die Schlüssel, schloss den Wagen auf, ließ die vorderen Fenster ein Stück hinunter und klemmte die Decke fest. Jetzt bedeckte der helle Stoff auch die halbe Windschutzscheibe. Sie blieb im Auto sitzen und dachte nach.

Wer? Wer hatte das getan? Sie tippte trotz der Blockbuchstaben auf eine Frau. Hure! Ganz sicher eine Frau. Brandstifterin! Wer konnte sie mit dem Feuer in Verbindung bringen? Nur einer. Na warte, mein Freund. Selbst wenn du das nicht selbst geschrieben hast, steckst du dahinter. Das wirst du mir büßen.

Aber erst einmal musste die Schrift weg. Eine Werkstatt kam nicht in Frage, das musste sie selbst erledigen. Sie würde es schon schaffen, und wenn sie den halben Tag mit dem Kopf unter der Decke verbrachte. So wie sie immer alles allein schaffte. Alles mit sich abmachte. Seufzend stieg sie aus. Es hatte keinen Sinn, sich nach einem Menschen zu sehnen, der ihr beistand. Dem sie davon erzählen konnte. Der sie verstand. Solche Menschen gab es nicht. Das wusste sie schon lange.

An ihrem Schreibtisch fuhr sie kurz darauf den Rechner hoch. Zu ihrem Ärger zitterten ihre Hände, als sie »Auto mit Edding beschmiert – was tun?« bei Google eintippte. Margarine? Hatte sie nicht im Haus. Butter ginge auch, hieß es da. Sie holte eine Packung aus dem Kühlschrank, nahm sich eine Rolle Küchenpapier, ging zum Wagen zurück, hob ein Stück der Decke an und machte sich fluchend an die Arbeit.

23

DAS WARTEN UND NICHTSTUN ging uns allen auf die Nerven. Ganz besonders litten Marco und Paulo darunter. Beide trugen düstere Mienen zur Schau und redeten kaum ein Wort. Auch Mariana erschien mir bedrückt. Es war der zweite Tag nach Andreas Abflug, und die Atmosphäre beim Frühstück erinnerte mich an ein Trauerhaus. »Leute«, sagte ich in die trübe Runde, »nun lasst doch die Köpfe nicht so hängen, ewig kann dieser Fernando ja nicht mehr brauchen, und auf ein paar Tage mehr oder weniger kommt es doch nicht an.«

Keine Antwort. Paulo hockte auf seinem Stuhl, als hätte ihm jemand die Wirbelsäule herausoperiert. Er kaute lustlos an einem Toast und schaute nicht auf. »Ich bin spät dran«, sagte Mariana, stellte ihre Kaffeetasse in die Spülmaschine und ging in den Flur. »Muss auch los«, brummelte Paulo prompt und stand auf. Ich blieb mit Marco zurück, der schon schlechtgelaunt aufgestanden war.

»Was ist denn bloß mit euch allen los? Ihr benehmt euch, als würden wir auf ein Ende zugehen und nicht auf einen neuen Anfang.«

»Lass uns nachher ins Dorf fahren«, bekam ich zur Antwort, »ich muss mit dir reden. Aber nicht hier.«

Bis heute frage ich mich, was Marco mir wohl gesagt hätte, wären wir an diesem Tag tatsächlich im Dorf angekommen.

Paulo fuhr ziellos über die Insel. Er hatte Fernando angerufen. »Du wirst mir doch wohl sagen können, wie weit du mit den Verträgen bist.«

»Ich kann nicht mit dir über Marcos Angelegenheiten reden, das weißt du genau.«

»Mann, wir sind seit zwanzig Jahren Freunde! Ohne mich würdest du Marco nicht mal kennen, geschweige denn sein Projekt betreuen.«

»Und?«

»Da hängen Leute dran, meine Jungs wollen wissen, ob sie sich neue Jobs suchen müssen. Ich kann sie nicht ewig hinhalten.«

»Da musst du schon den Bauherrn fragen.«

»So kompliziert kann eine kleine Projektänderung ja wohl nicht sein. Wieso dauert das so lange?«

Lena hatte ihm mittlerweile erzählt, unter welchen Bedingungen sie ihr Erbe investieren wollte.

»So klein nun auch wieder nicht. Aber im Prinzip ist alles vorbereitet. Tut mir leid, mein Freund, rede mit Marco, wenn du mehr wissen willst.«

Seit diesem Gespräch fuhr Paulo Kilometer um Kilometer, mit einer einzigen Frage im Kopf: Große Änderung = große Investition = Marco ein Riesenarschloch?

Klack, klack. Irgendwo zwischen Furnas und Povoação spürte er unter sich einen leichten Schlag. Wahrscheinlich war er über einen Stein oder einen Stock gefahren. Er sah in den Rückspiegel, konnte auf der Straße hinter sich jedoch nichts dergleichen erkennen. Auf der Strecke war zwar nicht viel los, aber ein bisschen mehr Konzentration auf die Straße, die zwischen mächtigen Platanen bergab führte, konnte nicht schaden. Er wollte ja keinen Unfall bauen, nur weil er mit seinen Gedanken woanders war. In der nächsten Kurve riss er fluchend das Lenkrad nach links. Unmittelbar vor ihm zockelte eine Ziege auf die Fahrbahn. Lebensmüdes Vieh! Kopfschüttelnd wollte er den Wagen zurück auf die rechte Spur steuern. Das Lenkrad bewegte sich nicht.

Nicht das kleinste bisschen.

Paulo ging vom Gas, riss mit aller Kraft am Lenkrad.

Nichts.

Wir waren auf halbem Weg zum Dorf, als der Himmel vergaß, wie er an einem strahlenden Sommertag auszusehen hatte. Innerhalb von Minuten wurde die Welt blauschwarz. Tiefes Grollen begleitete das Platschen erster dicker Regentropfen.

»So ein Mist!«

»Das dauert bestimmt nicht lange.«

»Ich glaub, ich hab vergessen, das Fenster zuzumachen.«

»Welches Fenster?«

»In unserem Zimmer. Mein Laptop steht auf dem Tischchen darunter. Wir müssen zurück.«

»Da passiert schon nichts. Ist doch gar nicht gesagt, dass es in Ribeira Grande auch regnet.«

Marco fuhr weiter, während in meinem Kopf die Tastatur des Computers allmählich geflutet wurde. Oder hatte ich das Fenster doch zugemacht? Ich würde in den nächsten Stunden an nichts anderes denken können, wenn ich nichts unternahm.

»Ich ruf Isabel an, die hat einen Schlüssel, vielleicht kann sie kurz rübergehen.« Isabel wohnte bei ihren Eltern um die Ecke.

»Isabel? Hier ist Lena, kann du mir einen Gefallen – was ist los, warum klingst du so bedrückt? Paulo ist im Krankenhaus? Ein Autounfall? O Gott.«

Marco und ich schauten uns an. Ich sah meinen eigenen Schrecken in seinem Gesicht gespiegelt. Kaum traute ich mich, weiter zu fragen. »Was ist passiert? Ist er … ist er schwer verletzt?«

»Nicht lebensgefährlich«, flüsterte ich Marco schnell zu, ehe ich mich weiter auf das konzentrierte, was Isabel erzählte. Kurz darauf sagte ich: »Machen wir, ist doch klar«, und legte auf. »Isabel ist auf dem Weg zum Krankenhaus. Wir sollen Mariana bei der Arbeit abholen und auch hinbringen, dann muss Isabel keinen Umweg fahren.«

»Hat sie gesagt, was genau passiert ist?«

»Nur, dass Paulo mit dem Wagen von der Straße abgekommen und an einem Baum gelandet ist. Er hätte tot sein können.«

»Aber die Straßen waren doch bis eben völlig trocken.« Marco schüttelte den Kopf. Beim nächsten Feldweg wendete er.

Ein halbe Stunde später setzten wir Mariana beim Krankenhaus ab und fuhren nach Hause. Sie würde anrufen, sobald sie mehr wusste.

Ich ging in unser Zimmer.

Das Fenster war zu.

»Drei Rippen und das linke Bein sind gebrochen«, berichtete Mariana. Inzwischen war früher Nachmittag. »Aber die Ärzte sagen, es gibt keine Verletzungen an den Organen. Eine Gehirnerschütterung hat er auch. Deshalb soll er zwei Tage zur Beobachtung im Hospital bleiben.«

»Können wir ihn besuchen?«

»Er freut sich, wenn ihr vorbeikommt.«

Zu Paulos Zimmer führte ein gedämpft beleuchteter Gang mit moderner Kunst an den Wänden. »Warte noch einen Moment«, sagte ich zu Marco, der schon an die Tür klopfen wollte, und vertiefte mich in den Anblick eines Werkes, das vorwiegend aus bunten Klecksen auf grünem Grund bestand und den Titel »Barfuß« trug. Der Flur roch nach frischer Farbe, Waschpulver und einem Hauch von Desinfektionsmittel.

Andere Türen öffneten sich, Krankenschwestern erschienen und verschwanden, andere Besucher kamen für andere Kranke, oft mit besorgten Gesichtern, in die unmittelbar vor dem Betreten eines Zimmers ein Lächeln gepflanzt wurde. Auch ich wollte lächeln, wenn wir gleich zu Paulo hineingingen. Aber mit den Bildern im Kopf, die meine Phantasie von dem Unfall produzierte, wollte mir das Lächeln nicht gelingen. Vielleicht hing es auch mit dem Widerwillen zusammen, den ich grundsätzlich gegen Krankenhäuser hege. Durch die geschlossene Tür mit der Nummer 122 konnten wir Marianas aufgeregte Stimme hören, dann Paulos Bariton in beruhigendem Ton. Es klang fast, als hätten die beiden Streit.

»Bist du endlich so weit?«

Ich nickte. Marco klopfte. Paulo lag in einem Zweibettzimmer mit großen Fenstern und hellgelben Wänden. Das Bett neben seinem war leer.

In dem weißen Krankenhaushemd wirkte der kleine Mann mit dem starken Körper hilflos wie ein Kind. Das Gesicht sah aus, als hätte jemand auf ihn eingeprügelt. In einer Triangel über dem Fußende des Bettes hing sein bis zur Hüfte eingegipstes Bein. Er lächelte uns entgegen und sagte: »Sieht schlimmer aus, als es ist.«

»Hey, was machst du denn für Sachen?« Ich hätte ihn gern umarmt, traute mich aber nicht. Ebenso wie Marco stand ich verlegen neben dem Bett. »Da war so eine unglaublich anziehende Platane«, versuchte Paulo zu scherzen. Sein Lachen geriet zu einer schmerzverzerrten Maske. »Verdammte Rippen.«

Auf der anderen Seite des Bettes sah Mariana ihren Mann mit einem gleichzeitig besorgten und grimmigen Ausdruck an. Marco fragte: »Wieso kommst du einfach so von der Straße ab? War was mit dem Wagen?« Typisch Mann, dachte ich, wie wäre es erst einmal mit einer freundlichen Frage nach dem Befinden?

Paulo sagte etwas, doch ich verstand kaum ein Wort. Mariana gab ein Zischen von sich, das klang, als ob aus einem Schnellkochtopf der Dampf abgelassen würde. Paulo warf ihr einen warnenden Blick zu. Irgendwas war hier merkwürdig. »Was hat er gesagt?«

»Er konnte plötzlich nicht mehr steuern. Wahrscheinlich das Lenkgetriebe. Die Polizei lässt den Wagen in die Werkstatt schleppen, um die Ursache zu klären.«

Warum war Mariana bloß so wütend? Paulo konnte doch nichts dafür, wenn sein Auto versagte. Ich schaute sie noch immer verwundert an, als hinter uns eine Frauenstimme sagte: »Na so was, wenn das nicht Paulo ist!«

Mariana wandte sich um. Und stieß einen Schrei aus, so schrill, wie ich noch nie einen Menschen hatte schreien hören. Im nächsten Moment stürzte sie mit weit aufgerissenen Augen und hochrotem Kopf zur Tür und ergoss einen ganzen Schwall von Beschimpfungen über – Christina? Was machte die denn hier? Ich begriff überhaupt nichts. »Hexe!«, keifte Mariana. »Dass du es wagst, du Hure! Du Mörderin!« Christina stand einfach da und lächelte auf die wütende kleine Frau hinunter.

»Aufhören!«, donnerte Paulo vom Bett aus. Mariana verstummte abrupt. In die plötzliche Stille sagte Christina, als wäre nichts gewesen: »Krankenbesuche sind wohl gerade nicht erwünscht.« Damit drehte sie sich um und ging.

»Kann mir mal jemand sagen, in welchem Film ich bin?«

Mariana, die noch an der Tür stand und schwer atmete,

fuhr zu mir herum. »Diese Frau ist das Böse! Sie hat Paulos Auto manipuliert, ich weiß es!«

»Nun hör schon auf mit dem Unsinn. Das geht entschieden zu weit.« Paulos Stimme klang müde.

Ich hatte keine Ahnung, warum Mariana von einem Moment zum anderen durchgedreht war und aberwitzige Dinge behauptete. Eine Reaktion auf das Unglück? Ein verspäteter Schock? Langsam ging ich auf sie zu. »Mariana«, sagte ich und gab mir Mühe, ruhig zu sprechen. »Paulo hatte einen Unfall, es ist ganz normal, dass du aufgeregt bist. Aber das eben war eine Freundin von mir, die hat deinem Paulo ganz sicher nichts getan.«

Es war, als explodierte eine Bombe zum zweiten Mal.

»Eine Freundin? Ha! Der Teufel in Menschengestalt, das ist sie! Du hast doch keine Ahnung! Die hat dein Haus in Brand gesteckt! Mit meinem Mann war sie im Bett, die Hure, und jetzt schläft sie mit deinem! Ausbooten will sie dich! Frag Marco doch mal, wie viel Geld sie ihm geboten hat, wenn er dich sitzenlässt!«

Wäre es nicht so traurig gewesen, ich hätte vielleicht gelacht. Sie war wirklich völlig durch den Wind, die Arme. Vielleicht konnte ihr eine Schwester eine Beruhigungsspritze geben. Warum sagte denn niemand was? Ich suchte Marcos Blick.

Er sah mir nicht in die Augen. Wie versteinert stand er da, mit hängenden Armen, Hals und Kopf glühend rot.

»… und jetzt schläft sie mit deinem!«

Nein. Das konnte nicht sein. O bitte. Nein. Bitte nicht.

Es war, als ob sich eine Eisschicht über meine Haut legen würde. Über meine Haut und über mein Herz.

»Sag, dass das nicht stimmt.« Ich konnte nur flüstern.

Marco bewegte sich, kam zu mir, nahm meinen Ellbogen.

»Lena, bitte nicht hier. Lass uns draußen darüber sprechen.«

Wie in Trance ließ ich mich von ihm aus dem Zimmer führen. Das Gefühl der Betäubung wurde erst schwächer, als wir draußen in den Sonnenschein traten und ich mich selbst hysterisch kichern hörte. »Sonne schmilzt Eis, weißt du das? Aber Eis hilft, Eis ist gut.«

»Komm, setz dich erst mal.« Am Rand des Parkplatzes standen Bänke. Sitzen war auch gut.

»Lena, das mit Christina, das hat nichts zu bedeuten. Es war ein Ausrutscher, verstehst du?«

Ich starrte ihn an. Seine vertrauten Züge, die wunderschönen stiefmütterchenblauen Augen. Das ganze verlogene Gesicht des Mannes, der mit meiner Freundin ins Bett gegangen war. Dann wandte ich den Kopf ab. »Geh.«

»Ich habe einen Fehler gemacht, das weiß ich. Die einzige Frau, die mir etwas bedeutet, bist du. Ich wollte dich nicht verletzen. Und schon gar nicht verlassen. Lena, glaub mir, es tut mir unendlich leid, bitte verzeih mir!«

Die Bilder von ihm und ihr, die mein Gehirn mir vorgaukelte, wurden mit jeder Minute intensiver. Sie waren so quälend, dass ich keinen klaren Gedanken fassen konnte. Mein Magen krampfte sich zusammen. Ich wollte diese Bilder nicht sehen, ich wollte Marcos billige Entschuldigungen nicht hören, wollte einfach nur mit dem Schmerz in meinem Inneren allein sein. Seine Hand umfasste mein Kinn.

»Sieh mich an. Bitte.«

Ich schlug die Hand weg und brüllte ihn an. »Hau doch endlich ab!«

Schweigen. Dann, nach einer kleinen Ewigkeit: »Wie du meinst. Wir sprechen später, wenn du dich beruhigt hast. Lena? Hast du mich gehört? Ich gehe jetzt und lasse dich eine Weile in Ruhe. Okay? Ich ruf dich an.«

Ich hörte, wie sich seine Schritte auf dem Pflaster entfernten. Erst jetzt drehte ich wieder den Kopf und sah dem Mann nach, der meine Zukunft hatte sein sollen. Meine Augen füllten sich mit Tränen.

Was konnte ich denn jetzt bloß tun?

»Schau mich nicht so an, Paulo, ich wollte das nicht.«

Mariana saß auf dem Bettrand und machte ein zerknirschtes Gesicht.

»So was Hysterisches! Ich will kein Wort mehr über irgendwelche Manipulationen hören, ist das klar? Wenn du so weitermachst, haben wir eins, zwei, drei eine Verleumdungsklage am Hals.« Sie nickte und dachte: Wenn ich aber doch recht habe!

Eine Krankenschwester kam herein. »Ihre Tabletten, Herr Cabral.« Der weiße Kittel knisterte, als sie das Medikamentenschälchen auf den Nachttisch stellte. »Sie sollten versuchen zu schlafen, mit einer Gehirnerschütterung ist nicht zu spaßen.«

Mariana stand auf. »Ich komme morgen früh wieder. Schlaf dich gesund.« Paulo zuckte zusammen, als sie ihm ein Küsschen auf den geschwollenen Mund gab. »Entschuldige.« Er brummte nur. Zwischen den Blutergüssen war seine Haut grau. Sie hielt seine Hand, bis ihm die Augen zufielen. Unentschlossen stand sie kurz darauf vor dem Krankenhaus. Wohin jetzt? Zurück zur Arbeit? Sie sah auf die Uhr. Das lohnte nicht mehr. Nach Hause? Wenn sie ehrlich war, hatte sie Angst, dort Lena und Marco zu begegnen. Arme Lena. Gleich morgen würde sie sich bei ihr entschuldigen. Ihr alles erklären. Verflucht, warum hatte ihr das mit Marco auch rausrutschen müssen?

Ihre Gedanken wanderten zurück zu dem Moment, in dem diese furchtbare Frau plötzlich in der Tür gestanden hatte. Sie sah die kalten Augen der Hure vor sich, das überhebliche Lächeln. Paulo konnte sagen, was er wollte: Sie traute dem Weib alles zu. Wirklich alles.

»Taxi!«

Als der Wagen nach halbstündiger Fahrt vor dem Haus von Inés hielt, war Mariana zu einem Entschluss gekommen. Inés öffnete die Haustür und sah sie erstaunt an. »Was machst du denn um diese Zeit hier? Musst du heute nicht arbeiten?«

»Die Hure muss weg von der Insel. Koch schon mal Kaffee. Nein, gib mir lieber einen Schnaps.«

Der zweitbeste Platz zum öffentlichen Heulen ist nach einem Friedhof ein Krankenhausparkplatz. Niemand sprach mich auf meiner Bank an. Wer an mir vorbeiging, dachte vermutlich, ich hätte eine schlimme Diagnose bekommen oder einen Angehörigen verloren. Ab und zu streifte mich ein mitleidsvoller Blick. Völlig zu Recht.

Ich mochte ein paar Minuten vor mich hin geschluchzt haben, als ich Mariana aus dem Haupteingang kommen und nach kurzem Zögern in ein Taxi steigen sah. Wie lange hatte sie schon gewusst, was da lief, ohne mir ein Wort zu sagen? Das Gefühl, von der ganzen Welt belogen worden zu sein, fraß sich durch mich hindurch wie Säure.

Ich dachte daran, Andrea anzurufen. Doch die Vorstellung, mir auch nur die mildeste Form eines »Hab ich doch schon immer gesagt, dass der Mann nichts taugt« anhören zu müssen, hielt mich davon ab.

Der Wind frischte auf. Ich fröstelte in meinen kurzen Hosen und dem Trägerhemd. Noch zwei Stunden, dann wurde es dunkel. Lange konnte ich hier nicht mehr sitzen bleiben. Aber wo sollte ich hin? Nach Hause auf keinen Fall. Da war Marco, da war Mariana. Nein.

Sandra. Sandra würde mir keine Löcher in den Bauch fragen. Sie war nicht so. Sandra hatte ich bisher nur als einfühlsam erlebt. Sie würde sich mit einem Minimum an Erklärung zufriedengeben, Tee kochen und mich in Ruhe lassen. Oder? Von Christina hatte ich auch geglaubt, sie sei eine Freundin. Von meinem naiven Vertrauen zu Marco ganz zu schweigen. Helena Janssen, du hast so viel Menschenkenntnis wie ein Fadenfisch, dachte ich bitter. Aber auch keine große Wahl. Liebes Universum, bitte lass sie von ihrer Fortbildung zurück sein. Und wenn du mir noch ein bisschen Gutes tun willst, versenk doch bitte Marco und Christina im tiefsten Schwefelloch, das du finden kannst.

Ich schaltete mein Telefon ein. Ein verpasster Anruf von Marco. Ich hörte die Mailbox nicht ab. »Sandra? Seit wann bist zu zurück? Seit vorgestern?« Ich zwang mich zu einem Mindestmaß an normaler Konversation, ehe ich mich zu fragen traute. »Du, ich hab im Moment ein kleines Problem. Könnte ich heute vielleicht bei dir übernachten?«

»Wann willst du kommen? Ich setz Tee auf.«

Ich machte das Telefon wieder aus, ging auf die Besuchertoilette des Krankenhauses, wusch mir das Gesicht und legte ein leichtes Make-up auf. War ja nicht nötig, dass ich mit verheulten Augen bei Sandra auftauchte.

»Lena, was ist denn mit dir los, du siehst ja furchtbar aus!«

Make-up war noch nie meine Stärke. »Na, komm erst mal rein, der Tee ist fertig. Hast du gar keine Tasche?« Über solche Nebensächlichkeiten wie eine Zahnbürste und Wäsche zum Wechseln hatte ich nicht einmal nachgedacht. Ich seufzte leise. So ganz ohne Erklärungen würde ich wohl nicht davonkommen.

»Wir sind in der Küche.«

Wir? »Sei mir nicht böse, aber wenn du Besuch hast, geh ich lieber wieder. Mir geht's wirklich nicht so toll.«

»Unsinn. Du hast gesagt, du brauchst ein Bett für die Nacht, oder nicht?«

»Schon.«

»Es ist nur mein Onkel. Der ist ganz zahm und außerdem zum Essen verabredet.«

Also gut.

»Hemingway!«

»*A senhora com o burro!*«

Sandra sah verwundert von einem zum anderen.

»Wieso Hemingway?«

War das peinlich!

»Und woher weiß mein Onkel, dass du einen Esel hast?«

»Äh, wir haben uns zufällig oben im alten Dorf getroffen.« Am besten ging ich unauffällig über meinen Lapsus hinweg. Ich gab dem Mann die Hand und stellte mich vor.

»Jacob Cordeiro.«

»Mein Onkel stammt von hier, lebt aber in Massachusetts«, erklärte Sandra.

An jedem anderen Tag hätte ich gefragt, was er neulich mit seiner merkwürdigen Bemerkung über die Zukunft des Dorfes als Ferienanlage gemeint hatte. Aber gerade im Augenblick durfte ich nicht an das Dorf denken, wenn ich nicht sofort wieder in Tränen ausbrechen wollte. Zu spät. Schon musste ich blinzeln. »Ich hab wohl was ins Auge bekommen«, sagte ich und wühlte in meiner Handtasche nach einem Taschentuch. Als ich wieder aufschaute, sah Jacob Cordeiro mir direkt in die Augen. Sein Blick war … mitfühlend? Aber auch prüfend, nachdenklich. Irgendwie warm. Jedenfalls nicht unangenehm. Dann war der Moment vorbei.

Er stand auf.

»Ich muss los, Sandra. Wir sehen uns später.«

»Jetzt schon? Du hast deinen Tee doch noch gar nicht ausgetrunken.« Er stand auf, nickte mir zu und ging.

Ich war dem Onkel aus Amerika dankbar.

»Magst du mir erzählen, was passiert ist? Oder willst du

lieber allein sein und deinen Tee mit raufnehmen? Du hast das erste Zimmer auf der linken Seite.«

Ich hätte sie umarmen mögen. Und schon wieder stieg mir das Wasser in die Augen. Ich drängte die Tränen zurück. »Marco«, setzte ich an. Na los, Lena, so schwer kann das doch nicht sein. Sprich es aus. »Marco schläft mit Christina. Von der ich dachte, sie sei meine Freundin.« Es war so klassisch, so entwürdigend.

»*Porra*«, sagte Sandra leise. Sie hatte den gleichen warmen Blick wie ihr Onkel. »Das hätte ich von Marco nicht erwartet.«

Nach und nach brach die ganze hässliche Geschichte aus mir heraus. Und erst als ich Marianas Worte hier in Sandras Küche wiederholte, fing ich an zu begreifen, was sie noch gesagt hatte. Christina sollte Marco Geld angeboten haben, wenn er mich verließ? Das war doch völlig absurd.

»Sehe ich auch so. Genau wie das Gerede von Brandstiftung und Mord. Das ist schon ziemlich starker Tobak, meinst du nicht? Wahrscheinlich ist die Phantasie mit Mariana durchgegangen, wütend, wie sie war.«

»Hm. Ich weiß nicht. Es klang so konkret, was sie gesagt hat. Dieses: Frag ihn doch, wie viel.«

»Dann frag ihn eben.«

»Eher geb ich mir die Kugel.«

»Irgendwann wirst du ohnehin wieder mit ihm sprechen müssen.« Sicher. Im übernächsten Jahr oder so.

»Und wenn du noch mal mit Mariana redest? Inzwischen wird sie sich beruhigt haben.«

Das war eine Möglichkeit. Aber machte es überhaupt einen Unterschied, ob es stimmte? Ob er mich nur verraten oder verraten und verkauft hatte? Der Traum vom Glück war ausgeträumt, so oder so. Marco konnte um Verzeihung betteln, so oft und lange er wollte. Ohne Treue gab es für mich kein Vertrauen. Ohne Vertrauen keine Liebe. So einfach war das. Und ohne Marco gab es kein Leben im Dorf. Es muss nach der dritten oder vierten Kanne Tee gewesen sein, als ich Sandra von meinem Erbe erzählte. Davon, wie sehr ich mich darauf gefreut hatte, das Häuschen wiederaufbauen und mein Eigen nennen zu können. »Mein magischer Ort«, jaulte ich, »wie kann Marco mir das antun?« Jetzt musste ich doch weinen.

Wäre ich klarer im Kopf und weniger verzweifelt gewesen, wäre mir vielleicht schon zu diesem Zeitpunkt aufgefallen, dass ich mehr Tränen um das Dorf vergoss als um Marco.

»Aber du hast noch nichts unterschrieben?«

»Nein, die Verträge liegen noch beim Steuerberater.«

»Dann macht es doch einen Unterschied, ob die Sache mit dem Angebot stimmt. Wenn ja, kann Marco weitermachen. Du bist raus aus dem Projekt und Christina ist drin. Er hat doch gar keine Alternative.«

Der Gedanke traf mich mit der Kraft eines Hammerschlages. Christina in meinem Haus!

Sandra sprach weiter: »Man müsste darüber nachdenken, wie das zu verhindern wäre. Immer vorausgesetzt, Mariana erzählt in dem Punkt keinen Unsinn.«

Ich sah sie an und nickte langsam. »Darf ich dein Telefon im Arbeitszimmer benutzen?«

Sie war zu Hause. »Mariana, hier ist Lena. Ja, es geht mir gut, ich bin bei einer Freundin. Ja, schon gut, darüber können wir später reden. Jetzt möchte ich nur, dass du mir möglichst sachlich und genau sagst, was du weißt.«

Als ich den Hörer wieder auf die Gabel legte, war mir schlecht vor Entsetzen und Wut. In diesem Moment hätte ich Christina umbringen können. Langsam, grausam und mit Genuss. Sie hatte mich belogen, von der ersten Sekunde an. In jedem einzelnen Gespräch. Wie oft mochte sie über die dumme Lena gelacht haben? Ich wartete, bis mein Puls sich einigermaßen beruhigt hatte, und ging Sandra berichten.

»Das ist ja ein Ding. Und Paulo hat das mit dem Angebot direkt von Marco? Du meinst, sie war von Anfang an scharf auf das Dorf? Warte, ich muss auch mal kurz telefonieren.«

Nach zehn Minuten kam sie zurück.

»Es stimmt tatsächlich. Christina hat damals versucht, das Dorf zu kaufen. Ich hab gerade mit der Familie telefoniert, der es früher gehört hat. Ach, Lena, du tust mir so leid!«

Das Surren des Kühlschranks war minutenlang das einzige Geräusch im Raum. Ein fieser Kopfschmerz bohrte mir ein Loch über das linke Auge.

»Wenn du mir nicht böse bist, geh ich hoch. Das ist alles ein bisschen viel.«

Sie nickte. »Kann ich noch irgendetwas für dich tun?«

»Ich wüsste nicht, was. Es sei denn, dir ist heute noch nach einem Mord zumute.«

Zu meinem großen Erstaunen schlief ich in einem riesigen Bett aus Urgroßmutters Zeiten fast zehn Stunden durch. Sollte ich in meinen Träumen gewisse Leute zerstückelt haben, konnte ich mich zumindest nicht daran erinnern.

Am Morgen begriff ich im ersten Moment nicht, wo ich war. Die Sonne schien mir durch ein hohes Flügelfenster ins Gesicht, das dunkle, geschwungene Holz am Fußende des Bettes war mir fremd, die Bettdecke ungewohnt schwer. Außerdem roch sie muffig. Der Geruch brachte mir ins Bewusstsein, wo ich mich befand. Ich lag in einem der Gästezimmer von Sandras feuchtem Familiensitz. Ich war in einer fremden Welt, weil sich meine eigene gestern in Luft aufgelöst hatte. Weil davon nichts mehr übrig war als ein großes schwarzes Loch. Und am Boden des Loches glomm, wie ein Stück glühende Kohle, Marcos Betrug.

Ich, die ich geglaubt hatte, alles über Verlust und Trauer zu wissen, war dem Gefühl völliger Leere und Verzweiflung hilflos ausgeliefert. Ich lag in diesem fremden Bett und meinte zentnerschwere Steine auf meiner Brust zu spüren.

Es war nicht nur der Verlust all dessen, woran ich geglaubt hatte, der so unglaublich weh tat. Ich fühlte mich zutiefst gedemütigt. Unfähig aufzustehen, unfähig, mir vorzustellen, wie ich die nächsten Tage überstehen sollte. Ich zog mir die Decke über den Kopf.

Geschirrklappern und Stimmen drangen von unten herauf. Wenig später klopfte es an meine Tür. »Lena? Frühstück ist fertig. Ich hab dir frische Sachen ins Bad gelegt.« Ich stöhnte. Warum durfte ich nicht den Rest meiner Lebenszeit unter dieser Decke verbringen? Ein paar Minuten später klopfte Sandra erneut. »Du musst etwas essen, Lena, komm schon, steh auf.« Seufzend ging ich ins Bad, duschte und zog mich an.

Sandra briet Spiegeleier. Es stank nach Speck und gebratenen Kartoffeln. Offensichtlich gab es für Hemingway American Breakfast. Mein Magen, längst an ein eher bescheidenes portugiesisches Frühstück gewöhnt und im Moment ohnehin im Widerstand, verknotete sich. »Für mich nur einen Toast mit Butter bitte.« Ich setzte mich dem Mann gegenüber, an dessen Namen ich mich jetzt besser erinnern sollte.

Sandra brachte Spiegeleier und Toast, schenkte uns allen Kaffee ein und setzte sich zu uns. Der Onkel aß mit Appetit, ich selbst kaute auf meinem Toast, als wäre es ein Stück Pappe.

»Jacob und ich haben heute Nacht noch lange geredet«, sagte Sandra nach einer Weile. »Über dich. Beziehungsweise deine Situation.« Ich verschluckte mich am Toast. Was erlaubte sie sich? Meine »Situation« ging den Onkel aus Amerika ja wohl gar nichts an. In mein Husten sagte Sandra: »Es gibt ein paar Dinge, die du nicht weißt.« Auffordernd schaute sie zu ihm. Ehe ich selbst den Mund aufmachen konnte, begann Jacob Cordeiro zu sprechen. Und in der nächsten halben Stunde bekam der Begriff Märchenonkel eine völlig neue Bedeutung.

»Sie kennen mich nicht, Lena, deshalb muss ich etwas weiter ausholen. Unsere Familie ist, wie so viele andere von hier, vor vielen Jahren ausgewandert. Wussten Sie, dass heute mehr Menschen mit azoreanischen Wurzeln in Amerika leben als auf allen neun Inseln des Archipels zusammen? Wir sind nach Boston gekommen und hatten Glück. Mein Vater fand sofort Arbeit in einem Lebensmittelladen, den er später übernahm und zu einer Kette ausbaute. Wir Kinder konnten alle studieren, mein Bruder, Sandras Vater, entschied sich für Betriebswirtschaft und ging nach dem Studium nach Portugal. Meine Schwester ist heute Richterin in Boston. Und ich selbst, sagen wir, ich war lange Zeit das schwarze Schaf der Familie. Ich habe Musik studiert und …«

»So genau will Lena das alles sicher nicht wissen, Jacob. Was mein Onkel sagen möchte: Er ist heute einer der erfolgreichsten Filmmusiker in den Staaten, in seinem Haus stehen die Oscars reihenweise in den Regalen. Außerdem ist er ein geschickter Investor, hat Geld ohne Ende, und sein Herz schlägt für brotlose Künstler.«

»Ähm, ja, so kann man es sagen. Ich träume schon lange von einem Ort, an dem junge, kreative Leute in Ruhe arbeiten können, wo sie ungestört vom Lärm der Zivilisation ihre Kreativität ausleben können. Von einer Künstlerkolonie für Stipendiaten, wenn Sie so wollen.«

Künstler, dachte ich, wie Julian.

»Als ich vor vier Jahren zum ersten Mal in dieses verlassene Dorf kam, wusste ich sofort, dass ich den perfekten Ort gefunden hatte. Ich habe mir Zeit gelassen mit der Planung, und als ich so weit war, habe ich der Familie ein Angebot gemacht. Aber jemand war mir zuvor gekommen: Ihr Marco.« Er räusperte sich. »Seitdem suche ich vergeblich nach einem vergleichbaren Ort. Aber nichts kommt an diesen heran. Ich denke, wenn das jemand verstehen kann, dann Sie, oder liege ich da falsch?«

Ich schüttelte den Kopf.

»Nachdem ich gesehen habe, dass die Baustelle stillliegt, habe ich mich natürlich auf der Insel umgehört. Soweit ich in Erfahrung bringen konnte, steht das Projekt vor der Pleite. Bis gestern Abend dachte ich, ich müsste nur einen langen Atem haben und wäre über kurz oder lang wieder am Zug. Aber dann hat meine Nichte mir von dieser anderen Frau und deren Geld erzählt. Keine schöne Geschichte. Nicht gut für Sie, nicht gut für mich.«

»Nun komm mal langsam zum Punkt, Jacob.«

»So wie ich das sehe, wollen wir beide da oben einen Traum verwirklichen. Sie können mir helfen, zum Ziel zu kommen, und ich Ihnen. Ich denke mir das so: Sie erzählen Ihrem Marco, dass Sie mit ihm zusammenbleiben, wenn er die andere fallenlässt. Das will er doch, oder? Als Nächstes gehen Sie mit ihm zum Notar, lassen das Grundstück mit der Ruine auf sich umschreiben.«

Sandra sprach weiter. »Den zweiten Vertrag, den für die Bürgschaft, unterschreibst du nicht, sondern sagst ›April, April‹ und wirfst Marco aus deinem Leben. Das willst du doch, oder?«

Es war ein seltsames Gefühl, den beiden zuzuhören. So, als säße ich im Theater, in einem skurrilen Zweipersonenstück. Merkwürdig war nur, dass darin von Marco und mir die Rede war.

»Dann komme ich ins Spiel und mache ihm ein Angebot,

das er nicht ablehnen wird, wenn er nicht ein völliger Idiot ist. Auf diese Weise habe ich das Dorf sehr viel schneller, als wenn ich bis zur Zwangsversteigerung warten muss.«

»Und du hättest dein Haus samt Geld für den Wiederaufbau, Lena.« Sandra strahlte mich an. »Na, was sagst du?«

Ich hörte mich in nüchternem Ton fragen: »Und was nützt mir das? Ein Haus kann man nicht essen, wovon soll ich leben, wenn es keine Feriengäste gibt?«

»Ich bin noch nicht so weit, dass ich ganzjährig nach São Miguel ziehen kann«, sagte Jacob. »Ich brauche deshalb jemanden, der während der letzten Bauphase ein Auge auf alles hat und sich später um die Verwaltung des Künstlerdorfes kümmert. Würde der Job Sie interessieren?«

»Lena, schau nicht so entgeistert, er meint es ernst. Nun sag doch mal was!«

Zwei Augenpaare sahen mich an, als würde ich gleich die Zehn Gebote verkünden.

»Ich ... ich weiß nicht ... das ist ... alles ein bisschen viel.«

Benito begrüßte mich mit einem klagenden Schrei. Niemand hatte ihn am Vortag versorgt, das Wasser im Trog war abgestanden und schmutzig, er stand in seinem Mist. Ich machte mich an die Arbeit. Die wenigsten Menschen wissen die meditative Wirkung des Ausmistens zu schätzen. Ich schon. Aber heute hätte ich mindestens zehn Ställe säubern müssen, um auf klare Gedanken oder zu tiefen Erkenntnissen zu kommen. Ich brachte den Esel auf die Wiese neben der Ruine und lehnte mich an die Mauer. Die Mauer, auf der ich vor so vielen Monaten gesessen und von einem Leben mit Esel, Mann und Kind geträumt hatte.

Langsam ging ich durch das Dorf, berührte die generationenalten Steine, strich über Türen, die ich lackiert, über Fensterrahmen, die ich geschliffen hatte. Hielt vor jedem einzelnen Haus, erinnerte mich an tausend kleine und große Handgriffe. Ging in die Gärten, in denen es blühte und duftete. Und heulte.

Irgendwann setzte ich mich erschöpft auf die Mauer und hörte den Wellen zu, die tief unter mir an den Fels brandeten. Ich weiß noch, dass ich versuchte, die Erinnerung an das Glücksgefühl der ersten Wochen mit Marco heraufzubeschwören. Sie war so blass wie eine Nebelwolke. Umso klarer standen mir die Enttäuschungen der vergangenen Monate vor Augen, jede einzelne so schmerzhaft, als hätte ich sie gerade erst erlebt. Seine Launen, seine Eifersucht, seine Selbstbezogenheit. Mein ewiges Verzeihen.

Meine Gedanken gingen zurück zu dem Gespräch in Sandras Küche, zu Hemingways leiser, warmer Stimme, wenn er vom Dorf sprach, von seinem und meinem magischen Ort. Ich hörte auch die Härte in derselben Stimme, als er seinen Plan entwickelte. Jedes Wort, jede Geste war in meinem Kopf gespeichert, als wäre eine Videokamera mitgelaufen.

Mit Jacob Cordeiros Hilfe konnte aus meinem Traum vom Leben im Dorf immer noch Wirklichkeit werden. Hemingway bot mir eine Zukunft. Ich würde mein Haus bekommen, für ihn arbeiten. Paulo und die anderen könnten weiterbauen.

Ich musste lediglich ein paar Tage lang so tun, als könnte ich Marco verzeihen und ihn gleichzeitig auf Abstand halten. Musste den Lügner belügen. Und alles wäre gut.

»Wer Gleiches mit Gleichem vergilt, handelt nicht besser als der Täter.«

Jetzt nicht, Oma.

Ich putzte mir die Nase und holte das Telefon aus meiner Jackentasche. Rief Marcos Nummer auf.

Steckte das Telefon wieder ein.

Das konnte doch nicht so schwer sein!

24

SIE KLEBTE EINEN Zettel an die Haustür. »Bin im Garten.« Marco würde kommen, daran hatte sie keinen Zweifel. Früher oder später. Aber sie hatte keine Lust, bei dem Traumwetter drinnen zu sitzen und auf ihn zu warten. Der Hibiskus an der Terrasse musste beschnitten werden. Der Rosenstrauch an der Mauer zur Klippe hatte es auch nötig. Vielleicht würde sie nachher mit Marco noch schwimmen gehen. Vor sich hin summend, nahm Christina die Gartenschere und ging nach draußen. Mal abgesehen davon, dass ihr Festnetztelefon und damit auch der Internetanschluss seit drei Tagen nicht funktionierten, war sie höchst zufrieden. Grandiose Idee, sich gestern im Krankenhaus sehen zu lassen, nachdem sie von Paulos Unglück gehört hatte. Sein Frauchen hatte wie auf Knopfdruck reagiert. Noch viel besser als erhofft. Ihr Gekeife war den ganzen Flur entlang zu hören gewesen. Christina hatte die erstaunten, neugierigen Blicke anderer Besucher sehr genau registriert, als sie ruhig durch den Gang nach draußen gegangen war. Niemand würde Mariana nach diesem Auftritt noch ernst nehmen, gleichgültig, was sie behauptete.

Und was noch besser war: Lena, die solide, fleißige, moralische Lena, würde Marco nicht mehr mit der Kneifzange anfassen, nachdem sie nun Bescheid wusste. Niemals würde sie ihm seinen Seitensprung verzeihen, daran hatte sie keinen Zweifel. Lena nahm ja alles so ernst, an der ging das halbe

Leben doch vorbei. Von ihrem Auto aus hatte Christina bestens beobachten können, wie die beiden aus dem Krankenhaus kamen und Marco kurze Zeit später allein vom Parkplatz ging. Bei ihrem Anruf ein paar Stunden danach hatte er zwar bedrückt geklungen und nicht zu ihr kommen wollen. Aber dafür hatte sie Verständnis. Die paar Stunden des Wartens machten auch keinen Unterschied mehr. Marco und das Dorf gehörten ihr.

Sie blickte von dem Rosenstamm auf, aus dem sie gerade die verwelkten Blüten schnitt. Der Eimer war schon halb voll. Hatte sie das Klappen einer Autotür gehört? Marco? Noch ein leises Klappen, dann noch eins. Wahrscheinlich die Nachbarfamilie. Sie hörte Schritte auf dem Kiesweg. Seltsam. Wer kam denn da, wenn nicht Marco? Sie erwartete sonst niemanden.

»Das glaub ich jetzt nicht«, murmelte sie, als sie die Frau erkannte, die um die Ecke des Hauses bog. Da traten immer mehr dunkel gekleidete Frauen in ihren Garten. Was sollte das werden?

Sie sagten kein Wort, bildeten vor ihr einen zweireihigen Halbkreis und durchbohrten sie mit bösen Blicken. Sie kam sich vor, als wäre sie in ein antikes Drama mit schweigendem Chor geraten, und lachte laut auf. Außer Mariana kannte sie drei der Frauen vom Sehen. Aha, daher wehte der Wind. Die betrogenen Gattinnen hatten sich zusammengerottet und Verstärkung mitgebracht.

»Was stellt ihr denn dar? Den Rachechor von São Miguel?«

Mariana trat vor. »Wir wollen, dass du gehst, Hure. Verlass die Insel oder es wird dir leidtun.«

Es war zum Totlachen. »So, wollt ihr das? Weil eure Männer bei mir den Schwanz hochkriegen und bei euch nicht? Obwohl« – sie fixierte die Frau eines Maurers, den sie im vergangenen Jahr in ihrem Bett gehabt hatte – »bei dem kleinen

Ding von deinem Ehegespons merkt man den Unterschied eh nicht.«

Die Phalanx der Frauen rückte vor. »Wenn du nicht gehst, wirst du deines Lebens nicht mehr froh. Das versprechen wir dir.«

»Was könnt ihr mir schon anhaben? Mein Auto wieder beschmieren? Oh, da hab ich aber Angst!«

»Wir zeigen dich wegen Brandstiftung an.« Das kam natürlich von Paulos Frau.

»Ach ja, und wer wird dir glauben, du hysterische Zicke?«

»Jeder wird uns glauben, wenn wir sagen, dass wir dich beobachtet haben. Die Polizei wird uns glauben. Was denkst du, wessen Wort hier zählt? Deins oder das der Leute von der Insel?«

»Mach dich nicht lächerlich und geh zurück in deine Küche!«

»Wie lebt es sich denn so, ohne Telefon und Internet?« – »Na, zum Glück funktioniert ja das Mobiltelefon wieder. Aber wer weiß, wie lange?« – »Ich würd mal nachsehen, ob gerade Strom da ist.« – »Wie wär's mit einem neuen Haarschnitt?« – »Brauchst du vielleicht Milch? Och, niemand will sie dir verkaufen? Ist das gemein!« Wie Salven knallten ihr die Stimmen um die Ohren. Dann lachten sie, in Christinas Ohren klang es wie das Gemecker einer Horde Ziegen. Giftspritzen, allesamt. Die konnten doch nicht wirklich …

»Das war erst der Anfang!« Mariana spie ihr die Worte ins Gesicht, sie spürte Speicheltröpfchen auf ihrer Wange und trat unwillkürlich einen Schritt zurück. Sie, Christina Huebner, wich vor diesen größenwahnsinnigen Xanthippen zurück? Niemals. Sie wollte wieder auf sie zugehen, aber irgendetwas hielt sie fest. Der verdammte Kittel hatte sich in den Dornen der Rose verfangen. Wütend zerrte sie am Stoff, bis die starken Fasern mit einem Ruck rissen, sie mit einer plötzlichen Vorwärtsbewegung freikam, strauchelte, über den Eimer mit den verwelkten Blüten stolperte und nach hinten wegknickte. Sie verlor das Gleichgewicht, ruderte mit den Armen, suchte nach Halt. Aber da war nichts. Nichts außer einer viel zu niedrigen Mauer.

Noch im Fallen dachte sie: Na so was, ich hab sie tatsächlich unterschätzt.

25

ENTSETZT SCHLUG SICH Mariana die Hand vor den Mund und starrte auf die Stelle, an der eben noch Christina gestanden hatte. Das musste ein Alptraum sein. Gleich würde sie aufwachen. Sie hörte eine Möwe schreien, auf der Straße wurde ein Auto gestartet, in der Luft hing der Duft der Rosen. Und ein kleiner grauer Stofffetzen zitterte, von leichtem Wind bestrichen, im dornigen Geäst. Neben ihr stöhnte Inés auf.

Später vermochte sie nicht zu sagen, wie lange sie dort gestanden hatte, ehe sie endlich an die Mauer trat und hinuntersah. Der Körper war auf einen Fels geprallt und lag reglos in der Sonne.

Die Frauen sahen einander in die bleichen Gesichter. Eine von ihnen sagte: »Wir müssen da runter. Nachsehen. Vielleicht ist sie nur verletzt.«

Aller Augen richteten sich auf Mariana. Auf sie, die sie hierhergeführt hatte.

»Da vorn ist eine Leiter.« Inés zeigte nach rechts, wo aus einer Öffnung in der Mauer Holme ragten.

Nie in ihrem Leben hatte Mariana etwas Schwereres tun müssen, als diese Sprossen hinunterzusteigen. Nie würde sie den Anblick der zerschundenen Frau vergessen, deren Blut aus einer Wunde am Kopf vom Fels in den Sand sickerte und deren graugrüne Augen starr in den Himmel gerichtet waren.

Sie überwand sich und fühlte nach dem Puls. Dann sah sie nach oben und schüttelte den Kopf.

Der Aufstieg über die Leiter schien unendlich zu dauern.

»Bist du ganz sicher, dass sie nicht mehr lebt?«

Wie konnte Inés nur so gefühllos klingen? Mariana nickte. »Wir haben sie umgebracht«, sagte sie tonlos.

»Red keinen Unsinn. Das war ein Unfall.«

»Und was machen wir jetzt?«, fragte Emilia mit kleiner Stimme. »Rufen wir die Polizei oder die Feuerwehr?«

»Erst einmal denken wir nach.« Inés setzte sich auf die Mauer und versank in Schweigen. Die anderen warteten. Mariana wollte nichts denken, nichts entscheiden. Sie sah noch immer diesen schrecklichen toten Blick.

»So ein Unfall wird immer untersucht. Wenn wir jetzt den Notruf wählen, werden sie uns fragen, was wir alle hier gemacht haben.«

»Wir könnten sagen, dass wir Spenden für den Kirchenchor sammeln«, schlug Sofia vor.

»Zu zwölft? Und alle in Schwarz? Sehr glaubhaft.« Inés rieb sich das Kinn. »Wir können sie wohl auch schlecht liegen lassen und verschwinden, bis jemand sie findet oder die Flut sie mitnimmt.«

»Inés!«

»Schon gut, Mariana, ich sag ja, dass wir das nicht machen können. Vielleicht ist die Idee mit den Spenden doch nicht so schlecht.« Sie dachte noch einen Moment nach. »Wir machen es so: Mariana, Sofia, Emilia und ich bleiben hier. Die anderen gehen in zwei Gruppen zu den Nachbarn und bitten um Spenden. Wir warten hier noch zwanzig Minuten, dann telefonieren wir.«

»Und was sagen wir, wenn die Polizei kommt?«, fragte Emilia.

»Wir sind in den Garten gekommen, haben gerufen, die

Gartenschere auf der Mauer gesehen und uns gewundert, dass trotz des Zettels an der Tür niemand da war. Also haben wir über die Mauer geguckt und sie da unten entdeckt.«

»Ich weiß nicht, ob ich das kann.« Mariana flüsterte.

»Natürlich kannst du das. Oder willst du stundenlang bei der Polizei sitzen und erklären, was wir wirklich hier gewollt haben? Wir alle wissen, dass es ein Unfall war. Aber es könnte verdammt anders wirken, wenn wir zu ehrlich sind.«

»Sie würden uns glauben!«

»Bist du sicher?«

Mariana dachte an die Szene, die sie Christina bei offener Tür im Krankenhaus gemacht hatte. Und plötzlich hatte sie nicht mehr den starren Blick der Toten vor Augen, sondern den kalten, aber höchst lebendigen Blick und das überhebliche Lächeln dieser Frau. Die Hure hatte ihr im Leben genug Schwierigkeiten gemacht. Jetzt war Schluss.

»Also gut«, sagte sie, »wir machen es so, wie Inés vorschlägt. Zu niemandem ein Wort.«

Zwölf Hände fuhren in die Höhe. Dann verließ die erste Gruppe von Frauen den Garten.

Drei Stunden später war alles überstanden.

Ich saß mit dem Blick zum Fenster im Restaurant von João. Es war noch früh am Abend, ich war der einzige Gast. Wenig später parkte Marco neben dem Wagen, den ich mir von Sandra geliehen hatte. Mit unsicherem Blick und hängenden Schultern kam er auf den Eingang zu. Fast tat er mir leid.

»Hallo, Marco.«

»Lena.« Er atmete tief ein. »Danke, dass du dich gemeldet hast.«

Ich bezweifelte, dass sein dankbares Gefühl anhalten würde. Zwar hatte ich mich für den geraden Weg ohne irgendwelche Tricks entschieden, aber Marco würde dieses Restaurant dennoch kaum entspannter verlassen, als er es betreten hatte.

»Setz dich.«

»Tee?«

Wir warteten schweigend, bis João auch ihm ein Glas gebracht hatte.

»Ich muss etwas wissen, Marco.«

»Alles, was du willst.«

»Hat Christina dir Geld angeboten, wenn du mich verlässt?«

Sein Nicken war kaum wahrzunehmen.

»Und wie lange hast du über ihr – sagen wir – freundliches Anerbieten nachgedacht?«

»Nicht eine Sekunde!«

»Dann kannst du das ja jetzt tun.« Ich wunderte mich selbst, wie kalt ich das sagen konnte.

»Lena, ich will nichts von Christina.« Schmelzender Blick aus stiefmütterchenblauen Augen. »Ich will dich. Du bist die Frau, die ich liebe.«

Schau an. Was er plötzlich für schöne Worte sagen konnte. »Ich fürchte, der einzige Mensch, den du wirklich liebst, bist du selbst. Wenn du nicht aufpasst, werden an deinem Grab eines Tages nicht mehr Menschen stehen als an dem deines Vaters. Wenn überhaupt jemand kommt.«

Der Schmelz im Blick war verschwunden. Jetzt gab er das verletzte Reh. »Hast du mich herkommen lassen, um mir das zu sagen?«

»Auch.«

Ich rührte in meinem Tee, horchte auf das Klingeln von Metall an Glas.

»Aber vielleicht täusche ich mich. Vielleicht ist doch ein bisschen von dem Mann in dir, an den ich mal geglaubt habe. Vielleicht bist du doch kein komplettes Arschloch.«

Er zog die Augenbrauen so hoch, dass sie fast seinen Haaransatz berührten.

»Du hast genau zwei Möglichkeiten, Marco. Entweder du nimmst das Geld der Frau, die uns beide von Anfang an belogen und womöglich noch viel Schlimmeres getan hat. Oder du verkaufst das Projekt an jemand anderen.«

Mein Herz klopfte, meine Hände waren schweißnass und am liebsten wäre ich weggerannt. Aber ich schaffte es, verblüffend ruhig weiterzusprechen.

»Zufällig wüsste ich da jemanden.«

Falls er überrascht war, ließ Marco sich nichts anmerken. »Süße, sei doch nicht so dramatisch. Ich sage es jetzt zum letzten Mal: Mit Christina will ich nichts mehr zu tun haben. Ich wünsche mir nur, dass wir beide weitermachen. Lass ein bisschen Zeit vergehen, gib mir noch eine Chance.«

»Willst du es nicht begreifen oder kannst du nicht? Es gibt kein ›wir‹ mehr. Die liebe Lena verzeiht dir nicht. Du hast zwei Tage. Danach ist der Käufer nicht mehr interessiert. Das ist die Chance, die du von mir bekommst. Keine andere.« Ich legte Geld für den Tee auf den Tisch und stand auf. »Ich hole jetzt meine Sachen und ziehe vorerst zu Sandra. Lass mich wissen, wie du dich entscheidest.«

Ich fühlte mich so ausgepumpt, als wäre ich einen Marathon gelaufen. Sobald sich die Restauranttür hinter mir schloss, hätte ich mich am liebsten einfach fallen lassen. Tief in mir war noch so viel Leid, so viel Enttäuschung. Es kostete mich all meine Kraft, diese Gefühle unter Kontrolle zu halten. Später, Lena, später hast du dafür Zeit.

Mariana war weder im Wohnzimmer noch in der Küche.

Ihr Auto stand vor dem Haus, an der Geraderobe hing die Handtasche. Sie war also zu Hause. »Mariana?« Keine Antwort. Hm. Vielleicht wich sie mir aus.

Die Treppe nach oben, zu unserem Zimmer. Wie aus dem Nichts kam die Erinnerung an die erste Nacht in diesem Haus zurück. Marco, der mir bei der Liebe den Mund zuhielt, weil Mariana und Paulo nebenan schliefen. An die vielen Nächte danach. Komm, Lena, jetzt nicht schlappmachen. Jetzt nicht an den Anfang denken. Denk an das Ende, denk an das Jetzt. Ich ging hinauf. Meine Hände zitterten, als ich meine Taschen packte.

»Lena, bist du das?«

Marianas Stimme drang durch die dünne Wand. Sie klang erkältet. Ich ging hinüber und klopfte an die Tür. Angezogen wie eine Witwe lag sie auf der Tagesdecke auf der linken Seite des Ehebettes und sah mir mit feuchten Augen entgegen. Ich erschrak. Aber ich hatte heute schon mit Paulo telefoniert; es ging ihm gut.

Mariana klopfte mit der Hand auf den Bettrand. Ich setzte mich zu ihr. Sie begann zu schluchzen.

»Was hast du denn?«

»Ich hab alles falsch gemacht, Lena.« Ihre Stimme war winzig. Ich musste genau hinhören.

»Alles. Von Anfang an. Ich war so schrecklich eifersüchtig auf dich. Du warst so jung, so schön. Ich konnte dich nicht ertragen. Wegen der Hure, verstehst du?«

Nein, ich verstand überhaupt nichts.

»Was musst du von mir denken? Du hast so hart für das Dorf gearbeitet, so viele Rückschläge weggesteckt – Paulo bewundert dich, weißt du das? Aber das stört mich schon lange nicht mehr, ich war nur so unglaublich dumm. Und ich habe dir das Leben so schwergemacht.«

Arme Mariana.

»Dabei hätte noch alles gut werden können, wenn ich nur den Mund gehalten hätte. Jetzt, wo sie tot ist.«

Marianas Augen sahen fiebrig aus. Ich war versucht, ihr die Hand auf die Stirn zu legen.

»Wer ist tot?«

»Die Hure«, flüsterte sie. »Du musst mir glauben: Es war ein Unfall, das wollte ich nicht.«

Es dauerte zwei Stunden, bis ich die ganze Geschichte erfahren hatte. Angefangen mit Paulos Affäre und meiner entfernten Ähnlichkeit mit Christina bis hin zu dem Plan der Frauen. Irgendwann holte ich eine Flasche Wein nach oben. »Diese Frau hat so viele Menschen unglücklich gemacht, das musste doch aufhören. Wir wollten sie von der Insel vertreiben, mehr nicht, das schwöre ich bei Gott!«

Christina tot. Ich konnte es nicht fassen. Ich sah sie vor mir in ihren bunten Kleidern, mit der großen Sonnenbrille und den knalligen Tüchern. Mit dem geraden Gang und ihrem Lachen. Seltsamerweise dachte ich in dem Augenblick, in dem ich wirklich begriff, was Mariana erzählte, nicht an die Christina, die mich hintergangen hatte. Nur an sprühendes Leben, das von einer Sekunde zur anderen nicht mehr existierte.

»Schon gut, Mariana, schon gut.« Ich nahm die schluchzende Frau in meine Arme und weinte mit ihr. Verrückt, oder?

Mariana schlief ein. Ich schlich auf Zehenspitzen aus dem Zimmer, holte meine Taschen und setzte mich ins Auto. Und erst hier, abgeschirmt von allem anderen, dachte ich: Jetzt wirst du nie erfahren, ob Marco sich für Christina entschieden hätte.

Drei Tage später unterschrieben Marco, Jacob und ich die Verträge. Erschüttert hatte Jacob Marcos Finanzpläne studiert. »Lena, das wäre auch mit Ihrer Bürgschaft keine drei Monate mehr gutgegangen. Marco mag ein guter Ingenieur und ein begnadeter Utopist sein, als Geschäftsmann taugt er nichts.«

Gegenüber Marco selbst war er nicht ganz so deutlich.

»Seien Sie froh, junger Mann, Sie sind noch mal davongekommen.«

»Irgendwann werde ich das vielleicht so sehen können, aber im Augenblick …« Marco brach ab.

Es war ein trauriger Moment. Finanziell mochte er mit einem blauen Auge davongekommen sein. Alles andere hatte er verloren. Vielleicht hätte ich Häme empfinden sollen, ich konnte es nicht. »Was wirst du jetzt machen?«

Er zuckte mit den Achseln. »Reisen vermutlich. Hauptsache, weg von hier.«

Ausgerechnet jetzt musste ich an unseren ersten gemeinsamen Abend in Hannover denken. Wie lange würde es dauern, bis er einer anderen Frau von Giraffen in der Sahara erzählte?

»Ein Bekannter von mir baut Baumhotels in Chile. Vielleicht guck ich mir das mal an.«

Verlegen standen wir uns gegenüber, während Jacob noch ein paar Worte mit dem Notar wechselte.

»Ja dann. Viel Glück.«

»Lena, ich …«

Ein Teil von mir wollte hören, was er zu sagen hatte, wünschte sich, dass auch er Trauer über das Scheitern unserer Beziehung empfand und aussprach. Der andere Teil dachte: Wozu?

In diesem Augenblick wandte sich Jacob zu uns um und sah mich an.

»Können wir?«

»Sicher.«

Marco räusperte sich. »Also dann. Dir auch viel Glück, Lena.«

Es war das letzte Mal, dass wir miteinander sprachen.

Noch am selben Tag brachte Jacob mich, meinen Rucksack und ein daraufgeschnalltes kleines Zelt ins Dorf. Nach dem Wirbel der vergangenen Tage brauchte ich Natur und Einsamkeit, brauchte Raum für meine Gefühle. Mit Benito wanderte ich durch die Serra de Água de Pau. Die herbe Berglandschaft passte zu meinen Gedanken, die um meine Zukunft, um Marco, um die Menschen, die ich hier kennengelernt hatte, und auch um Christina kreisten. Um das, was gewesen war. Um das, was hätte sein können. Abends, wenn ich nach anstrengenden Aufstiegen und langen Stunden des Wanderns allein und erschöpft in meinem Schlafsack lag, ließ ich den Eingang des Zeltes offen stehen und fühlte mich vom Anblick der funkelnden Sterne über mir getröstet.

Am späten Nachmittag des vierten Tages erreichten wir wieder das Dorf. Ich leinte Benito auf der Wiese an und setzte mich, wie schon so oft, auf die Mauer neben meinem Häuschen.

Und hier oben, im Rücken die Ruine, vor mir den Ozean, gestand ich mir ein, was ich mir längst hätte eingestehen müssen: Ich trauerte nicht um Marco, sondern um eine Illusion. Ich hatte an einer Liebe festgehalten, die keine war. Den Mann, den ich in ihm hatte sehen wollen, gab es nicht. So wenig wie die innige Zweisamkeit, von der ich geträumt hatte. Real war schon lange nur das eine gewesen: meine Liebe zu diesem Dorf, in dem ich bleiben würde.

Du solltest Christina dankbar sein, dachte ich und lachte bitter auf. Ohne sie hättest du dir noch viel länger etwas vorgemacht. Deine Beziehung zu Marco war schon lange tot.

Ich drehte mich um und rief nach Benito. Aus seinen braunen Samtaugen warf er mir einen tieftraurigen Blick zu. Glaubte ich jedenfalls. Nicht weit von ihm saß eine schwarze Katze im Gras und leckte sich das Fell. »Liebe Trauergäste«, sagte ich leise. Ich schwöre, dass die Katze aufsah, sobald ich mit der letzten Trauerrede begann, die ich je halten wollte.

»Wir sind heute zusammengekommen, um uns von einem Paar zu verabschieden. Marco Müller und Helena Janssen. Sie träumten einmal von einer gemeinsamen Zukunft, glaubten an ihre Liebe, sie waren überzeugt von der Macht der Natur und der Kraft gemeinsamer Arbeit.«

Ich war sicher, dass auch Marco anfangs an unsere Zukunft geglaubt hatte. Und genauso sicher war ich mir nun, dass er zu echter Gemeinsamkeit nicht fähig war. Nicht so, wie ich es mir vorstellte.

»Sie ahnten nichts von der schweren Krankheit namens Selbstlüge, die sie befallen hatte. Sie vermochten lange Zeit nicht, zu erkennen, dass ihre Liebe nur Verliebtheit und dann Leere war.«

Die Katze maunzte. War ich zu pathetisch? Nein, das fand ich nicht. Und selbst wenn – niemand würde sich beschweren.

»Marco Müller und Helena Janssen waren für einige Zeit ein Paar. Heute nehmen wir endgültig von ihrer Zweisamkeit Abschied. Wir können über den Verlust weinen oder aber lächeln, weil es dieses Paar gegeben hat. Anstatt uns in der Trauer zu verlieren, können wir weitergehen. Und eines Tages vielleicht an der Wiege einer neuen Liebe stehen.«

Leichter Wind kam auf und umarmte mich warm. Plötzlich spürte ich, dass ich nicht allein hier oben saß. Ich schloss die

Augen. Und da war sie, meine alte, runzelige Bäuerin, und zwinkerte mir mit ihren kleinen Augen zu. War es ihre Stimme, die ich flüstern hörte? »Alles wird gut. Manchmal führt auch der falsche Mann auf den richtigen Weg.«

Sechs Monate später

DAS TUSCHELN und Räuspern ließ allmählich nach. Gespannte Ruhe breitete sich aus, nur gelegentlich war der leise Ruf eines Vogels zu hören. Wir hatten unglaubliches Glück mit dem Wetter. Noch drei Tage bis Weihnachten. Unsere knapp einhundert Eröffnungsgäste saßen bei zwanzig Grad unter freiem Himmel auf Klappstühlen um den halbrunden Platz, den wir vor der Mauer mit Natursteinen hatten pflastern lassen.

Aus dem Augenwinkel sah ich, wie die kobaltblaue Tür meines Hauses sich einen Spalt weit öffnete. Große dunkle Augen sahen fragend zu mir herüber. Ich nickte.

Die Männer kamen zuerst. Einer nach dem anderen gingen sie zu dem Podest vor der Mauer, gruppierten sich schweigend zu einem Halbkreis. Die Frauen folgten ebenso schweigend, nahmen ihre Plätze vor den Männern ein. Alle trugen Schwarz, sie wirkten vor dem blassen Blau des Winterhimmels fast wie ein Scherenschnitt. Einen Moment lang hörte ich noch Andrea und Jacob hinter mir miteinander flüstern, dann wurde es ganz ruhig.

Leise und kraftvoll begannen die Bässe zu summen, nach und nach fielen die anderen Stimmen an, steigerten ihren Gesang ohne Worte zu einem einzigen gesummten Gefühl. »Conquest of Paradise«, die Eroberung des Paradieses. Das Lied, das ich mir für diesen Tag gewünscht hatte. Wo war mein Taschentuch? Meine Mutter, auf dem Stuhl neben mir, griff nach meiner Hand.

Im nächsten Moment ertönte hinter uns eine zugleich sanfte und starke Stimme, legte sich über alle anderen, fiel in das Summen ein. Wie eine Göttin schritt Mariana durch die schmale Gasse zwischen den Stühlen zur Bühne. Sonnenlicht fing sich in den Pailletten ihres roten Kleides, und ein Raunen ging durch die Reihen, als sie sich vor der Kulisse des schwarzgekleideten Chores ihrem Publikum zuwandte. Sie sah mich an und sagte mit ihren Augen: Ich singe für dich. Sie hob die Stimme.

Come – open your heart,
Reach for the stars,
Believe in your own power.
Now – here in this place,
Here on this earth,
This is the hour.

Schlussbemerkung

Eine Geschichte hat ihre eigenen Launen und Bedürfnisse. Ich habe mir erlaubt, Schauplätze und geographische Gegebenheiten diesen Bedürfnissen anzupassen. Viele der beschriebenen Orte gibt es, manche nicht. Sowohl auf der Insel São Miguel als auch auf der Insel Flores existieren verlassene Dörfer, die liebevoll als Ferienanlagen restauriert wurden. Keines davon ist das Dorf im Roman. Aber ich verdanke diesen zauberhaften Orten die Idee zu Lenas Geschichte.

Mit Ausnahme der Schönheit der Insel São Miguel ist das, was in diesem Roman erzählt wird, Fiktion. Alle Personen sind frei erfunden.

Danke

Zuallererst meinen Leserinnen und Lesern. Ohne euch gäbe es meine Geschichten nicht.

Mein besonderer Dank gilt:

Detlef Conrad, nicht nur für reichlich gutes Essen und den berühmten freien Rücken, sondern auch für deine Liebe und deine Gedanken zur Geschichte.

Gunda Rachut, die du diesen Roman von der Zeugung bis zur Geburt begleitet hast. Danke für deine Freundschaft, für deinen klaren Kopf, wenn meiner mal wieder wirr ist, und dafür, dass du meiner Selbstzweifel nie müde wirst.

Christiane Adrigam dafür, dass du ein Teil von mir bist – und für deine begeisterten Rückmeldungen.

Susanne Geyer und Jan Delius für besondere Inseleinblicke und eine großartige Woche auf São Miguel. Ich denke, ihr werdet mir meinen schöpferischen Umgang mit euren Informationen nicht verübeln.

Conny Boden, Uwe und Eva Keil, Verena von Hoyningen-Huene, Andrea Gneist und Birgit »Schnitzel« Wehage für euer genaues sowie kritisches Lesen. Wenn dieses Buch nicht von Fehlern und Unklarheiten strotzt, dann ist das auch euch zu verdanken.

Claudia Langner und Elke Schmidt – ihr wart einmal mehr phantastische Testleserinnen und an manchen Blockadetagen meine Rettung. Ich sage nur: Weißwein mit den Füßen im Pool.

Meike Janzen, Kerstin Werstein, Barbara Rothscheroth, Anne Scheiding, Jaika Both, Kim Thielen, Ulrike Gussman, Ute Mertens, Andrea Franze, Helga Schmidt, Bettina Gaspar do Rosário, Jasmin Schwiers und Jan van Weyde: Euer Mitdenken, Mitfühlen und Zuspruch in der einen oder anderen Phase haben gutgetan.

Meinem Agenten Joachim Jessen von der Agentur Schlück unter anderem für seine gelassene Beratung auch in schwierigen Augenblicken.

Meiner Lektorin Meike Herrmann für ihre feinfühlige Bearbeitung des Textes. Unsere Zusammenarbeit war mir eine Freude.

Bettina Haskamp

Alles wegen Werner

Roman
240 Seiten. Taschenbuch
Auch als E-Book erhältlich.
www.ullstein-buchverlage.de

Nach dreißig Jahren endet Claras Ehe mit einem Knall: Ehemann Werner wirft sie aus der Luxusvilla am Meer und verschwindet mit einer schönen Brasilianerin. Was Clara noch bleibt, sind Rotwein, Verzweiflung und ein übergewichtiger Hund. Kann es überhaupt ein Leben jenseits von Werner geben?

Ein herzerwärmender komischer Roman über eine Frau, die durch den größten anzunehmenden Unfall in ihrem Leben zu sich selbst findet.

»Ein bezaubernd witziger Roman!«
Lisa

ullstein